GAIOLA DO ANJO

A OBSESSÃO MOLOTOV: LIVRO 2

ANNA ZAIRES

♠ MOZAIKA PUBLICATIONS ♠

Título original: *Angel's Cage*
www.annazaires.com/book-series/portugues/

Tradução: Nany
Preparação de Texto: Vania Nunes

Capa: The Book Brander
thebookbrander.com

Fotografia: The Cover Lab
www.thecoverlab.com

Zaires, Anna/Zales, Dima

Covil do Diabo, de Anna Zaires & Dima Zales. Tradução: Nany. 1ª edição. Rio de Janeiro, BR, 2021.

Publicado por Mozaika Publications, por Mozaika LLC
www.mozaikallc.com

e-ISBN: 978-1-63142-707-7
ISBN: 978-1-63142-708-4

1

CHLOE

Estou de volta. De volta ao covil do diabo.

O pensamento circula pela minha mente atordoada pela dor enquanto o carro para na frente da mansão ultramoderna de Nikolai na montanha. Um homem e duas mulheres em uniforme de hospital – presumivelmente a equipe médica que Nikolai mencionou – estão esperando por nós na entrada com uma maca. Atrás deles está Alina, irmã de Nikolai, seu lindo rosto pálido e preocupado.

Registro tudo isso apenas de passagem. Todos os meus sentidos são consumidos pelo homem me segurando possessivamente em seu colo.

Nikolai Molotov.

O próprio diabo.

Seus braços poderosos estão em torno de mim, me protegendo contra seu grande corpo, e mesmo que eu tenha acabado de vê-lo matar dois homens, não posso deixar de sentir conforto com seu toque, seu calor, seu perfume familiar de cedro e bergamota. Seu gosto permanece na minha língua, meus lábios latejando com seu beijo, e por mais que eu queira negar, o medo não é a única emoção apertando a boca do meu estômago com o pensamento de ele me manter aqui contra a minha vontade.

— Só mais alguns segundos, zaychik — ele murmura, alisando meu cabelo para trás, e um arrepio percorre meu corpo quando meus olhos encontram seu olhar brilhante de tigre.

Eu posso ver o monstro por baixo de sua bela fachada. Agora está claro como o dia.

Pavel salta do carro primeiro, abrindo a porta para nós, e uma onda de tontura me atinge quando Nikolai sai, me segurando apertada contra seu peito. Embora ele seja cuidadoso, o movimento envia uma pontada de dor nauseante pelo meu braço, e os picos das montanhas distantes giram em um círculo nauseante na minha visão enquanto ele gentilmente me coloca na maca.

Fechando os olhos com força, concentro-me em respirar e não desmaiar enquanto sou levada para dentro da casa, com Nikolai bradando ordens para a equipe médica enquanto fala em russo para Alina e Lyudmila. Presumo que ele esteja explicando o que aconteceu, mas estou com muita dor para me importar, de qualquer maneira.

Nunca levei um tiro antes e não é divertido.

Quando abro os olhos em seguida, estou no meu quarto, com o médico e sua equipe sobre minha maca.

Em segundos, um intravenoso é preso ao meu braço esquerdo e estou conectada a vários monitores. Não tenho ideia de onde veio todo esse equipamento médico, mas meu quarto parece ter sido transformado em um quarto de hospital.

O médico, já de uniforme e máscara cirúrgica, pergunta se sou alérgica a látex ou a qualquer medicamento enquanto calça um par de luvas.

— Não — resmungo, e uma das enfermeiras coloca um saco com líquido no topo do suporte de soro. Imediatamente, uma agradável moleza se espalha por mim, fazendo minhas pálpebras pesarem.

A última coisa que vejo antes que o mundo desapareça é Nikolai parado no canto do quarto, seus olhos dourados focados em mim com intensidade feroz. Ainda há uma mancha escura em sua bochecha - sangue do homem que ele torturou para obter respostas - mas com o doce alívio da anestesia se espalhando por minhas veias, não posso evitar o sorriso fraco que curva meus lábios.

Vou mantê-la segura, disse ele, e enquanto a escuridão me reclama, eu acredito nele.

Ele vai me manter a salvo de todos, exceto dele mesmo.

2

NIKOLAI

MINHA IRMÃ ME INTERCEPTA ASSIM QUE SAIO DO QUARTO de Chloe. Ela deve ter ficado parada no corredor o tempo todo.

— Como ela está?

— Ela vai viver, não graças a você. — Meu tom é áspero, mas não dou a mínima.

É culpa de Alina estarmos nessa bagunça. Ela disse a Chloe que matei nosso pai. Ela deu a ela as chaves do carro, permitindo que ela fugisse.

Com as minhas palavras, Alina sente o golpe, mas mantém sua posição. Seu rosto ainda está pálido e inchado, mas seus olhos verdes estão claros e ela não cheira mais a um coquetel de drogas. — Quero dizer, qual é a condição dela? O que o médico disse?

Eu suspiro, passando a mão pelo meu cabelo.

— Ela teve sorte. A bala passou direto por seu braço, quase roçando o osso. Ela perdeu uma boa quantidade de sangue, mas não o suficiente para exigir uma transfusão. Ela também tem uma torção no tornozelo. Fora isso, ela está apenas machucada e toda arranhada.

— Kolya... — Minha irmã parece mais miserável do que nunca. — Eu realmente sinto muito. Eu não sabia sobre...

— Pare. — Não estou com vontade de ouvir suas desculpas e justificativas. Ela pode não saber sobre os assassinos que estão caçando Chloe, mas isso não desculpa o que ela fez. Nem o fato de que ela estava doidona com seus remédios. Antes de dizer algo do qual vou me arrepender, pergunto: — Onde está Slava?

— Lyudmila o levou para visitar os guardas. Pedi a ela para mantê-lo fora do caminho por enquanto, dado... você sabe. — Ela acena em direção à porta de Chloe.

— Bem pensado. — Sei que não deveria superproteger meu filho, mas estou estranhamente relutante em expô-lo às realidades brutais de nossa vida, como nosso pai fez comigo. Caçar e pescar são uma coisa - estou feliz por ter Pavel ensinando isso a Slava, junto com outras habilidades essenciais para a vida - mas prefiro que ele não veja sua tutora coberta de sangue.

Ele aprenderá o que significa ser um Molotov eventualmente, mas não agora.

Alina parece aliviada com o meu elogio.

— Então, o que aconteceu? — ela pergunta, me seguindo enquanto eu vou para o meu quarto. — Quem enviou os assassinos atrás dela?

— É uma longa história. — Uma que ainda estou digerindo. — Basta dizer que ela ainda está em perigo.

Alina agarra minha manga, me fazendo parar. — Então você não...?

— Sim. — Eu coloquei uma bala no cérebro de um dos assassinos e feri o outro tanto que ele morreu pouco depois, mas não antes de eu arrancar um nome dele.

Um nome que ainda estou tentando entender.

Minha irmã me olha com uma carranca gravada em sua testa.

— Mas você acha que há mais vindo.

— Estou certo disso.

— Por quê? Quem é ela, Kolya?

— É isso que pretendo descobrir.

Saindo de seu domínio, entro no meu quarto e fecho a porta.

Embora Chloe ainda esteja apagada, estou ansioso para voltar para ela, então, rapidamente tomo banho e me troco. Em seguida, envio uma mensagem para Konstantin, atualizando-o sobre o que descobri e pedindo a sua equipe de hackers para investigar o homem que o assassino nomeou seu empregador.

Tom Bransford.

O candidato à presidência que pode ser o pai de Chloe.

Ela não sabe essa última parte ainda, e não sei se

devo dizer algo sobre minhas suspeitas até ter uma prova mais concreta. No momento, as evidências são circunstanciais, na melhor das hipóteses, e se eu estiver errado, Chloe terá ainda mais motivos para pensar que sou um monstro pervertido.

O que eu sou. Eu só não quero que ela pense dessa forma sobre mim.

Meu peito aperta quando eu imagino o sorriso doce e radiante que ela me deu antes de as drogas na intravenosa tomarem conta. Eu quero mais disso, não o olhar vazio e aterrorizado que ela tinha na floresta quando eu vim em sua direção, arma na mão, tendo matado um de seus agressores e ferido o outro.

Nunca mais quero ver aquela expressão em seu rosto.

Alina não está mais lá quando saio para o corredor e corro de volta para o quarto de Chloe. Eu sei que ela está bem com o médico e as enfermeiras cuidando dela, mas não posso evitar a ansiedade que me atormenta a cada momento em que ela está fora da minha vista. Ela chegou tão perto de morrer. Se eu tivesse aparecido alguns minutos depois, se a equipe de Konstantin não tivesse sido capaz de hackear o satélite da Agência Nacional de Segurança para achar sua localização exata, se a bala tivesse perfurado seu corpo alguns centímetros à esquerda – há um número infinito de maneiras que isso poderia ter acontecido de forma diferente.

Um número infinito de maneiras pelas quais eu poderia tê-la perdido.

— Ela deve voltar a si em alguns minutos — o médico me informa quando entro em seu quarto. Ele é um dos melhores cirurgiões de trauma do estado; Pavel fez com que ele e sua equipe fossem trazidos de helicóptero de Boise por um pagamento exorbitante que compra tanto seus serviços quanto seu silêncio.

— Bom. Obrigado. — Ignorando os olhares das duas enfermeiras, eu me aproximo de Chloe, uma dor aperta minhas costelas quando eu noto o tom acinzentado de sua pele bronzeada. Eles lavaram o sangue e a sujeira de seu rosto e braços e a vestiram com uma bata de hospital, mas seu cabelo ainda está emaranhado, com alguns galhos e folhas presos nos fios marrom-dourados.

Eu removo os destroços, largando-os na mesinha ao lado de sua maca. Eu odeio vê-la assim, tão pequena, frágil e ferida. Eu daria qualquer coisa para ter sido capaz de levar aquela bala por ela, ou melhor ainda, ter acordado algumas horas antes, para que eu pudesse impedi-la de ir embora.

Estendendo a mão, eu carinhosamente acaricio meus dedos sobre sua mandíbula definida. Sua pele é macia e quente. Incapaz de me segurar, eu esfrego meu polegar sobre seus lábios entreabertos. Lábios macios de boneca, os superiores ligeiramente mais cheios do que os inferiores. Lábios pecaminosos que poderiam seduzir um santo – não que eu seja ou tenha sido um.

Puxando minha mão antes que meu corpo possa reagir de forma inadequada, vou para uma cadeira no canto do quarto e me sento para esperar enquanto o médico desaparece no banheiro. As enfermeiras empacotam os suprimentos; assim que Chloe recuperar a consciência e ficar estável, eles irão embora.

Fiel à promessa do médico, apenas alguns minutos se passam antes que Chloe se mexa, um leve ruído escapando de seus lábios enquanto suas pálpebras se abrem. Estou imediatamente de pé, cruzando o quarto em direção a ela.

— Oi — ela murmura sonolenta, piscando para mim. — Será que eles já...

— Sim, zaychik. — Eu gentilmente aperto sua mão esquerda, tomando cuidado para não desalojar o intravenoso em seu braço. Seus dedos delicados estão frios em meu aperto, apesar do lençol cobrindo-a até o peito. — Como você está se sentindo? Você quer algo para beber?

Ela pisca de novo, ainda claramente atordoada, então, pressiono um botão para levantar a cabeça de sua maca para uma posição meio sentada, e levo um copo d'água com um canudo aos lábios. Ela chupa avidamente, me fazendo sorrir.

O médico se aproxima e eu dou um passo para trás, deixando que ele e sua equipe façam o que querem. As enfermeiras colocam o braço direito de Chloe em uma tipóia enquanto ele faz algumas perguntas e mede seus sinais vitais; em seguida, eles removem o IV e todo o equipamento de monitoramento.

Ela foi considerada acordada e estável.

— Tome isto para a dor conforme necessário — diz

o médico, colocando um frasco de comprimidos sobre a mesa. — E tome cuidado para não molhar o curativo. Ele precisará ser trocado a cada vinte e quatro horas. — Ele olha para mim e eu confirmo.

Tenho uma boa experiência com ferimentos à bala e ficaria mais do que feliz em desempenhar o papel de enfermeiro de Chloe. Não estou feliz com os analgésicos, mas sei que ela vai precisar deles.

Seu ferimento pode não ser fatal, mas ainda vai doer como o inferno.

— Aqui, eu cuido disso — digo enquanto as enfermeiras se movem para levantar Chloe, provavelmente para transferi-la para sua cama. Afastando-as, eu cuidadosamente a pego e a carrego até lá – não é uma tarefa difícil, já que ela é pouco mais pesada que Slava. Embora ela tenha comido como um lenhador durante a semana em que esteve aqui, minha zaychik ainda está muito magra por causa de seu mês fugindo.

Ela estremece quando a deito, e sinto como uma punhalada no estômago. Eu nunca estive tão visceralmente sintonizado com outra pessoa antes, a ponto de sentir a dor dela como minha. Se eu tivesse alguma dúvida sobre o que ela significa para mim, ela desapareceu no momento em que vi que seu Toyota não estava na garagem.

Eu nunca tinha conhecido tanta raiva e terror como quando soube que os assassinos estavam na área – quando pensei que não poderia encontrá-la a tempo.

Minhas entranhas se retorcem e afasto o

pensamento antes de ficar tentado a estrangular Alina. O importante agora é que Chloe está segura aqui comigo. Já disse a Pavel para reforçar nossa segurança, caso os assassinos tenham descoberto quem contratou Chloe e transmitido essa informação a seu empregador antes de eu encontrá-los. Duvido – aquele que torturei parecia não ter ideia de quem eu era – mas não vou correr nenhum risco.

Além disso, sempre há a ameaça dos Leonovs. Alexei ficará ainda mais irritado agora que roubamos o lucrativo contrato do reator nuclear tadjique do Atomprom de sua família.

Afastando esse pensamento também, concentro-me em apoiar Chloe em alguns travesseiros e cobri-la com um cobertor enquanto o médico e sua equipe levam a maca e todo o equipamento para fora do quarto.

Um minuto depois, finalmente estamos sozinhos.

Sento-me na beira da cama e pego sua mãozinha.

— Você está confortável, zaychik? — pergunto, esfregando sua palma gelada. — Posso pegar alguma coisa para você? Algo para beber, comer? Eu imagino que você deve estar com fome.

Ela engole e acena com a cabeça. — Um pouco de comida seria ótimo. — Ela parece mais alerta agora, seus grandes olhos castanhos claramente cautelosos. Seu medo tem um efeito duplo sobre mim, fazendo meu peito doer ao mesmo tempo que desperta aquela parte primitiva e retorcida em mim que quer persegui-la e marcá-la, reivindicá-la da maneira mais brutal possível.

Suprimindo o instinto sombrio, levo sua mão aos lábios e beijo seus nós dos dedos.

— Eu vou trazer para você. Você quer algo para entretê-la enquanto espera? Um livro ou…

— Vou apenas assistir um pouco de TV.

Eu sorrio e entrego a ela o controle remoto. — Ok. Já volto.

Inclinando-me, dou um beijo rápido em sua testa e saio correndo do quarto.

3

CHLOE

COM O CORAÇÃO BATENDO IRREGULARMENTE, EU VEJO A porta se fechar atrás da figura alta e de ombros largos de Nikolai. Minha testa ainda formiga onde seus lábios tocaram minha pele, mesmo enquanto minha mente repassa os gritos crus e cheios de agonia do homem que ele torturou.

Como pode um assassino implacável ser tão atencioso e terno?

Isso é real ou é apenas uma máscara que ele usa para esconder o psicopata dentro de si?

Na verdade, não estou com fome – a anestesia me deixou um pouco enjoada – mas preciso de alguns minutos sozinha. Tudo aconteceu tão rápido que não tive a chance de formular minhas perguntas, muito menos tentar encontrar alguma resposta. Em um momento, um dos assassinos da minha mãe estava montado em mim, luxúria brilhando em seus olhos escuros e diretos, e no próximo, o cérebro de seu parceiro estava por todo o chão da floresta e Nikolai estava estripando meu agressor e ameaçando remover seus intestinos.

Engolindo uma onda de náusea, coloco de lado a lembrança. Por mais brutais que fossem os métodos de interrogatório de Nikolai, eles produziram alguns resultados, e com o pior do choque passando e minha mente se dissipando da névoa da anestesia, posso finalmente pensar nas implicações do que descobri.

Eles estavam lá para matar vocês duas, Nikolai me disse no carro antes de perguntar se o nome *Tom Bransford* significava alguma coisa para mim.

Sim.

Porque ele tem estado em todas as notícias ultimamente.

Com a mão instável, levanto o controle remoto e ligo a TV, sintonizando um canal de notícias.

Com certeza, eles estão cobrindo os debates primários, que Bransford parece estar ganhando, colocando-o à frente em todas as pesquisas.

Minhas entranhas se agitam enquanto estudo sua imagem na tela. Se Nikolai está me dizendo a verdade, este é o homem responsável pelo assassinato de minha mãe.

Jovem e esbelto aos 55 anos de idade, o senador da Califórnia exala charme e carisma. Seu cabelo louro-dourado espesso mal aparece o grisalho, seus olhos são de um azul brilhante e seu sorriso é radiante o suficiente para iluminar um armazém.

Não admira que o estejam comparando a JFK; ele

poderia ser o irmão ainda mais bonito do presidente morto.

Procuro por sinais do mal em seu rosto de feições uniformes e não encontro nenhum. Mas, novamente, por que eu acharia isso? Por mais bonito que seja Bransford, ele não se compara ao apelo magnético sombrio de Nikolai, e eu sei do que ele é capaz. Eu também não sou a única deslumbrada com Nikolai. Mesmo tonta da anestesia, não pude deixar de ver os olhares cobiçosos que as enfermeiras lançaram sorrateiramente para ele.

Nunca saí em público com meu patrão, mas imagino que as calcinhas derretem pelo caminho quando ele anda pela rua.

Uma pontada bizarra de ciúme me atinge com o pensamento, e eu percebo que estou me distraindo da questão-chave.

Por quê?

Por que um dos principais candidatos presidenciais iria querer matar a mim e minha mãe?

Isso não faz sentido. Absolutamente nenhum. Mamãe não poderia ter sido mais afastada da política se ela tivesse vivido na selva amazônica, e Deus sabe que eu não sigo essas coisas. Por mais embaraçoso que seja admitir, eu nem votei na última eleição, estando muito ocupada começando a faculdade e tudo mais. Nunca conheci Bransford em qualquer lugar; tenho boa memória para rostos, e o dele é mais memorável do que a maioria.

Talvez mamãe o tenha encontrado? No restaurante em que ela trabalhou, talvez?

É possível, teoricamente. O hotel de luxo ao qual o restaurante está ligado é frequentado por todos os tipos de VIPs. Talvez Bransford tenha ficado lá durante uma visita a Boston, e mamãe o testemunhou fazendo algo que não deveria.

Mas, então, por que ele iria querer me matar também? A menos que... ele estava com medo de que mamãe tivesse me contado tudo o que ela sabia sobre ele?

Puta merda. Talvez ela tenha escondido algum tipo de evidência em seu apartamento, e ele acha que eu sei onde está.

Empolgada, eu me sento, apenas para cair de volta no monte de travesseiros com um gemido. A anestesia definitivamente está passando porque o movimento *doeu*. Muito. Parecia que facas quentes mergulhavam em meu braço, e o resto do meu corpo não estava muito melhor.

É como se eu tivesse sido derrubada por um caminhão de verdade, em vez de um assassino do tamanho de um.

Antes que eu possa recuperar o fôlego e me concentrar novamente, a porta se abre e Nikolai entra, segurando uma bandeja com pratos cobertos.

Meu coração dispara e a pouca respiração que recuperei evacua meus pulmões.

Sem o véu de choque embotando meus sentidos e a distração da equipe médica agitada ao meu redor, seu efeito sobre mim é devastador, terrivelmente potente. Eu nunca conheci um homem que pudesse fazer meu corpo reagir simplesmente entrando em um ambiente. E não é apenas sua aparência; é tudo sobre ele, desde a intensidade animal crua em seu impressionante olhar verde âmbar até a aura de poder que ele usa tão confortavelmente quanto um de seus ternos feitos sob medida.

No momento, ele está vestido de forma mais casual, jeans escuros e uma camisa de botão azul claro com as mangas arregaçadas até os cotovelos. Ele deve ter se trocado e tomado banho enquanto eu estava apagada, noto; não apenas suas roupas são diferentes das que ele usava no carro, mas a mancha em sua bochecha desapareceu e seu cabelo escuro está penteado para trás, úmido, expondo a simetria nítida de seus traços marcantes.

Avidamente, meus olhos percorrem seu rosto, desde as barras pretas grossas de suas sobrancelhas até o formato cheio e sensual de sua boca. Pela primeira vez, não está curvado daquele jeito sombrio e cínico dele; em vez disso, o sorriso em seus lábios é caloroso, tingido de uma ternura inquietante.

— Pedi a Pavel que esquentasse algumas sobras e preparasse uma seleção de petiscos diferentes — diz ele, cruzando o quarto em minha direção enquanto eu desligo a TV automaticamente. Sua voz profunda e grave é como uma carícia para meus ouvidos, muito mais agradável do que o tom estridente do apresentador. Colocando a bandeja na minha mesa de cabeceira, ele se senta ao meu lado e começa a destampar os pratos um por um. — Eu imaginei que você pudesse estar lidando com um pouco de náusea, então, trouxe algumas torradas aqui também.

Uau. Ele poderia ser mais atencioso? Se eu não o tivesse visto matar e torturar com meus próprios olhos, nunca teria acreditado que ele fosse capaz de tamanha crueldade - mesmo com aquela vibração sombria e perigosa que continuava recebendo dele.

— Obrigada — murmuro, tentando não pensar em suas mãos empunhando uma lâmina que cortou um homem enquanto ele estendia a bandeja em minha direção, me deixando escolher o que eu quero. Há de tudo, desde frutas cortadas até panquecas recheadas, frios e vários queijos, mas ainda *estou* com náuseas, especialmente com as imagens horríveis que se recusam a sair da minha mente, então, eu apenas pego a torrada e um punhado de uvas.

Ele me observa comer com um meio-sorriso de aprovação, e tento não pensar sobre o quão caloroso aquele sorriso me faz sentir - e não apenas de uma forma sexual. É uma ilusão, essa sensação de segurança e conforto que ele me dá, uma sobra de quando eu pensava que ele era um bom homem que tinha problemas para se conectar com seu filho.

Eu estava começando a me apaixonar por aquele homem.

Não. Estou mentindo para mim mesma. Eu me *apaixonei* por ele, tanto que mesmo com as revelações aterrorizantes de Alina soando em meus ouvidos, eu dei meia-volta com meu carro e estava voltando para cá quando os assassinos me emboscaram.

Sua própria irmã me disse que ele era um monstro, e eu não acreditei nela. Eu não *queria* acreditar nela.

Eu ainda não sei.

— Onde está Slava? Como ele está? — pergunto, escolhendo o tópico mais inócuo que posso pensar. Há tantas coisas que precisamos discutir, desde as motivações de Bransford até se sou ou não uma prisioneira aqui, mas ainda não estou pronta para isso.

Essa última pergunta, em particular, é muito perturbadora para contemplar no momento.

— Ele acabou de voltar de um passeio com Lyudmila — responde Nikolai. — Alina fez com que ela o levasse antes de nossa chegada.

— Ah, bom. — Eu estava preocupada que a criança pudesse nos ter visto de sua janela. — O que você vai dizer a ele sobre... você sabe? — Aceno para minha tipoia com a mão esquerda.

— Diremos apenas que você caiu em um galho. — Sua mandíbula aperta. — Eu preferia que ele não soubesse que você o deixou.

— Eu não… — paro, porque eu o fiz. Eu estava voltando, mas Nikolai não sabe disso. Nem estou planejando dizer a ele.

Não quero que ele saiba com que facilidade me enganou, como, mesmo agora, uma parte de mim se recusa a acreditar que ele é um assassino tão cruel quanto os homens que assassinaram minha mãe.

Seus olhos de tigre se estreitam com interesse especulativo. — Você não o quê?

— Nada. — A palavra sai pouco convincente. Eu me esforço para encobrir isso. — Só quis dizer que não *o* deixei.

É como se uma nuvem de tempestade passasse pelo rosto de Nikolai, bloqueando toda a luz e calor. Seu olhar se fecha, suas feições magníficas assumem uma dureza de estátua.

— Certo. Você *me* deixou. Por causa do que Alina disse a você.

Eu engulo em seco. Não tenho certeza se estou pronta para isso também, mas parece que não tenho escolha. Ignorando a dor latejante no meu braço, me coloco numa posição mais ereta.

— Ela mentiu? — Minha voz vacila ligeiramente. — Ela inventou tudo?

Ele me encara, o silêncio se estendendo por segundos dolorosamente longos.

— Não — ele finalmente diz. — Ela não fez isso.

Algo dentro de mim murcha. Até este momento, eu ainda tinha esperança de que sua irmã estivesse errada, que apesar do que eu o vi fazer aos dois assassinos, ele não era culpado do horrível crime de patricídio. Mas não há espaço para dúvidas agora.

Por sua própria admissão, o homem na minha frente matou seu pai.

— O que aconteceu? Por que… — Minha voz falha. — Por que você fez isso?

Ele não responde por outro longo momento de

desespero. Seu rosto é o de um estranho, escuro e fechado.

— Porque ele mereceu. — Suas palavras caem como um martelo, pesadas e brutais. — Porque ele era um Molotov. Como eu.

Eu umedeço meus lábios secos. — Não entendo. — Meu coração bate contra minha caixa torácica, cada batida ecoando em meus ouvidos. Uma parte de mim quer desligar isso e sair correndo gritando, enquanto outra parte, infinitamente mais tola, deseja curvar minha palma sobre a linha dura e intransigente de sua mandíbula, oferecendo conforto com meu toque.

Porque oculta sob aquela fachada dura e sem emoção está a dor.

Tem que haver.

Ele abre a boca para responder quando alguém bate na porta. O som é baixo, hesitante, mas mata o momento com a mesma certeza de um tiro.

Levantando-se de um salto, Nikolai caminha até a porta para abri-la.

— Konstantin está ao telefone — diz Alina da porta. — A equipe dele encontrou algo.

4

CHLOE

MEU ESTÔMAGO DÁ UM NÓ QUANDO NIKOLAI RETORNA, a torrada que eu comi parecendo uma pedra. Sei que Konstantin é seu irmão mais velho, o gênio tecnológico da família, e suspeito fortemente que o "algo" que sua equipe encontrou está relacionado à minha situação.

Agora que tive a chance de pensar sobre isso, Konstantin é, provavelmente, como Nikolai soube de todas essas coisas sobre mim desde o início – como o fato de eu não ter postado em minhas redes sociais altamente privadas durante meu mês de fuga. E foi também por ele que Nikolai teve acesso aos arquivos da polícia e descobriu que foram alterados para fazer o assassinato da minha mãe parecer ainda mais um suicídio.

Konstantin e sua equipe devem ser os "recursos" que Nikolai mencionou durante a viagem de carro aqui, a vantagem que ele tem sobre Bransford.

Com certeza, o rosto de Nikolai está sério quando

ele se senta na beira da minha cama e aperta minha mão esquerda em sua palma forte. Seu toque me aquece e me arrepia.

— Chloe, zaychik... — Seu tom é preocupantemente gentil. — Há algo que você deve saber.

Meu coração, que já estava galopando em meu peito, dá um salto mortal para trás. Seu olhar não é mais o de um estranho; em vez disso, há pena em seu olhar de tigre dourado.

O que quer que ele esteja prestes a dizer é horrível, eu posso sentir.

— O quanto você sabe sobre as circunstâncias de seu nascimento? — ele pergunta no mesmo tom gentil. — Sua mãe alguma vez falou sobre isso?

É como se um vento gelado soprasse por dentro de mim, congelando todas as células no caminho. — Meu nascimento? — Minha voz soa como se estivesse vindo de alguma outra parte do quarto, de alguma outra pessoa.

Ele não pode dizer o que acho que está dizendo. Não há nenhuma maneira de Bransford ser…

— Vinte e quatro anos atrás, sua mãe morava na Califórnia — Nikolai diz calmamente. — Em San Diego.

Eu assinto no piloto automático. Mamãe tinha me falado isso. Ela viveu em todo o sul da Califórnia, na verdade. Depois que o casal de missionários que a adotou no Camboja morreu em um acidente de carro, ela passou de um lar adotivo ao outro até se emancipar aos dezessete anos – o mesmo ano em que me deu à luz.

— Ela não era a única que morava em San Diego na época — continua Nikolai. — O mesmo aconteceu com um certo jovem político brilhante, cuja campanha local ela se ofereceu como voluntária para obter crédito extra para sua aula de História Americana.

O vento gelado dentro de mim se transforma em um vendaval de inverno.

— Bransford. — Minha voz é quase um sussurro, mas Nikolai ouve e acena com a cabeça, apertando minha mão suavemente.

— O primeiro e único.

Eu fico olhando para ele, simultaneamente fervendo de emoções e entorpecida.

— O que você está dizendo?

— Sua mãe tentou suicídio quando tinha dezesseis anos. Você sabia disso?

Minha cabeça balança concordando. Quando eu era criança, mamãe sempre usava pulseiras e faixas em volta dos pulsos, mesmo em casa, mesmo enquanto cozinhava, limpava e me dava banho. Foi só quando eu tinha quase dez anos que eu a vi e descobri as linhas brancas em seus pulsos. Ela me sentou e explicou que, quando era adolescente, passou por um período difícil que culminou na tentativa de suicídio.

— Ela disse que tinha sido um erro. — Minha garganta está tão apertada que cada palavra sai raspando. — Ela me disse que estava feliz por ter falhado, porque logo depois, ela soube que estava grávida. De mim.

Seus olhos ficam opacos. — Entendo.

Entende? O quê? Enfurecida de repente, eu puxo minha mão de seu aperto e sento-me ereta, ignorando a onda de tontura e dor que me acompanha. — O que exatamente você está tentando me dizer? O que sua tentativa de suicídio tem a ver com Bransford? Ele tentou matá-la daquela vez também? Esse é o seu maldito MO?

— Não, zaychik. — O olhar de Nikolai se enche de pena desconcertante novamente. — Temo que essa tentativa não tenha sido encenada. Mas há motivos para acreditar que Bransford foi o responsável. De acordo com os registros do hospital que a equipe do meu irmão desenterrou, sua mãe tinha ido ao pronto-socorro duas vezes naquele ano: uma para a tentativa de suicídio e dois meses antes como vítima de estupro.

Uma vítima de estupro? Eu fico olhando para ele, manchas pretas pontuando as bordas da minha visão.

— Você está dizendo que Bransford a *estuprou*?

— Ela nunca apresentou nenhuma queixa nem nomeou seu agressor, então, não podemos saber com certeza, mas sua primeira visita ao pronto-socorro coincidiu com o último dia de seu voluntariado na campanha. Ela nunca mais voltou depois disso, e nove meses depois, quase no mesmo dia, ela deu à luz uma menina. Você.

Os pontos pretos se multiplicam, assumindo mais a minha visão.

— Não. Não, isso não é... Não. — Eu balanço enquanto o quarto fica embaçado em minha visão.

Os braços fortes de Nikolai já estão ao meu redor. — Aqui, recoste-se. — Sou guiada de volta para o monte de travesseiros. — Respire fundo. — Sua palma quente alisa meu cabelo para trás da minha testa úmida. — Isso mesmo, assim mesmo — ele murmura enquanto tento obedecer, arrastando inspirações superficiais em meus pulmões anormalmente rígidos. — Está tudo bem, zaychik. Só respire...

A tontura diminui, lenta mas segura, e quando Nikolai recua, meu cérebro está funcionando novamente, e começando a processar o que ele me disse.

Mamãe foi estuprada.

Nove meses depois, eu nasci.

Eu quero vomitar.

Quero esfregar minha pele em carne viva e ferver meu DNA em alvejante.

— Ela nunca... — Minha voz vacila. — Ela nunca falava do meu pai. Nem uma vez. E eu perguntei, repetidamente.

Nikolai acena com a cabeça, me olhando com a mesma pena inquietante.

As palavras continuam saindo da minha boca, como água vazando de um cano com defeito.

— Ela me disse que tinha sido um período difícil em sua vida. Ela largou o colégio. Arrumou emprego de garçonete e pediu a emancipação judicial, por conta da gravidez e tudo.

Ele assente novamente, me deixando lidar com isso sozinha – e eu faço. Porque, pela primeira vez, muito sobre minha mãe faz sentido. Sempre me intrigou como ela engravidou, porque, pelo que eu sabia, ela era o oposto de uma adolescente selvagem. Embora mamãe raramente falasse sobre si mesma, eu descobri o suficiente para saber que ela era uma aluna nota A antes de desistir, muito quieta e introvertida para ir a festas e flertar com garotos. Ela também não demonstrou interesse em namorar quando adulta; ela nunca trouxe para casa um namorado solteiro, nunca me deixou com uma babá para sair e se divertir. Quando criança, eu achava que isso era normal, mas conforme fui crescendo, percebi o quão estranho era para uma bela jovem se fechar assim.

Foi como se ela tivesse feito um voto de castidade... *ou nunca tivesse se recuperado do trauma do estupro.*

— Você acha... — engulo a bile amarga na minha garganta. — Você acha que ele sabia? Sobre a gravidez dela? Sobre mim?

Sempre achei que meu pai simplesmente se afastara da responsabilidade, embora mamãe nunca tivesse dito isso abertamente, apenas insinuado. Achei que ele mesmo era um adolescente, alguém que simplesmente não estava pronto para ser pai. Mas isso – isso muda tudo. Mamãe pode nem ter contado a ele sobre minha existência. Por que ela teria, se ele a estuprou?

Exceto... ele tem que saber agora.

Porque ele a matou e tentou fazer o mesmo comigo.

Oh, Deus.

Eu mal contive uma onda de vômito.

Meu pai biológico não é apenas um estuprador – ele é um assassino.

Nikolai pega minha mão na sua novamente, seu toque chocantemente quente na minha pele gelada. — Acho que ele precisava saber — diz ele, ecoando meus pensamentos. — Talvez não desde o início, mas mais tarde, com certeza.

— Porque ele tentou nos matar.

— Sim, e por causa da bolsa que você recebeu.

Eu pisco, sem compreender a princípio. Em seguida, suas palavras filtram.

— Você quer dizer... ele pagou pela minha faculdade?

— Konstantin está rastreando a origem exata desses fundos, mas tenho quase certeza do que ele vai descobrir. — Os olhos de Nikolai estão sombrios no meu rosto. — Era uma bolsa privada —, destinada a apenas uma pessoa: você. Lembra que você me disse que sua amiga se inscreveu e não conseguiu, apesar de ser ainda mais qualificada do que você? Isso porque nunca foi para ela. Esse dinheiro era seu o tempo todo.

Porra. Ele tem razão. Minha amiga Tanisha foi a oradora da turma com notas perfeitas no SAT, mas ela não conseguiu essa bolsa integral para Middlebury – eu consegui. Eu até disse a Nikolai como isso era estranho. Exceto...

— Não entendo. Por que ele faria isso? Por que ele pagaria pela minha educação se odiava a mim e minha mãe? Se ele... planejava nos matar? — Eu mal consigo pronunciar as últimas palavras.

Nikolai aperta minha mão.

— Não sei ao certo, mas tenho uma teoria. Acho que sua mãe o contatou em algum momento e lhe contou sobre você. E acho que ela o ameaçou. Provavelmente foi algo como 'se você não fornecer os fundos para a educação de nossa filha, vou divulgar minha história a público'.

— Você acha que ela o chantageou?

Com o aceno de Nikolai, afundo mais nos travesseiros, balançando a cabeça.

— Não. Não, você está errado. Mamãe não teria feito isso. Ela não é... ela não era... — Para minha vergonha, meus olhos se inundam de lágrimas, minha garganta fechando quando uma onda de dor esmagadora me pega desprevenida.

— Uma criminosa? Uma chantagista? — A voz profunda de Nikolai é suave enquanto seu polegar massageia minha palma em círculos suaves. Com muito tato, ele espera até que eu me controle, então, diz baixinho: — Você tem que se lembrar, zaychik, ela foi mãe, antes de tudo. Uma mãe solteira que trabalhava como garçonete, cujos ganhos não poderiam cobrir nem mesmo uma fração dos custos exorbitantes da educação universitária neste país. O que *você* teria feito para garantir o futuro do seu filho?

Eu teria feito tudo o que tivesse que fazer - e provavelmente, foi o mesmo com mamãe.

— Se isso é verdade, por que ele esperou? — Eu

pergunto em desespero. Alguma parte infantil em mim ainda espera que tudo isso seja um grande mal-entendido, que meu pai biológico não seja um monstro total. — Por que pagar por todos os quatro anos de minha escolaridade e depois tentar nos matar? Se ele já tinha gasto o dinheiro...

— Não era sobre dinheiro. Ele é rico o suficiente para ter pago por dez filhas ilegítimas. — O tom de Nikolai endurece. — É sobre a carreira dele. Sua candidatura à presidência.

Claro. As apostas são infinitamente maiores agora, e enquanto alguns políticos prosperam em escândalos, Bransford é um ícone totalmente americano da moral e dos valores da classe média, com uma reputação completamente limpa que não sobreviverá a esse tipo de golpe.

Ainda assim, presumindo que tudo isso seja verdade, há algo que não faz totalmente sentido. Posso ver como mamãe era uma ameaça para ele, já que ela poderia vir a público com sua história a qualquer momento. Mas por que tentar me matar?

Quão vilão você tem que ser para enviar assassinos atrás de sua própria filha? Especialmente se ela não souber nada sobre você?

Então, de repente, me ocorre.

— Eu sou a prova viva do crime dele, não? — digo, olhando para Nikolai. — Um único teste de DNA e ele está acabado. Mesmo que ele tente alegar que foi consensual, mamãe ainda era menor de idade na época da minha concepção. Dezesseis anos dela para os mais de trinta dele.

Nikolai acena com a cabeça.

— No mínimo, ele é culpado de estupro estatutário. É o caso raro em que não é a palavra dele contra a dela. Não importa o quanto ele tente burlar, o que ele fez é uma ofensa criminal.

— E ele provavelmente não sabe que mamãe nunca me contou sobre ele. No que diz respeito a ele, posso aparecer a qualquer momento, reivindicando-o publicamente como meu pai.

— Receio que sim, zaychik. — Ele inclina a cabeça, me estudando atentamente. — Você está bem?

Eu começo a acenar com a cabeça no piloto automático, então, nego.

— Não. Não, eu não estou. Eu preciso de um minuto. — Ou dez mil minutos. Ou o resto da minha vida.

Meu pai biológico é um estuprador e um assassino que está tentando me matar.

Eu não sei nem como começar a processar isso.

Com o olhar cheio de compreensão, Nikolai aperta minha mão novamente, em seguida, curva a palma da mão sobre meu queixo e se inclina, acariciando minha bochecha com a ponta do polegar.

— Vou deixar você descansar, zaychik — ele murmura, seu hálito quente e sutilmente doce contra meus lábios. — Falaremos mais quando você estiver se sentindo melhor.

Fechando a pequena distância entre nós, ele me

beija. Seus lábios são gentis nos meus, ternos, mas posso sentir a possessividade faminta por trás da restrição. Isso me apavora quase tanto quanto a resposta instintiva do meu corpo.

Posso fugir de Bransford com sua ajuda, mas não haverá como fugir *dele*.

Não há como escapar do diabo.

5

NIKOLAI

Fechando a porta atrás de mim, faço uma nota mental para instalar algumas câmeras no quarto de Chloe, como fiz no quarto de Slava. Não porque me sinta compelido a observá-la a cada momento de cada dia – embora essa necessidade esteja definitivamente presente –, mas porque estou preocupado com ela.

Eu tive minha vida inteira para aceitar minha herança fodida, e há dias em que ainda estou tentado a cortar minha própria garganta. Isso ou fazer uma vasectomia, então, o erro que cometi naquela noite com Ksenia nunca poderá ser repetido. Eu nem sabia que o preservativo estava com defeito, mas devia estar.

Essa é a única explicação para a existência do meu filho.

Eu estava planejando ir para o meu escritório, mas meus pés me levam para o quarto dele, impulsionados pela mesma compulsão que estou sentindo com Chloe.

Papai, ele me chamou quando voltei para casa

ontem à noite. Eu estava muito distraído com tudo relacionado a Chloe para prestar atenção, mas agora não posso deixar de pensar nessa palavra e na forma como minha caixa torácica se encheu de uma dor estranha e penetrantemente doce. E é tudo por causa dela.

Chloe Emmons não apenas percebeu meu desejo mais profundo e secreto em relação ao meu filho; ela fez isso se tornar realidade.

Silenciosamente, abro a porta do quarto de Slava e entro. Como de costume, ele está no chão, trabalhando diligentemente em seu castelo de LEGO. Lyudmila me disse uma vez que meu filho tem uma capacidade de atenção notavelmente longa para uma criança que ainda não tem cinco anos, e suponho que isso seja verdade. Pelo que me lembro de meu irmão mais novo, Valery, nessa idade, ele estava sempre correndo e se metendo em problemas. Slava, por outro lado, é quieto e concentrado, muito mais do jeito que Konstantin era quando criança. Eu me pergunto se Slava herdou a aptidão do meu irmão mais velho para matemática e programação também. Eu provavelmente deveria apresentá-lo a esses assuntos e descobrir.

Na minha entrada, seus olhos – meus olhos em miniatura – disparam para o meu rosto, o olhar dele em partes iguais de interrogativo e cauteloso. Meu peito aperta com o desconforto usual, mas eu ignoro o desejo de recuar, me distanciando da sensação perturbadora. Em vez disso, agacho-me na frente do meu filho, dando toda a minha atenção à sua criação de LEGO, do jeito que vi Chloe fazer.

— É um castelo muito bom — digo em russo, estudando os blocos de construção cuidadosamente montados à minha frente. Embora as habilidades de inglês de Slava estejam melhorando rapidamente sob a tutela de Chloe, ele está longe de ser fluente na língua de nosso país de adoção. — Você demorou muito para construí-lo?

Ele pisca para mim por alguns momentos antes de um sorriso tímido florescer em seu rosto. — Você gosta?

— Gosto. — Eu falo sério também. O castelo exibe uma simetria e uma complexidade admiráveis, especialmente pelo fato de ter sido construído por mãos tão pequenas. Mesmo que matemática e computadores não sejam os pontos fortes de Slava, ele pode ter um futuro em arquitetura e design estrutural.

Isto é, se ele não seguir a mim e a Valery, e a todos os outros Molotov antes de nós.

Meu humor piora, mas me forço a manter uma expressão calma e curiosa enquanto pergunto de novo quanto tempo ele levou para construir o castelo.

— Trabalhei nisso pela manhã e novamente depois que voltei da floresta — diz Slava, visivelmente mais confortável comigo agora. Ele ainda está longe de ser tão falante e animado quanto com Chloe, mas considero isso um progresso. Antes, ele respondia à maioria das minhas perguntas com apenas uma ou duas palavras, ou ficava completamente em silêncio.

Pelos próximos minutos, ele me mostra todos os detalhes do castelo – há guaritas, torres e grandes janelas, as últimas semelhantes às da nossa casa – e, então, ele timidamente pergunta onde Chloe está e por que ele não a viu o dia todo.

— Ela está descansando — digo a ele. — Um galho machucou o braço dela, tivemos que chamar alguns médicos para consertar. Ela está bem agora, mas vai ficar na cama por alguns dias enquanto se cura.

Enquanto eu falo, seus olhos se arregalam de preocupação.

— Chloe está machucada?

— Só um pouco. Ela vai melhorar logo.

Ele ainda parece preocupado. — Ela não vai morrer, como mamãe?

É como se um caco de vidro atravessasse meu peito.

— Não, Slavochka. Eu não vou deixar isso acontecer. — Alina me disse que ele ocasionalmente pergunta a ela sobre Ksenia, mas esta é a primeira vez que o ouço falar sobre sua mãe, e eu odeio isso.

Eu a odeio por escondê-lo de mim todos esses anos, e odeio ainda mais que ela tenha morrido em um acidente de carro, deixando-o com sua família vil.

Com minhas palavras, Slava se ilumina.

— Chloe pode ficar conosco para sempre?

Essa é uma pergunta que tenho prazer em responder.

— Sim. — Eu olho bem na cara do meu filho. — Ela pode, e ela vai.

Nenhuma força na terra é poderosa o suficiente

para tirar Chloe de mim agora que a tenho de volta. Farei o que for preciso para mantê-la – tanto por Slava quanto por mim.

Ela está dormindo quando eu paro em seu quarto a caminho do meu escritório, então, eu a deixo descansar. É disso que ela precisa agora. Seus ferimentos físicos vão sarar em questão de semanas, mas os ferimentos emocionais são um assunto diferente. Pensei em não contar a ela o que Konstantin descobriu sobre Bransford e seu relacionamento com sua mãe, mas decidi que era importante que ela soubesse – que ela entendesse toda a extensão do perigo em que está correndo.

Eu não contei tudo a ela, como o fato de que sua mãe adolescente cortou os pulsos *depois* que soube que estava grávida. Ou que, depois daquela tentativa malsucedida de suicídio, ela tenha visitado uma clínica de aborto duas vezes, apenas para recuar nas duas vezes. Nada disso é importante. O que importa é que, depois que Chloe nasceu, Marianna conseguiu superar seu trauma e se tornar a mãe carinhosa que Chloe conheceu e amou.

A primeira coisa que faço ao entrar em meu escritório é ligar para Pavel e dizer-lhe para subir. A segunda é a videochamada com Valery.

— Preciso que você envie uma dúzia de seus melhores homens aqui — digo ao meu irmão mais novo em vez de um alô. — Eu preciso deles imediatamente.

— Feito — Valery diz, tão friamente sem emoção como sempre. Konstantin já deve tê-lo informado sobre minha situação. — Algo mais? Armas? Explosivos?

— Sim. Tudo. — Eu já tenho um grande estoque aqui no complexo, mas mais não vai doer. — Além disso, envie alguns medicamentos.

— Entendido.

Ele desliga assim que uma batida soa na minha porta.

Deixo Pavel entrar.

Os olhos de bronze de meu braço direito não piscam. — Guerra?

— Guerra — confirmo severamente.

Não estou esperando Bransford enviar mais assassinos atrás de Chloe.

Agora que sabemos quem é o inimigo dela, vamos lutar contra ele.

6

CHLOE

Meus olhos se abrem quando acordo com um suspiro, meu coração disparado e minha bata de hospital encharcada de suor. Apenas a dor latejante no meu braço e a dor paralisante em todo o meu corpo me impedem de sentar logo. Em vez disso, me forço a ficar quieta e apreciar a vista deslumbrante do sol se pondo atrás dos picos das montanhas distantes do lado de fora da minha janela do chão ao teto.

Lentamente, começo a me acalmar.

Um pesadelo.

Foi apenas mais um pesadelo.

Ao contrário dos sonhos vívidos do tipo filme de terror que têm me atormentado desde a morte de mamãe, este era mais uma confusão de imagens e impressões. O estalido de uma bala passando pela minha orelha, galhos me atingindo no rosto enquanto eu corro pela floresta de algum tipo de criatura bestial, algo pesado me derrubando – não é preciso ser um psicólogo para saber que minha mente estava repetindo meu encontro com os assassinos em uma tentativa de lidar com o terror persistente.

Uma batida silenciosa me distrai da vista deslumbrante. Antes que eu possa dizer qualquer coisa, a porta se abre e Nikolai entra, um sorriso caloroso curvando seus lábios sensuais quando me vê acordada.

Minha frequência cardíaca dispara de novo, mas com uma emoção muito mais complexa do que o medo. Ele se trocou mais uma vez, desta vez para um dos ternos perfeitamente talhados que ele prefere na hora do jantar. Uma camisa branca impecável e uma gravata preta justa completam o traje formal, realçando sua beleza masculina de uma forma que deveria ser ilegal – não que ele se importe com algo tão trivial quanto a legalidade.

Dado o que o vi fazer hoje cedo, meu captor não é exatamente fã no que se refere à lei.

Pelo menos eu suspeito que ele é meu captor. Ainda precisamos ter *essa* conversa.

— Como você está se sentindo? — Ele pergunta baixinho, parando ao lado da minha cama. Antes que eu possa responder, ele apalpa minha testa com as costas da mão e franze a testa, depois tira um termômetro do bolso interno do paletó.

Huh. Acho que me sinto um pouco febril.

— Abra — ele instrui, levando o termômetro aos meus lábios, e eu obedeço, sentindo-me incongruentemente como uma criança quando ele o enfia na minha boca e me manda segurá-lo. Alguns segundos depois, o termômetro apita e ele olha para a pequena tela ao lado.

— Quase trinta e oito — diz ele, parecendo aliviado enquanto esconde o dispositivo de volta no bolso e se senta na beira da cama. — O médico avisou que você poderia ter um pouco de temperatura antes dos antibióticos fazerem efeito.

— Mesmo? É assim que ocorre? Nunca levei um tiro antes.

Seus dentes brancos brilham em um sorriso deslumbrante.

— É... eu sei por experiência pessoal.

Meu coração rebelde acelera novamente e minha pele se aquece de uma forma que não tem nada a ver com febre baixa.

— Excelente. Acho que cada um de nós tem suas histórias de guerra agora.

— Acho que sim. — Seu sorriso desaparece. — Como você está se sentindo, além da leve febre?

— Como se alguém tivesse me usado como uma bola de tênis em uma partida com Serena Williams — digo sem pensar, apenas para me arrepender quando sua expressão escurece, sua mandíbula ficando perigosamente tensa.

— Aqueles filhos da puta. Se eu tivesse chegado lá mais cedo... — Seus dedos flexionam ameaçadoramente em sua coxa.

— Não, não. — Instintivamente, estendo a mão para cobrir a sua com a minha. — Se não fosse por você, eu não teria... — engulo, as imagens confusas do pesadelo invadindo minha mente. — Eu não teria conseguido.

E é cem por cento verdade. Eu não tive a chance de realmente pensar sobre isso, mas se ele não tivesse vindo atrás de mim, se ele não tivesse usado seus "recursos" assustadores para me rastrear tão rapidamente como ele fez, eu já estaria a sete palmos debaixo da terra, depois de primeiro sofrer por meio de um estupro brutal.

Nikolai me salvou.

Por mais aterrorizantes que sejam seus métodos, ele salvou minha vida.

Seu olhar cai para a minha mão por um segundo, e sua expressão muda novamente, a ameaça em seus olhos de tigre dando lugar a um calor feral que parece infinitamente mais perigoso. — Zaychik... — Sua voz fica mais suave, mais profunda. — Eu...

— Então, obrigada — deixo escapar, puxando minha mão de volta. Salvador ou não, não posso me deixar cair em seu feitiço de novo, não posso me permitir esquecer o que ele é e o que fez. — Lamento não ter dito isso antes, mas estou muito, muito grata. Eu sei que devo minha vida a você e muito mais. Você não precisava vir atrás de mim, mas veio, e eu aprecio muito isso. Se você não estivesse lá, eu...

Ele pressiona dois dedos nos meus lábios, parando minha divagação. — Você não precisa me agradecer. — Ele se inclina sobre mim, apoiando uma palma no travesseiro ao meu lado e curvando a outra na minha bochecha. Seu olhar é sombriamente intenso, seu tom, grave. — Eu sempre protegerei você, zaychik. Sempre.

Eu fico olhando para ele, meu peito inflando com uma mistura contraditória de emoções. Alívio e preocupação, gratidão e medo, alegria e dor - é como um pêndulo dentro de mim, balançando para frente e para trás entre os dois extremos, as duas versões de Nikolai que existem em minha mente.

A anterior à história de Alina e a seguinte.

O amante carinhoso e o assassino brutal.

Qual deles é real?

Com esforço, reduzo meus pensamentos giratórios e pisco para quebrar a atração hipnótica daquele olhar dourado. O mais importante agora é descobrir onde estamos.

— Você não tem que me proteger — digo, injetando meu tom com uma confiança que estou longe de sentir. — Os assassinos de mamãe estão mortos e mesmo que Bransford envie outros, não há garantia de que eles vão me encontrar. Posso simplesmente sair do país, desaparecer e...

— Não. — A palavra está repleta de uma finalidade dura enquanto ele se endireita e puxa a mão para trás. Seu belo rosto é marcado por linhas duras e intransigentes. — Você não vai a lugar nenhum.

— Mas você está em perigo comigo aqui. Sua família está em perigo.

Eu já argumentei antes e é tão ineficaz agora quanto antes. A expressão de Nikolai endurece ainda mais, uma intensidade selvagem entrando em seu olhar.

— Você não vai embora. Os guardas vão te parar se você tentar.

Então é verdade. Eu não interpretei mal sua recusa em me deixar sair do carro. Eu *sou* sua prisioneira.

O conhecimento me enche de medo e alívio em partes iguais. Está claro agora; terminamos de fingir. Claro que ele não vai me deixar ir. Eu sei o terrível segredo de sua família. Eu o vi matar com meus próprios olhos. Os crimes que ele cometeu colocariam um homem comum em uma cadeira elétrica, mas Nikolai Molotov é muito rico, muito poderoso - e, mais importante, muito cruel - para ter que pagar pelo que fez.

Quaisquer que sejam suas intenções em relação a mim antes das revelações de Alina, só há uma coisa que ele pode fazer agora.

Me deter. Me manter onde eu nunca possa revelar o que sei.

Pelo menos espero que seja o único curso de ação que ele está considerando. Porque há uma maneira muito mais eficiente de garantir meu silêncio, aquela que meu pai biológico parece ter escolhido.

Mas não. Pode ser ingênuo da minha parte, mas não consigo acreditar que Nikolai me mataria. Não com a conexão potente e emocionalmente carregada que crepita entre nós. Não quando ele teve tantos problemas para salvar minha vida.

E é isso, eu percebo, olhando para sua expressão implacável. É por isso que, de uma forma distorcida, é um alívio saber que não posso ir embora. Eu deveria querer ir embora. Eu deveria querer correr o mais longe possível deste homem perigoso e da fixação que ele parece ter em mim. Mas eu não quero. Não no fundo, onde importa – e não é apenas por causa da paixão estúpida que desenvolvi por ele.

A verdade é que não sou corajosa e forte. Aprendi isso hoje, quando fiquei cara a cara com a morte, quando senti a bala rasgar minha carne e olhei nos olhos vazios do assassino. Eu quase morri antes – a vez que me escondi no armário de casacos de mamãe depois de encontrar seu corpo, a noite em que acordei com sons de arranhões na porta do meu Airbnb, as duas vezes em que os assassinos quase me atropelaram com o carro deles, e a vez em que atiraram em mim em Boise – mas eu nunca tinha conhecido um terror tão prolongado e nauseante como quando eu dirigi meu Toyota frágil naquela estrada de terra cheia de buracos com as balas passando zunindo pelos meus ouvidos.

Eu não quero morrer. Não estou nem perto de querer morrer – e sei que por mais implacável que seja o assassino Nikolai, ele não me deseja morta. O oposto, na verdade.

Ele está prometendo me proteger.

Me manter cativa e me proteger.

Eu engulo para umedecer minha garganta seca.

— Posso, por favor, tomar um gole d'água? Estou com sede.

A expressão feroz no rosto de Nikolai diminui.

— Claro, zaychik. E você também deve estar com fome. Vou preparar o jantar para você em um momento. — Inclinando-se sobre mim, ele arruma os travesseiros em um monte e gentilmente me apóia contra eles.

Minha respiração fica presa com sua proximidade, mesmo quando meu braço lateja mais forte com o movimento, me deixando feliz por não ter tentado isso sozinha.

Devo ter feito uma careta, porque ele alisa meu cabelo do meu rosto, parecendo preocupado.

— Você quer um analgésico? — Ele pergunta, e eu nego com minha cabeça enquanto ele traz um copo d'água com um canudo aos meus lábios.

A dor não é insuportável e quero manter meu juízo sobre mim por enquanto.

Eu chupo todo o copo e, quando termino, percebo outra necessidade urgente.

— Hm... — Meu rosto queima enquanto me forço a sentar, ignorando o pico de dor que acompanha o movimento. — Eu realmente preciso...

— O banheiro? Claro. — Ele me pega e me carrega para o banheiro adjacente, onde cuidadosamente me coloca de pé na frente do sanitário. — Quer ajuda aqui?

— Estou bem, obrigada. — Eu poderia ter caminhado aqui sozinha também - ou, pelo menos, mancado - mas provavelmente é melhor que eu descanse meu tornozelo machucado. Além disso, uma parte fraca e necessitada em mim está desfrutando de seu cuidado, deleitando-se com sua proximidade, sua força, sua preocupação óbvia por mim.

Ele não pode ser um psicopata completo se ele se importa comigo assim, pode?

— Tudo bem — diz ele, embora seu olhar ainda esteja cheio de preocupação. — Não tranque a porta e me chame se precisar de alguma coisa, ok?

Com a minha concordância murmurada, ele dá um leve beijo na minha testa e sai, fechando a porta atrás dele.

Eu faço meus negócios o mais rápido que posso - o que não é nada rápido, já que só tenho um braço para trabalhar - então, manco até a pia para lavar as mãos. O reflexo no espelho me faz estremecer. Não posso acreditar que Nikolai quis me beijar mais cedo. Eu pareço um caos, toda arranhada e machucada, meu cabelo torto e emaranhado. E... isso é um *galho* perto da minha orelha?

Eu olho para o box do chuveiro, então, para a tipoia segurando meu braço direito imobilizado contra o meu lado. Posso tomar um banho? Talvez não uma lavagem completa do cabelo, mas pelo menos uma chuveirada rápida...

Uma batida na porta termina minhas reflexões.

— Zaychik, você terminou? Posso entrar?

— Sim, ok. — Tento não me encolher de vergonha quando ele se aproxima de mim, todo limpo, bem vestido e incrivelmente bonito. Em comparação, estou com uma bata de hospital que suei durante o pesadelo, parecendo - e provavelmente cheirando - como se eu não tomasse banho há semanas.

Devo ter olhado ansiosamente para o box

novamente porque Nikolai pergunta: — Você gostaria de um banho de banheira?

Banheira? Isso soa ainda mais celestial do que uma chuveirada. Apenas o pensamento de submergir meus hematomas e músculos doloridos em água quente me dá vontade de gemer alto.

Nikolai lê a resposta em meu rosto.

— Vou preparar enquanto você come — diz ele com um sorriso e me pega para me levar de volta para a cama, onde uma bandeja com pratos cobertos já está na mesa de cabeceira.

Colocando-me cuidadosamente no colchão, ele me arruma contra o monte de travesseiros e destapa uma das louças. Um aroma rico e saboroso enche o quarto, me fazendo salivar. São batatas com alho ao estilo russo com cogumelos, aquelas com que eu alegremente encheria minha cara todos os dias se pudesse.

Enquanto estou babando de ansiedade, ele destapa o resto das ofertas na bandeja, incluindo uma salada grega com alface crocante e azeitonas pretas rechonchudas, um prato de pato assado com peras escaldadas e fatias de baguete com manteiga com caviar preto.

É oficial: Pavel está de volta à cozinha. A comida de sua esposa está longe de ser tão sofisticada ou boa.

O que me surpreende é que Nikolai conseguiu montar tudo e colocar aqui enquanto eu estava no banheiro. Ele deve ter descido e voltado, no estilo do *Super-Homem*.

— Pavel trouxe aqui para cima — diz ele, mais uma

vez captando meus pensamentos. É estranho como ele faz isso - como ele sempre foi capaz de fazer isso. Desde o momento em que nos conhecemos, tive a sensação inquietante de que ele pode ver diretamente em meu cérebro, visualizando meus medos e desejos mais íntimos.

É como se realmente estivéssemos unidos por aqueles fios do destino de que ele falou, conectados em um nível que é muito mais profundo do que a curta duração de nosso relacionamento deveria permitir.

Mas não. Não estou acreditando nisso, especialmente agora que sei que tipo de homem ele é. É ruim o suficiente que eu não posso extinguir a química sexual que queima entre nós como um incêndio, nem esquecer a paixão que desenvolvi por ele antes de aprender a verdade. Acreditar que de alguma forma fomos feitos um para o outro, que isso pode ser algo duradouro e real, seria além da tolice.

Não existe destino e, mesmo que existisse, não posso estar fadada a amar um monstro.

— Aqui, zaychik — diz o monstro em questão, colocando um prato com um pouco de tudo no meu colo e me entregando um garfo. Sua linda boca se curva em um sorriso caloroso. — Comece a comer enquanto preparo um banho para você.

Meu peito aperta com força enquanto ele escova suavemente os dedos sobre minha orelha, extraindo o galho que eu havia notado antes, e sai do quarto - provavelmente para preparar um banho para mim em seu banheiro, onde há uma banheira enorme.

Tomamos um banho de espuma lá ontem à noite depois que ele me esgotou com o sexo mais quente e intenso da minha vida.

Uma onda de calor abrasador passa por mim com a lembrança, aumentando o aperto dolorido em meu peito. Eu fecho meus olhos, desejando que o sentimento desapareça, mas é inútil.

A excitação que eletrifica meu corpo não é nada comparada ao desejo desesperado em meu coração.

No momento em que Nikolai retorna alguns minutos depois, estou me controlando e batalhando para devorar toda a comida no meu prato. É um pouco estranho comer com a mão esquerda, mas estou com tanta fome que comeria com os pés, se fosse preciso.

— Aqui, zaychik, deixe-me ajudá-la — Nikolai diz, pegando o garfo de mim depois que deixo cair um pedaço de cogumelo no meu peito. Ignorando minhas objeções, ele me alimenta como se eu fosse uma criança desajeitada – o que, para ser justo, eu poderia muito bem ser agora – e quando estou tão entupida que não consigo engolir mais nada, ele dá um tapinha em meus lábios com um guardanapo, carrega a bandeja e retorna alguns minutos depois com o anúncio de que o banho está pronto.

Para minha surpresa, Lyudmila entra em meu quarto atrás dele, seu rosto cuidadosamente neutro enquanto Nikolai me pega e me leva para fora dali.

— Ela vai trocar os lençóis enquanto você está no banho — ele explica, caminhando pelo corredor com passadas longas e fáceis, como se meu peso em seus braços não fosse nada.

Ele é forte, esse meu captor.

Tão forte que eu deveria estar muito mais apavorada do que estou.

Empurrando a porta de seu quarto com as costas, ele me carrega passando pela cama king-size onde ele me tomou tantas vezes na noite passada. Pelo menos parte da dor em meu corpo deve ser disso, eu percebo com um rubor. Nikolai foi insaciável, e eu também.

Eu perdi a conta de quantos orgasmos ele me deu.

As memórias ainda estão passando em minha mente como um filme proibido para menores quando ele me coloca de pé na frente da banheira e pega o laço da minha bata de hospital. Essas memórias devem ser o motivo pelo qual eu fico ali como uma criança obediente, deixando-o tirar a roupa de mim, desnudando meu corpo para seu olhar encoberto – e por que eu não expresso uma única objeção quando ele me pega novamente e me deposita na água quente coberta por bolhas, tendo o cuidado de pendurar meu braço enfaixado na lateral da banheira para mantê-lo seco.

Posso sentir a tensão nele enquanto suas mãos roçam minha pele nua, a mesma tensão que se enrola dentro de mim, fazendo minha pele queimar e meu pulso trovejar em meus ouvidos.

Assassino. Torturador. Monstro. As palavras

condenatórias flutuam em minha mente, mas elas não fazem nada para esfriar o fogo que assola meu sangue. Tendo experimentado o prazer devastador e viciante de sua posse, meu corpo anseia por mais, precisa de mais. Não me importa que as mãos passando a esponja com sabão sobre meu peito e ombros tenham tirado duas vidas há poucas horas, que eu não sou sua amante, mas sua prisioneira.

— Afunde um pouco mais — ele murmura, sua voz baixa e sensual, e eu obedeço sem pensar, deleitando-me com a sensação de seus dedos fortes no meu crânio enquanto ele segura a parte de trás da minha cabeça, mantendo meu rosto acima da água enquanto ensopa meu cabelo.

Devo ainda estar sob a influência de quaisquer drogas usadas para a anestesia, porque isso não parece totalmente real, especialmente quando fecho meus olhos para protegê-los de gotas de água perdidas. É como se eu estivesse em um sonho, no qual nada importa, exceto o prazer caloroso de seu toque, o conforto calmante de sua ternura. Tudo sobre isso deveria parecer errado, repelente, mas em vez disso, me sinto como um animal de estimação mimado quando ele levanta minha cabeça para fora da água e aplica xampoo em meus fios molhados, em seguida, esfrega a espuma nas raízes, seus dedos exercendo a quantidade certa de pressão enquanto suas unhas curtas arranham suavemente meu crânio.

É a melhor massagem na cabeça que já tive, e é tudo que posso fazer para não implorer por mais quando, depois de alguns minutos de felicidade, ele considera meu cabelo suficientemente ensaboado e guia minha cabeça de volta para a água.

Felizmente, ainda não acabou. Ele aplica condicionador no meu cabelo e esfrega na raiz também. Eu diria a ele que é a maneira errada de fazer isso, mas estou gostando muito da experiência para me importar que meu cabelo ficará liso amanhã e oleoso mais rápido. Este último pode até ser uma vantagem se o incentivar a fazer isso novamente em breve.

— Mergulhe sua cabeça de volta — ele ordena com voz rouca, e eu obedeço enquanto ele passa os dedos pelos meus fios, enxaguando o condicionador e desembaraçando-os no processo.

Ele é bom nisso, tão bom que ou tem um talento natural ou tem alguma prática.

Uma pontada aguda de ciúme me pega desprevenida. Eu abro meus olhos, a letargia quente me engolfando desaparecendo enquanto eu olho para ele, minha cabeça ainda meio submersa na água.

Com quantas mulheres ele fez isso?

Quantos conheceram o prazer de ter os ossos derretidos com seus cuidados?

— O que há de errado, zaychik? — Suas sobrancelhas escuras se juntam enquanto ele me ajuda a sentar. — Eu machuquei você?

— Não. — Eu sei que não deveria dizer nada, mas não consigo evitar.

— Você já fez isso em muitas mulheres, não?

Ele parece surpreso por um segundo. Em seguida,

um sorriso perversamente sensual se espalha por seu rosto.

— Não muito, não. Você é a única, na verdade.

— Oh. — Agora me sinto uma idiota. — Deixa pra lá então. Eu acabei de...

Estou prestes a fechar meus olhos e deslizar de volta para a água para esconder minha mortificação quando ele gentilmente agarra meu queixo, me forçando a encontrar seu olhar.

— Mas mesmo que não fosse esse o caso — ele diz suavemente —, todas as outras mulheres estão no passado. Você é a única para mim daqui para frente. Apenas tenha em mente, zaychik — ele se inclina tão perto que posso ver as manchas verdes no âmbar rico de suas íris — Eu sou o único para você agora também. Nenhum outro homem vai tocar em você. Você é minha tanto quanto eu sou seu.

Eu fico olhando para aqueles olhos hipnóticos, fascinada e apavorada com a intensidade possessiva neles. Ele fala sério, eu posso dizer. Por alguma razão, ele decidiu que pertencemos um ao outro, e não há nada que eu possa dizer ou fazer que altere essa convicção - uma convicção que seria perigosa mesmo se o próprio homem não fosse a personificação das trevas.

É como se ele estivesse obcecado por mim... e não de uma forma totalmente saudável.

Ele mantém meu olhar por mais alguns instantes, daí se inclina e pressiona um beijo na minha testa. O gesto deve parecer terno, até paternal, mas em vez disso, é uma impressão, uma marca. Seus lábios permanecem na minha pele por alguns segundos a mais, seu aperto em meu queixo cingindo para me segurar no lugar. *Você é minha,* diz aquele beijo, e quando ele finalmente se afasta, a mesma mensagem é repetida em seus olhos, então, ecoando em seu toque enquanto ele pega a esponja e volta a me lavar, suas mãos viajando pelo meu corpo com uma expressão de restrição platônica que apenas enfatiza a fome que ele está mantendo tão cuidadosamente controlada.

Ele acha que a fome é perigosa, eu percebo. Muito perigosa para ceder enquanto estou fraca e machucada.

Com esforço, afasto o pensamento e fecho os olhos, permitindo-me simplesmente aproveitar o momento. Amanhã, vou me preocupar com o futuro e o que significa a obsessão de Nikolai por mim – qual pode ser o preço por seus cuidados e proteção. Esta noite, vou apenas me divertir com o fato de que sou seu bem valioso.

Que estou tão segura nos braços do diabo quanto qualquer um pode estar.

7

NIKOLAI

São duas horas da manhã e ainda estou bem acordado, olhando para o teto escuro acima da minha cama. Parcialmente, é porque meu corpo ainda está no tempo de Dushanbe, mas principalmente, estou muito nervoso, meus pensamentos circulando entre meus planos para Bransford e as lembranças cheias de adrenalina de ontem. A última é especialmente intrusiva, enchendo meu peito com todos os tipos de emoções violentas.

Chloe fugiu de mim. Quase a perdi. Mais alguns minutos e...

Porra. Já chega.

Eu saio da cama e vou até o armário para colocar meu short de corrida. Já corri esta noite. Assim que terminei o banho de Chloe e a coloquei na cama para dormir, amarrei meus tênis e saí. Mas preciso de outra corrida. Isso ou uma boa e dura luta com Pavel ou os guardas. Ou melhor ainda, uma corrida *e* uma luta, já que também preciso me livrar de uma séria frustração sexual.

Tocar o corpo nu e molhado de Chloe sem transar com ela exigiu toda a minha força de vontade e mais um pouco.

Antes de sair do quarto, pego um feed de vídeo de Chloe no meu telefone. Pedi a Pavel que instalasse uma pequena câmera na TV acima de sua cama enquanto eu dava banho nela, para poder ficar de olho nela sem entrar em seu quarto e perturbar seu sono.

Como esperado, a tela do meu telefone a mostra escondida sob as cobertas na escuridão, com apenas o som de sua respiração preenchendo o silêncio. Ao contrário de mim, ela está dormindo pacificamente, e estou feliz. Ela precisa de um bom descanso para se recuperar – é por isso que tenho que manter minhas mãos longe dela, não importa o quanto isso me mate.

Eu sou mais forte do que a besta selvagem dentro de mim.

Pelo menos espero ser.

Deixando o telefone no meu quarto, desço as escadas e meu peito se expande assim que saio. A noite está escura e fria, o ar da montanha, fresco e puro.

Saio para o bosque, descendo a montanha correndo e entrando na floresta, como é meu costume. Mas desta vez, em vez de voltar para casa depois de ter acabado com a maior parte da minha energia inquieta, sigo para o lado norte do complexo, para o bunker dos guardas.

Não estou surpreso de encontrar Pavel lá, jogando cartas com Arkash e Burev perto de uma fogueira.

Como eu, ele deve estar muito tenso para dormir, mesmo com Lyudmila ao seu lado.

Ao me ver, ele se levanta de um salto, assim como os outros.

— Tudo bem — digo, apontando para eles relaxarem. — Só preciso de um treino, só isso.

— Sem problemas — diz Pavel, os olhos brilhando de ansiedade. — Com ou sem facas?

— Com facas, é claro.

Os guardas fornecem as armas e, pelos próximos quarenta minutos, minha mente está felizmente livre de tudo, exceto do objetivo primitivo de sobrevivência, de evitar ser cortado em pedaços pela lâmina impiedosa de Pavel. Duas vezes, quase sou estripado; três vezes, por pouco sinto falta de ter minha jugular cortada. Pavel não dá socos, e quando eu finalmente coloco a lâmina afiada contra sua garganta, nós dois estamos cobertos de machucados e cortes doloridos.

Ofegante, dou um passo para trás e devolvo a faca para Arkash, que me dá um tapinha no ombro em parabéns. Nenhum dos guardas é bom o suficiente para enfrentar Pavel com uma lâmina e vencer, mas, novamente, nenhum deles foi treinado por ele desde que tinham a idade do meu filho.

Deixando-os com seus deveres, Pavel e eu voltamos para a casa juntos. No início, nós dois estamos cansados demais para falar - a luta foi tão cansativa quanto eu esperava que fosse - mas quando a casa aparece à vista, Pavel diz baixinho: — Você realmente deveria perdoá-la, sabe.

Eu olho para ele com surpresa.

— Chloe? Já perdoei. — Por mais que me chateie que ela fugiu, eu entendo por que ela fez isso. O que minha irmã disse a ela teria assustado qualquer um, não apenas uma jovem vulnerável que já tinha visto o pior da humanidade.

— Não. Alina. — Pavel me lança um olhar de esguelha. — Ela está chateada. Lyudmila a pegou chorando.

Caralho. Eu deveria saber que ele ficaria do lado da minha irmã nisso.

— Ela deveria estar chateada. Ela estragou tudo. — Minhas palavras saem mais duras do que eu pretendia. Tenho tentado não pensar no papel de Alina em tudo isso, mas o fato é que Chloe quase *morreu.*

Não sei se algum dia serei capaz de perdoar Alina por isso.

— Ela sabe que fodeu com tudo — Pavel diz calmamente. — Mas ela ainda é sua irmã.

— E o sangue é mais espesso que a água, certo?

Ele ignora meu sarcasmo.

— Não é bom para ela ficar tão chateada. As dores de cabeça...

— Eu sei tudo sobre a porra das dores de cabeça dela. — Eu respiro fundo. — Olha, eu não vou mandá-la embora ou puni-la de forma alguma. Ainda faremos a celebração do aniversário dela na sexta-feira, conforme planejado. Mas você não pode esperar que eu apenas perdoe e esqueça. Drogada ou não, Alina sabia o que estava fazendo quando abriu a porra da boca e entregou a Chloe as chaves do carro.

— Mas ela não sabia. — A expressão de Pavel é sombria quando ele dá um passo na minha frente, bloqueando meu caminho. — Você não disse a ela que Chloe estava em perigo mortal. E não se esqueça por que ela estava chapada na noite passada.

Meus molares rangem juntos.

— Sai da porra do meu caminho. Agora. — Ele pode ser meu amigo e mentor, mas se eu tivesse minha faca em sua garganta agora, não me importaria - não com as memórias sombrias surgindo em minha mente, enchendo meu estômago com uma mistura tóxica de raiva, horror, tristeza, e culpa.

A necessidade de medicação de Alina *é* minha culpa, eu sei.

Por maior que seja a merda dela, não se compara à minha.

Pavel deve perceber que ele foi longe demais, porque ele sabiamente sai do meu caminho e abandona o assunto. Cobrimos a distância restante até a casa em silêncio tenso, todos os benefícios de nossa luta desfeita por esta curta troca.

De jeito nenhum vou adormecer agora.

Não quando posso mais uma vez sentir minha lâmina afundando no estômago do meu pai e ver o monstro que sou em seus olhos moribundos.

8

CHLOE

Estou prestes a consumir a garfada de ovos mexidos que Nikolai está levando à minha boca quando ouço vozes no corredor, seguidas por uma batida na porta. Meu olhar salta para o rosto de Nikolai, e minhas bochechas ardem com o brilho divertido em seus olhos.

Nós dois sabemos que não estou incapacitada o suficiente para que ele esteja me alimentando na boca; é apenas uma dinâmica peculiar e ligeiramente excêntrica em que caímos. Eu nem tentei comer com minha mão esquerda esta manhã quando ele me trouxe o café – ele apenas começou a me alimentar e eu deixei. Mesmo seu filho de quatro anos come sem ajuda, mas aqui estou eu, com um braço completamente funcional, agindo como se não pudesse segurar um garfo sozinha.

Meu constrangimento se aprofunda, eu arranco o

garfo de Nikolai e coloco na bandeja que está na mesa de cabeceira. — Entre!

Eu estava esperando Pavel ou Lyudmila, mas é Alina quem entra no meu quarto, a mãozinha de Slava apertada na dela.

Os olhos da criança brilham quando ele me vê.

— Chloe! — Soltando Alina, ele corre em minha direção, balbuciando animadamente em russo.

— Ele está preocupado com você — traduz Nikolai, sorrindo ironicamente enquanto Slava pula na minha cama com a energia ilimitada de um cachorrinho. — Embora eu tenha dito a ele que você não morreria como a mãe dele, ele temia que morresse, então, está pedindo para vê-la desde que acordou esta manhã. Que foi há muito tempo porque - e eu repito as palavras dele - você dormiu até *muito, muito tarde*.

— Oh, não, querido, estou totalmente bem. — Eu dou um tapinha em suas costas com minha mão esquerda enquanto ele envolve seus braços em volta de mim em um abraço tão forte quanto sua força infantil permite. — É só meu braço que está doendo, vê? — Mostro a tipoia quando ele se afasta.

Ele franze a testa e faz uma pergunta.

— Ele está perguntando por que você está na cama se é apenas o seu braço — diz Alina, e eu olho para cima para encontrá-la de pé ao lado da mesa de cabeceira. Seu rosto incrivelmente belo está novamente totalmente maquiado, sua figura esguia em um vestido amarelo sem mangas que parece ter saído da passarela. Nenhum traço permanece da mulher atormentada e alquebrada que me confrontou ontem de manhã com avisos terríveis sobre o homem sentado ao meu lado.

Dou a ela um sorriso cauteloso antes de voltar minha atenção para Slava.

— É porque meu tornozelo também dói um pouco — digo a ele, e Nikolai traduz minhas palavras. Percebo que ele está evitando olhar para Alina; ele não reconheceu a presença dela, na verdade.

Slava examina meus pés cobertos por cobertores e faz outra pergunta.

— Ele quer saber como você machucou o tornozelo — diz Nikolai. — Vou dizer a ele que você torceu quando caiu no galho.

— Faz sentido.

Enquanto ele fala com o menino, eu olho para Alina e dou a ela um sorriso maior. Ela provavelmente está preocupada que eu esteja brava com ela, mas eu não estou. Estou grata, na verdade. Eu não sei o que teria acontecido se eu não tivesse fugido, mas estou supondo que, na melhor das hipóteses, teria atrasado a confusão em que agora me encontro. Os assassinos teriam me localizado eventualmente, ou em algum momento depois, eu teria descoberto do que Nikolai é capaz. Até então, porém, eu poderia estar várias semanas ou meses em um relacionamento intenso com ele, e teria sido muito mais devastador ter minhas ilusões destruídas.

Ou talvez, apenas talvez, ele tivesse conseguido me manter na ignorância, e eu nunca teria descoberto que ele mata e tortura tão facilmente quanto outros homens cortam grama. Eu teria dormido em seus braços e o tomado em meu corpo o tempo todo me convencendo de que meus instintos estão errados, que o fio de escuridão que senti nele nada mais é do que minha imaginação hiperativa.

Aff. Talvez eu *devesse* estar chateada com Alina. Esse tipo de ignorância soa como bênção.

Visivelmente aliviada, Alina retribui meu sorriso e afasto as noções tolas sobre como seria bom nunca enfrentar a verdade sobre Nikolai – ou sobre Bransford e tudo mais. Se eu fosse me permitir esse tipo de pensamento, eu poderia muito bem desejar que minha mãe estivesse viva, ou melhor ainda, que ela nunca tivesse encontrado meu pai biológico, para começar.

Eu não existiria neste caso, mas valeria a pena tê-la viva e feliz em uma vida que não havia sido destruída quando ela era adolescente.

Percebendo que estou novamente entrando em uma espiral de 'e se' inútil, eu olho para Nikolai e digo brilhantemente: — Que tal Slava e Alina ficarem comigo por um tempo? Eu não quero monopolizar seu tempo. Tenho certeza de que você tem trabalho a fazer e posso ensinar Slava da minha cama, bem como de qualquer lugar.

O rosto de Nikolai se contrai com a minha dica clara de que quero que ele vá embora, mas ele se levanta e diz calmamente: — Tudo bem. Te vejo em breve. Não se esqueça de comer, ok?

— Pode deixar. — Pego o garfo e levo os ovos à boca

com uma falta de jeito exagerada. Meu objetivo é fazer Slava rir, e eu consigo.

Quando olho para o lado, Nikolai já se foi.

O rosto de Alina está sombrio quando ela se senta na beira da cama, ocupando o lugar de Nikolai.

— Como você está se sentindo? — ela pergunta baixinho enquanto Slava corre para a janela, aparentemente curioso sobre a vista do meu quarto.

— Eu estou bem. Já me recuperando. — Enfio uma grande garfada de ovos na boca para mostrar como estou me curando rapidamente. Eu também não estou mentindo. Meu braço ainda dói, mas com o analgésico que engoli ao acordar, é administrável e sou capaz de colocar um pouco de pressão no tornozelo sem ele protestar muito.

Alina sorri hesitante.

— Isso é bom. — Ela respira audivelmente. — Escute, Chloe... Eu estava muito mal ontem de manhã. Muito mal. Eu posso ter dito coisas que não faziam sentido. Coisas que não eram... necessariamente verdadeiras.

Largo o garfo, meu apetite desaparecendo sem deixar vestígios. Eu entendo o que ela está tentando fazer e odeio isso.

— Você não tem que mentir. Ele admitiu. E eu vi o que ele fez aos homens que me atacaram.

Uma miríade de expressões pisca no rosto de Alina antes de se tornar cuidadosamente neutro. — Entendo. E você está... bem?

Bem? *Não* pular da janela ou sair correndo porta

afora gritando é estar bem? Se for assim, estou totalmente bem, ou, pelo menos, tão bem quanto você pode estar depois de descobrir que seu pai biológico é um estuprador e um assassino que está tentando matá-la, e que você está sendo mantida em cativeiro por um homem que pode ser ainda mais implacável do que o dito pai.

— Estou lidando com isso — digo, e para minha surpresa, não é uma mentira total. Talvez fosse pelo mês em que estive fugindo ou o horror de encontrar o corpo de mamãe e me esconder de seus assassinos no armário de casacos, mas não estou pirando tanto quanto esperava. Sobre qualquer coisa, mas especialmente o fato de que sou prisioneira de Nikolai. É como se minha mente tivesse erguido uma parede entre o presente e o passado recente, entre o que estou vivenciando e o que sei.

No momento, estou confortável e bem alimentada, minha segurança garantida pelas mesmas medidas de segurança que me impediriam de sair se eu tentasse. E é possível focar apenas nesse primeiro aspecto. Assim como é possível esquecer a verdadeira natureza de Nikolai quando ele está sendo tão carinhoso e terno... quando meu sangue se transforma em melaço quente ao seu toque.

De alguma forma, sou capaz de colocar todo o horror em uma caixinha e guardá-la, fingir que não está lá.

— Bom — Alina diz. — Estou feliz. Mas se você estiver tendo problemas para lidar com isso, ou apenas precisar de alguém para conversar, quero que saiba que você sempre pode vir até mim. — Os olhos de jade brilhando suavemente, ela acrescenta: — Não importa o que você esteja passando, eu entenderia.

E ela iria, eu sei. Minha garganta aperta quando eu percebo a simpatia genuína em seu olhar. Eu não sabia até este momento o quanto ansiava por isso: não uma oferta de amizade, precisamente, mas algo muito parecido. — Obrigada — digo com voz rouca. — Eu agradeço, assim como agradeço o que você tentou fazer antes, me avisando e tudo mais.

Talvez seja outra ilusão que está fadada a ser destruída, mas parece que tenho uma aliada na irmã de Nikolai. Como se eu não estivesse completamente sozinha nesta bagunça.

Ela sorri ironicamente e se levanta.

— Sim, bem, isso não saiu exatamente como eu esperava. Eu... — Ela para quando Slava exclama algo de seu lugar perto da janela e corre de volta para nós, conversando animadamente em russo.

— Ele diz que há uma família de guaxinins no nosso caminho do carro — traduz Alina com um sorriso. — Aparentemente, eles acabaram de sair da floresta.

— Mesmo? Eu quero ver. — Sento-me mais reta e, ignorando a pontada de dor em meu braço, coloco meus pés no chão. Com cautela, eu me levanto, tomando cuidado para não colocar muito do meu peso no tornozelo torcido.

Até agora tudo bem.

— Aqui, apóie-se em mim. — Alina me empresta o

cotovelo e, com sua ajuda, manco até a janela, onde os guaxinins - uma mãe e dois bebês - estão realmente brincando à vista de todos.

Slava ri de empolgação quando um dos bebês pula de brincadeira no outro, e eu bagunço seu cabelo sedoso, meu peito se expandindo enquanto ele me dá um sorriso radiante.

— Guaxinins — digo, lembrando-me de meu papel como sua tutora de inglês. — Esses são chamados de guaxinins.

Ele obedientemente repete a palavra depois de mim, e nós três observamos os animais até que eles desapareçam de volta na floresta. Então, Alina me ajuda a mancar de volta para a cama, e peço a ela que me traga um livro que eu possa ler com Slava.

— Sem problemas — ela diz, já se dirigindo para a porta. Ela volta alguns minutos depois com uma pilha de livros infantis que coloca no cobertor ao meu lado. — Você quer que eu tire isso? — Ela pergunta, gesticulando para a bandeja na mesa de cabeceira, e eu aceno enquanto Slava fica confortável ao meu lado não machucado.

Vai chegar a hora do almoço em breve, e eu comi o suficiente para me ajudar até então.

Ela pega a bandeja e sai novamente. Só quando ela está quase na porta é que percebo que não perguntei algo importante.

— Alina, espere — chamo enquanto ela abre a porta com um pé no salto alto.

Ela se vira, um olhar interrogativo em seu rosto.

— Você vai voltar daqui a pouco? Eu gostaria de saber mais sobre o que aconteceu. — Minha voz fica instável. — Com Nikolai e... e seu pai.

Ela enrijece, seu rosto sem qualquer expressão.

— Por favor, Alina. Eu preciso saber.

Eu preciso descobrir o quão monstruoso é o cara por quem me apaixonei.

Ela fecha os olhos e respira fundo, depois os abre novamente.

— Não é minha história para contar. — Sua voz é baixa e tensa. — Nunca foi. Nikolai é aquele com quem você deve falar.

E antes que eu possa implorar mais, ela sai e fecha a porta.

9

NIKOLAI

ABRINDO MEU PUNHO FORTEMENTE FECHADO, EU CLICO fechando a imagem da câmera do quarto de Chloe e abro minha caixa de entrada. Não sei o que teria feito com Alina se ela tivesse concordado com o pedido de Chloe. Felizmente, minha irmã recuperou o suficiente de seu juízo para perceber que ela precisa manter a boca fechada.

É minha história para contar – e não tenho certeza se quero contá-la.

Ontem, quando Chloe me perguntou se o que Alina havia contado era verdade, fiquei tentado a mentir, dizer a ela que Alina havia inventado tudo – que ela estava delirando por causa de toda aquela medicação. Mas por alguma razão, quando olhei nos olhos castanhos suaves de Chloe, as palavras se recusaram a se formar na minha garganta. Por mais que eu odeie que minha zaychik me veja como mau, algo dentro de mim quer que ela conheça meu verdadeiro eu.

Para me conhecer e me amar independentemente.

Caralho. Isso é um problema, mas não tão grande quanto o e-mail de Valery que acabou de aparecer na minha caixa de entrada.

LEONOV NA AMÉRICA, a linha de assunto em maiúsculas e, quando abro a mensagem, ela me informa que os contatos do meu irmão mais novo nos Estados Unidos ficaram sabendo da presença de Alexei Leonov na cidade de Nova York. O que ele está fazendo lá ninguém sabe, mas apenas o fato de que ele está no mesmo continente que minha irmã e meu filho é uma má notícia. Não esqueci o que ele me disse no banheiro daquele restaurante tadjique, a ameaça que ele fez sobre manter Alina em seu arcaico contrato de noivado. Na época, achei que ele estava apenas tentando me irritar – e ainda suspeito que seja o caso – mas há uma chance de que ele quisesse dizer isso.

Diga a Alina que está na hora. Cansei de ser paciente.

Eu cerro meus dentes, bloqueando a memória daquelas palavras pronunciadas suavemente. Qualquer que seja a agenda de Alexei, ele não vai chegar nem perto de Alina. Já é ruim o suficiente que meu filho tenha passado quase dois meses sob os cuidados do Leonov mais velho antes que eu pudesse tirá-lo de lá; a última coisa que quero é que minha irmã emocionalmente frágil seja sugada para aquele ninho de víboras.

Alina e eu podemos ter nossas diferenças, mas ela é minha responsabilidade, minha cruz para carregar, e eu irei protegê-la de qualquer um que deseje seu mal, especialmente seu suposto prometido.

Reprimindo a raiva queimando em meu estômago, reli o e-mail. Nova York – é o mais longe possível de Idaho. Será que a presença de Alexei nos Estados Unidos logo após nosso encontro em Dushanbe foi uma coincidência, afinal? Eu voei para o Tajiquistão em nosso jato particular e sei que a equipe de Konstantin colocou salvaguardas para evitar que alguém soubesse do meu plano de voo, então, é possível que Alexei esteja em Nova York por um motivo totalmente não relacionado à minha família.

E também é possível que ele tenha descoberto que estou na América, mas não sabe onde, então, está começando sua busca pelo lugar mais lógico: a Big Apple.

De qualquer forma, é uma dor de cabeça que não preciso, especialmente com a tarefa de nível *Missão Impossível* de assassinar um candidato presidencial que já está em meu prato.

Mudando meu foco para isso, pego o e-mail que detalha as próximas viagens de Bransford e a programação de aparições públicas. O primeiro passo é verificar se ele é realmente o pai de Chloe. Para isso, precisamos de seu DNA.

Existem várias maneiras de fazer isso, mas a mais simples seria comparecer a uma de suas campanhas de arrecadação de fundos sob o disfarce de um doador em potencial e adquirir discretamente uma amostra – digamos, roubando sua taça de vinho. O problema com essa estratégia é que esses eventos são muito mais públicos do que me sinto confortável, especialmente devido à chegada inesperada de Alexei aos Estados Unidos. Agora, mais do que nunca, tenho que ficar fora do radar para evitar expor nossa localização – o que exclui outra solução simples: conseguir uma reunião individual com Bransford.

Dado seu status como o líder na corrida primária de seu partido, eu seria completamente examinado e minhas informações acabariam em algum banco de dados que os hackers dos Leonovs poderiam acessar. Além disso, não seria sensato entrar no radar de Bransford. Mesmo se os assassinos não tivessem feito a conexão entre mim e Chloe antes de eu matá-los, Bransford pode saber que ela foi vista pela última vez nesta área de Idaho, e se ele, de alguma forma, descobrir que é aqui que estou residindo, ele vai ficar desconfiado.

Não, por mais conveniente e satisfatório que seja, não posso obter seu DNA – ou realizar o assassinato – pessoalmente. Não sem colocar minha família e Chloe em maior perigo. Como está, o tempo está passando. Se os assassinos contaram a seu empregador que Chloe havia perguntado sobre meu anúncio de emprego no posto de gasolina local, é apenas uma questão de tempo até que alguns outros pistoleiros contratados apareçam na minha porta.

Tenho que eliminar Bransford como uma ameaça, e rápido.

Tomando uma decisão, envio um e-mail instruindo

um dos recém-contratados de Valery a se passar por garçom no próximo evento, para que ele possa obter o DNA de Bransford de um copo ou utensílio usado. É uma formalidade neste ponto; eu sei que estou certo sobre ele, posso sentir isso no meu âmago. No entanto, dada a magnitude do que estou planejando, preciso de uma prova sólida e esta é a melhor maneira de fazer isso. A única evidência mais forte seria uma confissão direta de sua culpa, e não vejo uma maneira de tão logo sequestrar o homem – uma tarefa ainda mais difícil do que matá-lo de uma vez.

Por enquanto, irei proceder como se ele fosse culpado e planejarei o golpe. Assim, assim que o teste de DNA confirmar seu relacionamento com Chloe, posso puxar o gatilho – figurativamente, se não literalmente. Uma bala de franco-atirador chamaria muito atenção, então, nossa melhor aposta é usar um de nossos produtos farmacêuticos cuidadosamente elaborados ou encenar algum tipo de acidente.

De qualquer forma, ele vai pagar por matar a mãe de Chloe e tentar matá-la.

Tom Bransford pode não saber ainda, mas ele já está morto.

Eu passo as próximas duas horas trabalhando em várias logísticas, então, verifico a imagem da câmera do quarto de Chloe novamente.

Ela ainda está com Slava; ele está acampado na

cama dela, seus livros e peças de LEGO espalhados por todo o cobertor. Eles parecem estar jogando um jogo em que ela mostra a ele algo em um livro, e ele representa para ela. Enquanto eu observo, ele salta da cama e pula pelo quarto, imitando um coelho.

— Isso é um zaychik, certo? — ela diz, sorrindo, e os olhos de Slava se arregalam antes que um grande sorriso apareça em seu rostinho.

— *Da*!

— Sim — ela corrige, seu próprio sorriso se alargando. — Dizemos *sim* em inglês.

Meu filho balança a cabeça vigorosamente. — Sim, Sim, Sim! — Ele está pulando para cima e para baixo agora, muito animado para ficar parado, e faço uma nota mental para ensinar a Chloe mais algumas palavras em russo. Dessa forma, ela pode surpreendê-lo aleatoriamente assim de novo, e eu vou adorar ouvir seu russo fofo com sotaque americano.

Pensando bem, eu deveria ensinar a ela algumas palavras sacanas também, para que eu possa ouvir sua voz suave e rouca cantando para mim quando estivermos na cama.

Meu corpo endurece com a imagem, e eu tenho que respirar fundo para me controlar. Eu já a tomei uma vez - ou melhor, várias vezes em uma noite - e não está nem perto o suficiente. Eu me sinto como um homem faminto a quem foi permitido uma única lambida no sorvete.

Eu quero mais. Eu quero transar com ela todas as noites, tomar todos os seus buracos e dar-lhe prazer de todas as maneiras possíveis. Eu quero dormir segurando-a e acordar enterrado bem no fundo dela. Eu quero fazer todos os tipos de coisas obscuras e depravadas com ela, e quero abraçá-la depois, enquanto ela desce do alto misto prazer e dor.

Eu quero possuí-la tão completamente que ela vai esquecer tudo sobre querer me deixar.

Em breve, eu prometo a mim mesmo, fechando o laptop quando me levanto. Ela vai melhorar logo, e, então, eu a terei.

Nesse ínterim, tenho que fazer o que for preciso para mantê-la segura.

10

CHLOE

POUCOS MINUTOS ANTES DA HORA OFICIAL DO ALMOÇO, ao meio-dia e meia, Lyudmila vem para levar Slava para baixo.

— Nikolai vem com comida logo — ela diz em seu inglês com forte sotaque, presumindo corretamente que os sons de rosnado do meu estômago indicam fome. Eu sorrio para ela timidamente, mas ela já está empurrando Slava porta afora enquanto fala com ele em um russo rápido.

Com certeza, Nikolai aparece com uma bandeja ao meio-dia e meia em ponto.

— O que há com a adesão do estilo militar a horários de refeição específicos? — Eu pergunto enquanto ele se senta ao meu lado e coloca a bandeja na mesa de cabeceira antes de destapar os pratos com um cheiro delicioso.

É algo que venho pensando há dias, mas não tive a chance de perguntar - e acho que essa pergunta é muito mais fácil de responder do que as outras que preparei.

Um sorriso irônico levanta um canto dos lábios sensuais de Nikolai.

— Você acertou: é um resquício do militarismo. Mais especificamente do tempo de Pavel no serviço militar. Ele dirige nossa casa desde que saiu do exército, há cerca de trinta anos, e esta é uma de suas regras. Eu não me importo. Eu cresci assim, então, acho que é um ritual reconfortante.

— E quanto ao traje formal no jantar? Isso também é coisa do Pavel? — Isso seria estranho, dado que nunca vi o urso russo em qualquer coisa que se parecesse com um terno ou smoking, mas há muita esquisitice nesta casa.

Os minúsculos músculos ao redor dos olhos de Nikolai se contraem, embora o sorriso permaneça em seus lábios.

— Não exatamente. Isso é algo que minha mãe insistia. Ela dizia que precisávamos de algo bonito em nossas vidas para encobrir toda a feiura.

— Oh, entendo. — Meu pulso acelera com antecipação. Esta é a primeira vez que ele fala sobre sua mãe para mim - de qualquer um de seus pais, na verdade. Tudo o que eu sabia antes das revelações aterrorizantes de Alina era que seus pais estavam mortos.

— Aqui — Nikolai diz, trazendo um pedaço de pão francês com manteiga e caviar aos meus lábios. — Abra.

Eu obedientemente mordo a oferta gourmet como a inválida que ambos fingimos que sou. Minha mente não está em nosso joguinho estranho, no entanto; está agitada com todas as perguntas. Ainda há muito que não sei sobre meu protetor perigoso e preciso saber.

Preciso saber de tudo, porque uma pequena parte irracional em mim ainda espera que seu lado sombrio não seja tão ruim quanto parece.

Eu deixei que ele me alimentasse com alguns dos outros aperitivos na bandeja, bem como o peixe branco escamoso com molho de limão e batatas escalopadas que é o prato principal, e quando ele muda para a sobremesa - peras escalfadas com groselha preta e nozes com mel - Eu ajeito minha postura e começo o meu interrogatório planejado.

— Então — digo da maneira mais casual que posso —, vocês são da máfia?

Tenho certeza de que já sei a resposta para isso, mas posso muito bem ouvir de uma fonte segura, muito linda por sinal.

Para minha surpresa, em vez de se encolher na ofensa ou raiva, a dita boca se contorce com diversão.

— Não, zaychik. Pelo menos não da maneira que você imagina. Não usamos drogas ilegais ou armas ou qualquer coisa nesse sentido - isso é mais da preferência dos Leonovs. A grande maioria de nossos negócios é legal e honesta, e a pequena parte que não, está sob o domínio de Konstantin - dark web, hacking, invasão de mídia social, todo aquele jazz de alta tecnologia.

Eu pisco para ele em descrença, a imagem da arma em sua mão nítida e clara em minha mente. Não há como um rico empresário regular, mesmo com treinamento militar, ser capaz de matar e torturar tão casualmente quanto ele.

— Mas eu vi você... E seus homens... E...

— Eu não disse que éramos anjos. Abra. — Ele traz uma garfada de pera com groselha aos meus lábios e espera que eu comece a mastigar antes de continuar. — Na Rússia, para ganhar e manter o poder, você tem que ser implacável. Você tem que estar disposto a fazer o que for preciso. Sempre foi assim, desde os tempos imemoriais.

Abro a boca para falar, mas ele apenas me dá outra mordida na pera e continua em um tom leve e uniforme, como se estivesse lendo uma história para dormir.

— Minha família sempre entendeu isso — diz ele —, e é por isso que prosperamos desde os tempos do governo mongol. Na verdade, nosso primeiro ancestral conhecido foi um dos braços direitos de Genghis Khan - um cara legal e gentil que pilhou, queimou e invadiu seu caminho por toda a Sibéria e na região de Moscou no século XIII. Seus filhos seguiram seus passos e, na época em que Pedro, o Grande, estava construindo sua cidade, os Molotovs - ou Nebelevskys, como éramos conhecidos na época - eram presença constante na corte czarista, guiando e dirigindo a política nacional nos bastidores. Éramos também podres de ricos e possuíamos milhares e milhares de servos - o que torna ainda mais irônico que, durante a Revolução, meu bisavô tenha sido um dos que colocou os 'nobres desprezíveis' e a 'burguesia do mal' em julgamento por crimes contra pessoas comuns. Ele até mudou seu nome para Molotov, cuja raiz significa "martelo" em russo - um sobrenome muito mais comunista do que Nebelevsky. Mas é assim que funcionamos. — Um toque de amargura torce os lábios de Nikolai. — Fazemos o que for preciso para permanecer no topo: seja administrando os campos de trabalho do gulag durante a era de Stalin, ou liderando a máquina de propaganda do Partido Comunista nos anos 50 e 60 - ou pulando nos vales de petróleo e gás durante a Perestroika e, depois, diversificando para reter os bilhões resultantes em riqueza. Somos como baratas - exceto o tipo que sabe não apenas como sobreviver, mas como governar seu canto do mundo.

Estou perturbada e fascinada, tanto que me esqueço de mastigar o próximo pedaço de sobremesa antes de perguntar: — Então, você não é da máfia de verdade?

Minha boca está tão cheia que as palavras saem confusas, mas Nikolai entende e sorri.

— Não, mas isso não significa que evitemos sujar as mãos. Ficar no topo na Rússia é como construir uma casa em uma praia arenosa: o solo é lavado a cada maré e uma tempestade está sempre se formando no horizonte. Meu falecido avô, por exemplo - o pai de meu pai - quase foi executado nos anos 1950, quando um rival de alto escalão do Partido o acusou falsamente de deslealdade ao regime comunista. Ele passou dois anos em um dos gulags siberianos que supervisionava e, quando saiu, a primeira coisa que fez foi plantar evidências em seu rival e mandá-lo embora para os gulags, enquanto o governo transferia toda sua propriedade para si mesmo. Então, mais tarde, meu pai... — Ele para, sua expressão se fechando.

Eu me sento mais reta.

— Seu pai o quê?

O rosto de Nikolai fica impassível.

— Nada. Os anos noventa na Rússia foram apenas uma época particularmente corrupta e volátil, então, minha família teve que ser extremamente vigilante e implacável.

— Especificamente, seu pai. — Não vou deixá-lo largar este tópico, não quando finalmente estou obtendo algumas respostas.

— E seu irmão, Vyacheslav, meu tio. Seu filho, Roman, agora é quase tão rico quanto nós.

— Uh-huh. — Em qualquer outro momento, eu teria a chance de aprender mais sobre a família extensa de Nikolai, mas agora, estou focada exclusivamente em seu pai. Deixei que ele me alimentasse com mais garfadas de sobremesa e, depois de engolir, pergunto com cautela: — Então, que tipo de coisas seu pai teve que fazer para ficar por cima nos anos noventa?

Os olhos de Nikolai adquirem um tom mais verde de âmbar.

— Nada pior do que qualquer outro oligarca de sua geração: muito suborno, alguma chantagem e extorsão, um pouco de coerção física e, quando necessário, eliminação forçada de obstáculos. Táticas que você pode imaginar como caindo no domínio do crime organizado, exceto que eram estratégias de negócios padrão na Rússia na época. E não foram apenas os oligarcas, o governo usou a mesma caixa de ferramentas. Esse ainda é o caso, em certa medida; legalidade e criminalidade são conceitos altamente flexíveis e em constante evolução em meu país, cada um com muito espaço para interpretação.

Eu faço o meu melhor para manter minha expressão neutra, mesmo enquanto meus braços formigam com o frio. *Coerção física* e *eliminação pela força* – esses são obviamente eufemismos para *tortura* e *assassinato*. E é isso que ele foi criado para ver como estratégias de negócios padrão?

Os Molotovs podem não ser mafiosos no sentido formal da palavra, mas, de certa forma, eles são ainda mais perigosos.

— É por isso que você trouxe Slava para cá? Porque a Rússia é um lugar sem lei? — Eu pergunto, incapaz de me segurar. Este é outro mistério que está me atormentando, e embora eu pretendesse manter este interrogatório focado em seu pai, não posso perder a chance de obter algumas respostas nesta frente.

Depois do que ele acabou de me contar sobre sua casa, não posso culpá-lo por querer criar seu filho o mais longe possível da Rússia.

— Não, zaychik. — Sua bela boca assume a curva cínica que costuma usar. — Não sou um pai tão bom, infelizmente.

— Então, por que você *está* aqui? Você prometeu que me contaria. — Na verdade, ele não prometeu tal coisa. Tudo o que ele disse na videochamada em que eu o questionei sobre isso foi que era uma longa história.

Ele deve se lembrar disso também porque seus olhos brilham com diversão.

— Boa tentativa. — Ele olha para a bandeja agora quase vazia. — Você está cheia ou gostaria de mais alguma coisa?

Estou tão cheia que meu estômago está prestes a explodir, mas não quero que ele vá ainda. Não quando estamos apenas chegando às coisas que estou morrendo de vontade de saber.

— Eu adoraria algumas frutas — digo, esperançosa. — Talvez algumas cerejas, se você as tiver? E café. Eu adoraria um pouco de café.

Ele parece ainda mais divertido, mas se levanta sem discutir.

— Tudo bem. Eu já volto.

Dando um beijo na minha testa, ele pega a bandeja e sai.

11

NIKOLAI

AINDA ESTOU SORRINDO QUANDO ENTRO NA COZINHA. Minha zaychik é tão maravilhosamente transparente em suas tentativas de manipulação. *Você me prometeu.* Fiz tudo que pude para não agarrá-la e beijá-la na hora – especialmente porque, quando ela disse isso, ela empurrou o lábio inferior em um pequeno beicinho, como uma criança mimada.

Eu amo que ela está com menos medo de mim agora, em vez de horror, há curiosidade em seus lindos olhos castanhos. Tenho feito o meu melhor para manter a besta dentro de mim controlada em sua presença, para fazê-la se sentir confortável e segura, e parece que estou tendo sucesso – o que faz com que todo o controle valha a pena. E daí se minhas mãos quase tremem com a necessidade de tocá-la, de pressioná-la contra mim com força enquanto me dirijo profundamente em seu corpo escorregadio e quente?

Eu posso ser paciente.

Eu posso ser gentil.

Posso cuidar dela como um maldito eunuco, se isso for necessário para apagar a memória da história da minha irmã de sua mente.

Não que isso aconteça. Eu sei onde Chloe estava querendo chegar com todas as suas perguntas. Ela quer saber a história completa e não posso culpá-la. O café, as frutas - isso é apenas um pretexto. O que ela quer é mais tempo comigo, mais tempo para sondar, e eu tenho que decidir o quanto da verdade estou disposto a dar a ela, se der.

— Como ela está? — Lyudmila pergunta enquanto coloco a bandeja no balcão e a informo sobre a condição de Chloe, ou seja, que ela está melhor. Eu mudei suas bandagens esta manhã, e a ferida parecia estar cicatrizando bem. Eu também disfarçadamente contei os comprimidos em sua mesa de cabeceira, e parece que ela só tomou alguns até agora - outro bom sinal.

Racionalmente, eu sei que Chloe provavelmente não entrará em dependência por causa de alguns analgésicos, mas depois de testemunhar as lutas de Alina, não posso deixar de me preocupar.

— É bom que ela tenha tanto apetite — diz Lyudmila depois de eu transmitir os pedidos de Chloe a ela. — Melhor se ela bebesse chá, no entanto.

— Concordo. Mas vamos dar a ela o café que ela quer.

Lyudmila grunhe em concordância e prepara uma bandeja de morangos, framboesas e mirtilos habilmente arranjados, junto com uma xícara de café fumegante. Agradeço a ela e corro de volta para cima, onde minha zaychik está esperando.

Decidi que *há* uma pergunta dela que posso responder hoje, uma parte da verdade que posso dar a ela.

Seus olhos estão brilhantes e curiosos quando entro em seu quarto e me sento na beira da cama, colocando a bandeja em seu lugar na mesa de cabeceira.

— Então — ela começa —, sobre o...

— Abra — eu ordeno suavemente, pegando um morango pelo caule, e quando seus lábios carnudos se separam obedientemente, eu empurro a fruta suculenta e vejo seus dentes brancos afundarem em sua carne - do jeito que eu quero cravar meus dentes na dela.

A sacudida de luxúria é tão repentina, tão forte, que tenho que tensionar todos os músculos do meu corpo para me impedir de agir de acordo com o desejo. Há algo quase canibal na maneira como a quero, a maneira como minha boca saliva com a ideia de saborear sua pele lisa e bronzeada e lamber as gotas de suor de seu corpo nu depois de fodê-la até a exaustão mais uma vez. Lembro-me de como seus mamilos pareciam na minha língua, a essência de sal e frutos dela, e o controle de que eu estava me orgulhando de repente parece tão fino e desgastado como uma corda antiga.

Ela fica tensa também, seus olhos fixos nos meus, seu corpo esguio rígido com a consciência primitiva da presa. Um filete de suco de morango escapa de sua boca, e eu instintivamente o pego com meu polegar, meu coração martelando violentamente ao sentir sua pele quente, a suavidade de seu lábio inferior, todo vermelho brilhante e pegajoso do suco. Segurando seu olhar, levo meu polegar à boca e o chupo, da mesma forma que chuparia aqueles lábios doces e pegajosos dela se pudesse confiar em mim mesmo para parar por aí.

Seus olhos se arregalam, sua respiração engatando com a minha ação enquanto seu olhar cai para os meus lábios por um momento antes de encontrar meus olhos novamente. Ela está tão excitada quanto eu, posso ver, e a tensão abrasadora ferve no ar entre nós, aquecendo a sala até que meus ossos pareçam estar em chamas, meu pau tão duro que o zíper vai imprimir a marca em seu comprimento. Eu quase posso sentir sua carne flexível sob minhas palmas, posso quase sentir o gosto daqueles lábios brilhantes e tingidos de vermelho...

Uma distante gargalhada infantil me traz aos meus sentidos, e eu percebo que estava inclinado em direção a ela, minha mão já agarrada em seu cobertor. *Caralho.* Abrindo meu punho, eu me coloco de pé e vou até a janela. Arrasto em respirações profundas e purificadoras, eu vejo meu filho correndo no quintal com Arkash o perseguindo. Ele está rindo tanto que posso ouvi-lo mesmo através do vidro à prova de balas, e o som limpa ainda mais a névoa de luxúria que envolve meu cérebro.

Caralho. Achei que tinha controle sobre mim mesmo – tive certeza disso depois que dei banho nela ontem, mantendo rígido autocontrole. Eu a queria, sim, mas poderia me distanciar desse desejo e focar apenas em seu bem-estar, no fato de que ela tinha acabado de sair da cirurgia e precisava de mim para ser seu cuidador. Hoje, porém, ela está melhor - e meu autocontrole está mil vezes pior.

— Hum, Nikolai... — O tom de Chloe é incerto, sua voz suave e ligeiramente rouca. Ouvir isso me faz estremecer de fome mais uma vez. Desta vez, porém, ela não está lá, e é mais fácil me recompor, controlando a necessidade selvagem.

Suavizando minha expressão, eu fecho minhas mãos atrás das costas e me viro para encará-la.

— Sim, zaychik?

Sua garganta delicada ondula com um gole.

— O que Slava está fazendo aí?

— Brincando de pega-pega com um dos meus guardas. — Volto para a cama e me sento aos pés dela, o mais longe possível dela, enquanto ainda estou ocupando o mesmo móvel. — Pavel deve ter pedido a ele para cuidar de Slava enquanto ele limpa tudo depois do almoço.

Seus pequenos dentes brancos tocam seu lábio inferior. — Certo. Certo. — Observando-me com atenção, ela pega a caneca de café e sopra o líquido quente. Posso adivinhar o que está acontecendo em sua mente - ela está debatendo a melhor maneira de abordar o tópico de maior interesse para ela - então, decido ajudá-la.

Não estou pronto para falar sobre meu pai, mas posso contar a ela a verdade sobre meu filho.

Segurando seu olhar, eu digo uniformemente: — Cinco anos atrás, meu irmão Valery comemorou seu vigésimo segundo aniversário em uma boate em Moscou. Foi a festa do ano; todos que eram alguma coisa em nossa parte do mundo estavam lá - incluindo, como eu soube mais tarde, Ksenia Leonova, a filha solitária do inimigo e rival de longa data de nossa família.

Chloe franze a testa em confusão.

— Leonova? Tipo, os Leonovs que você mencionou antes? A verdadeira família da máfia russa?

— Eles iriam rejeitar esse rótulo também, mas sim. Eles pescam em um lago muito mais sujo. Em qualquer caso, ao contrário de seu irmão Alexei, Ksenia sempre ficou fora dos olhos do público, então, eu não tinha ideia de quem ela era quando se aproximou de mim. — Eu respiro para controlar a raiva familiar acendendo dentro de mim. — Achei que ela fosse apenas mais uma socialite ou aspirante a modelo; dançamos, bebemos algumas doses e, depois, fomos para um hotel para foder.

Chloe se encolhe levemente, a caneca de café balançando em sua mão. Eu me movo rapidamente, pegando-a dela e colocando de volta na bandeja antes que qualquer líquido escuro possa derramar. Então, eu me sento mais perto dela.

O bom de lembrar de Ksenia é que isso mata minha libido.

— Eu usei camisinha, como sempre faço — continuo, e os olhos de Chloe se arregalam. Ela deve perceber para onde a história está indo. — Sim — digo antes que ela possa perguntar —, falhou. Ou isso ou ela adulterou de alguma forma - eu ainda não sei qual. Eu não percebi nada na hora. Eu tinha bebido alguns drinques e a noite não foi especialmente memorável. Na verdade, eu tinha esquecido tudo sobre isso até pouco mais de oito meses atrás, quando recebi um telefonema de uma amiga de Ksenia me contando que Ksenia havia morrido em um acidente de carro, deixando um filho - meu filho, segundo o diário dela.

— Oh, meu Deus — Chloe respira, parecendo horrorizada. — Então, a mãe de Slava era...

— Alguém que eu não teria tocado nem com um traje anti-risco bacteriológico se soubesse quem ela era, sim. As relações entre nossas famílias foram tensas por décadas, para dizer o mínimo.

— Décadas? Por quê?

— Lembra-se da história que acabei de contar sobre meu avô sendo mandado para o gulag?

Chloe acena com a cabeça e cautelosamente pega seu café novamente.

— O homem que o acusou de deslealdade ao Partido foi Matvey Leonov, avô de Ksenia.

Ela congela, a caneca a meio caminho de sua boca. — Oh. Uau.

— Sim. Ele era uma cobra venenosa, como todos os Leonovs, mas especialmente Ksenia. — Apesar disso, minha voz goteja com ódio amargo. — Até hoje, não sei se ela planejou me foder o tempo todo, ou se foi um acidente ela ter engravidado. De qualquer forma, ela não me disse que eu tinha um filho. Provavelmente nunca me contaria. Se ela não tivesse morrido, eu poderia nunca ter sabido da existência de Slava – pelo menos não até que ele tivesse idade suficiente para aparecer em nossos círculos. Nesse ponto, a semelhança teria dado a todos a pista de sua herança Molotov, se não necessariamente sua paternidade real. — Minha boca se torce. — Você não viu meus irmãos ou meu primo, mas todos nos parecemos muito.

Chloe coloca o café de volta na mesa de cabeceira sem nem mesmo tomar um gole.

— Por que você acha que ela se aproximou de você naquela noite? Ela devia saber quem *você* era, certo?

— Claro que ela sabia. — Ao contrário dela, eu era bem conhecido na alta sociedade de Moscou. — Quanto ao por que, eu ainda não tenho ideia. Talvez ela tenha planejado tudo, até a camisinha furada, ou talvez ela fosse apenas jovem e estúpida e quisesse flertar com o perigo. Eu nem sei por que ela estava na festa ou como ela entrou – certamente, nenhum dos Leonovs tinha sido convidado. De qualquer forma, o resultado final é o mesmo: tenho um filho que não conhecia até oito meses atrás. Um filho que é meio Leonov.

Chloe respira fundo. — Espere um segundo. É por isso que você está...

— Aqui? — Com seu aceno de cabeça, eu sorrio sem humor. — Você adivinhou, zaychik. A família de sua mãe não o entregou exatamente para mim. Fiquei sabendo da existência de Slava uma semana após a morte de Ksenia e, a essa altura, ele já estava morando com Boris Leonov, o pai de Ksenia - um homem conhecido por suas inclinações cruéis e violentas. Eu nunca quis filhos, nunca planejei tê-los, mas não podia deixar meu filho em suas garras, não podia abandoná-lo para crescer naquele ninho de víboras.

— Então, você o quê? Roubou ele deles?

Assinto. — Eu e meus irmãos levamos quase dois meses para descobrir uma maneira de violar a segurança deles, mas nós o tiramos e eu o trouxe aqui, onde ninguém sabe quem somos e não posso informar aos Leonovs que de repente eu tenho um filho.

Sua testa lisa se franze em confusão.

— Não entendo. Por que você simplesmente não passou pelos canais legais? Você é o pai de Slava. Você não poderia ter obtido a custódia com um teste de paternidade simples?

— Eu poderia, e teria, se fosse qualquer um que não os Leonovs. Eles odeiam nossa família tanto quanto nós odiamos a deles, e eles fariam qualquer coisa para nos frustrar... para *me* frustrar. No momento em que solicitasse a custódia - no momento em que eles percebessem que eu sabia da existência de Slava - ele teria sido levado embora, escondido em algum lugar onde nunca o teríamos encontrado. Talvez sua morte teria sido fingida para o bem dos tribunais - ou talvez eles realmente o matassem. Qualquer coisa que me privasse da chance de criar meu filho.

Chloe engasga de horror.

— Você acha que eles teriam...?

— Eu não me surpreenderia se fosse o Leonov mais

velho. — Ou Alexei e Ruslan, os irmãos igualmente cruéis de Ksenia.

Chloe parece horrorizada.

— Isso é terrível. — Então, seus olhos se arregalam e ela engasga novamente. — Vovô Pato! Oh, Deus... você acha que o pai de Ksenia machucou Slava enquanto ele estava morando com ele?

— Eu não ficaria surpreso. — Tento manter um tom nivelado, mas a raiva sombria se infiltra em minha voz, tornando-a dura e gutural. — Slava nunca falou sobre seu tempo com seu avô, mas a maneira como ele agia perto de mim e Pavel no início... a maneira como ele ainda age perto de mim, até certo ponto... — Eu paro, minha garganta fechando em uma onda de fúria.

As vagas suspeitas que eu nutria sobre o tratamento que Boris Leonov dispensou ao meu filho se cristalizaram quase na certeza quando Chloe me contou sobre a estranha reação de Slava ao Vovô Pato na história infantil. A única razão pela qual o pai de Ksenia ainda está vivo é que a equipe de Konstantin descobriu o fato cuidadosamente escondido de que ele tem câncer de pâncreas em estágio avançado e não deve durar mais do que alguns meses repletos de agonia.

Matá-lo seria uma misericórdia que não estou disposto a estender.

Chloe coloca a mão no meu joelho.

— Eu sinto muito, Nikolai. — Seus suaves olhos castanhos estão cheios de simpatia e um eco da mesma raiva que queima dentro de mim.

Ela também gostaria de despedaçar qualquer um que machucou Slava, eu posso afirmar.

Com esforço, eu reprimo minha fúria. A natureza já planejou a tortura mais requintada para Boris Leonov, e tenho que me contentar com isso. A única coisa que ordenar um golpe no pai de Ksenia alcançaria seria encurtar seu sofrimento e desencadear uma guerra aberta entre nossas famílias. No momento, temos, se não precisamente uma trégua, pelo menos uma *détente*: nenhum sangue foi derramado em vários anos, apesar dos atritos constantes nos negócios e no pessoal.

Isso vai mudar se eu matar Boris – ou se eles descobrirem que estou por trás do sequestro de Slava. Eles podem abrigar algumas suspeitas nessa frente agora – Alexei certamente deu algumas dicas durante nosso encontro em Dushanbe – mas eles não agirão com base nessas suspeitas, a menos que tenham certeza. Não apenas porque isso significaria começar aquela guerra, mas porque se eles estiverem errados e eu não souber sobre Slava, o ataque deles pode me dar uma pista, expondo suspeitas feias e contorcidas.

Do meu lado, tenho feito o meu melhor para garantir que as dúvidas sejam tudo o que eles têm. Deixei a Rússia três semanas antes de extrairmos Slava de seu complexo, para que os prazos não coincidissem muito, e a amiga de Ksenia, aquela que me ligou depois de encontrar o diário, foi realocada na Nova Zelândia com um milhão de dólares e uma nova identidade – e uma promessa de que se ela contatasse qualquer um dos Leonov para transmitir nossa conversa, sua família na Rússia pagaria o preço.

Não vou entrar em todos esses detalhes com Chloe agora. Não há necessidade; ela pode tirar suas próprias conclusões do que eu disse a ela. Em vez disso, cubro sua mão com a minha e digo gravemente: — Obrigado, zaychik. — Sua simpatia e sua raiva em nome de Slava esfriam minha ira, o calor de sua pequena palma se infiltrando em minha pele, apesar do material grosso do meu jeans.

Ela engole e puxa a mão, desviando o olhar. Ela tem medo disso, eu percebo com uma pontada - medo da intimidade emocional comigo. É desanimador e encorajador. Desanimador porque quero que passemos por isso, voltemos ao jeito que as coisas eram antes das revelações de Alina. E encorajador porque me diz que há esperança para nós... que não importa o quanto ela gostaria de sentir repulsa e medo de mim, seus sentimentos são mais complexos do que isso.

Reprimindo minha frustração, espero que ela olhe para mim e, quando o faz, pego o café e entrego a ela. — Aqui, zaychik. — Meu tom é calmo e sem graça. — Você deve beber antes que esfrie.

Vou deixá-la se esconder da verdade por enquanto, permitir que ela coloque seus escudos e defesas. Eles não vão salvá-la de mim. Nada salvará.

Quer ela goste ou não, eu a possuirei.

Coração, mente, corpo e alma.

12

CHLOE

APESAR DE ENGOLIR A XÍCARA CHEIA DE CAFÉ, ADORMEÇO logo depois do almoço e cochilo até Nikolai me trazer o jantar. Acho que são os analgésicos que me deixam tão sonolenta – ou meu cérebro está usando o sono como uma forma de processar as revelações mais recentes, enquanto se esconde das perguntas sem respostas que induzem à ansiedade.

Eles sequestraram Slava, roubaram-no da família de sua mãe. Acho que deveria estar chocada, mas não estou. Acho que suspeitei de algo assim em algum nível; era parte do erro que eu estava pegando, aquela vibração perturbadora que eu continuava recebendo desta família – especialmente meu captor obscuramente hipnotizante.

Eu quero condenar suas ações, mas em vez disso, não posso deixar de aplaudi-los. Para libertar seu filho de uma situação potencialmente abusiva, Nikolai mudou completamente sua vida, deixando seu país natal e desistindo de seu papel como chefe do conglomerado Molotov. Nem todo pai faria isso por seu filho, especialmente uma criança que ele não conhecia.

Uma criança que ele afirma nunca ter desejado.

Meu peito aperta quando me lembro dessa admissão, lançada tão casualmente, tão sem querer, como se não importasse. Ele não explicou, não entrou em detalhes, mas eu podia ler nas entrelinhas.

Não era um desejo de viver para si mesmo, ou viajar, ou prevenir a superpopulação - ou qualquer outro motivo que as pessoas normalmente dão para escolher não ter filhos. No caso de Nikolai, ele não queria ser pai porque não achava que seria um bom pai... e porque não queria que sua linhagem continuasse. Há uma parte do meu captor que se despreza, seja por causa do que ele fez ou do que ele é.

Um Molotov.

Tenho pensado sobre a história que ele me contou, sobre a história de sua família e a maneira como ele foi criado. Ele não disse muito sobre o último, mas suas omissões foram tão reveladoras quanto os detalhes que incluiu. Era óbvio que ele foi ensinado a ver a vida como uma batalha sem fim pela sobrevivência e pelo domínio, uma luta que apenas os mais implacáveis podem vencer.

Aposto qualquer coisa que sua educação nas mãos de seu pai não foi muito diferente da maneira como seu ancestral mongol poderia ter criado *seu* filho no século XIII, com habilidades de tortura e tudo.

Tento ir mais fundo durante o jantar, mas Nikolai não está mais com vontade de falar sobre si mesmo. Em vez disso, enquanto me alimenta com carne de veado escaldada no vinho com molho de cogumelos e purê de batata doce, ele mantém a conversa focada em mim: o que eu gosto e o que não gosto, meus filmes favoritos, meus amigos na faculdade. E ele faz isso com tanta habilidade que me pego falando com ele sem reservas, sorrindo e rindo enquanto descrevo a vez que o gato da minha colega de quarto fez xixi na minha cama e como um dos meus amigos confundiu minha mãe com uma das alunas e deu em cima dela durante nossa orientação de primeiro ano.

É como se estivéssemos de volta às nossas videoconferências, como se tudo o que aconteceu desde seu retorno não tivesse sido nada além de um terrível sonho febril.

Só depois que o jantar termina e ele me dá um beijo de boa noite, seus lábios suaves e frios na minha testa, que percebo que perdi a oportunidade de obter as respostas para o resto das minhas perguntas impulsivas.

O padrão se repete na manhã seguinte, quando Nikolai me traz o café da manhã. Ele habilmente evita minhas tentativas de levar a conversa até seu pai – ou *meu* pai. Em vez disso, enquanto ele me alimenta com *grechka* – o trigo sarraceno torrado kasha que Alina gosta no lugar de aveia – discutimos o progresso de Slava e as próximas lições que planejei. Em seguida, ele me ajuda a tomar banho, troca meu curativo e, por insistência minha, me veste com uma calça de ioga e uma camiseta macia.

Meu tornozelo está melhor, assim como meu braço, então, pretendo estar de pé.

— Não exagere — ele me avisa enquanto eu manco com determinação até o quarto de Slava, em vez de deixá-lo me carregar até lá. — Você ainda precisa de tempo para se curar.

— Vou pegar leve, não se preocupe — digo, me jogando na cama de Slava, para a alegria do menino. — Vamos ler alguns livros, construir alguns castelos... Nada extenuante, eu prometo.

Nikolai ainda parece preocupado, eu dou a ele um sorriso brilhante.

— Estou melhor, estou mesmo. Nem precisei de um analgésico esta manhã. — O último não é inteiramente verdade – eu definitivamente poderia tomar um analgésico para a dor maçante e incômoda em meu braço – mas decidi não tomar um, para ver se consigo aguentar sozinha.

De qualquer forma, minha garantia funciona conforme o planejado. O rosto de Nikolai suaviza. — Tudo bem então — diz ele, e com algumas palavras em russo para o filho, ele nos deixa para as nossas aulas.

No meio da manhã, meu braço está doendo mais – Slava acidentalmente bateu na tipoia enquanto subia no meu colo –, então volto mancando para o meu quarto para tomar o analgésico, afinal.

No corredor, encontro Lyudmila, que está carregando um enorme buquê, de rosas exuberantes a girassóis e tulipas. — Aniversário de Alina — ela me informa quando pergunto para que é. — Um grande. Vinte e cinco hoje.

Oh, droga. Alina mencionou que seu aniversário é nesta semana quando fumamos maconha juntas. Eu não tinha ideia que era hoje, no entanto.

Pensando rápido, pergunto a Lyudmila: — Onde está Nikolai?

Preciso de algum tipo de presente, e a única coisa que consigo arranjar é um buquê meu - flores silvestres colhidas na floresta próxima. Durante minhas caminhadas, localizei alguns lugares onde elas crescem em abundância.

O truque será chegar a um desses lugares com o meu tornozelo ruim, mas é aí que Nikolai entra, espero.

Lyudmila acena com a cabeça em direção ao seu escritório.

— Ele trabalhando.

Passando por mim, ela continua para o quarto de Alina, e eu mordo meu lábio, olhando para a porta fechada do escritório de Nikolai. Atrevo-me a interromper?

Uma gargalhada feminina e uma animada conversa russa vinda do quarto de Alina decidem por mim.

Eu não posso não conseguir pelo menos *algo* para a irmã de Nikolai.

Eu manco até o escritório de Nikolai e bato baixinho.

— *Da* — sua voz profunda responde - *sim*, em russo.

Eu respiro fundo.

— É Chloe. Eu só estava me perguntando se...

A porta se abre e as palavras morrem em meus lábios quando olhos verdes dourados impressionantes encontram os meus, roubando meu fôlego e aumentando meu ritmo cardíaco.

Droga.

Meu corpo algum dia vai parar de responder a ele com tanta força? Até esse ponto, nós fodemos e ele me deu banho várias vezes, mas sua beleza masculina ainda me cega cada vez que passamos algumas horas separados.

— O que foi, zaychik? — Ele pergunta, as sobrancelhas escuras se juntando enquanto ele me dá uma olhada rápida e preocupada. Antes que eu possa responder, ele agarra minhas mãos. — Está tudo bem?

— Sim, está tudo bem. Eu só... — Eu lanço um rápido olhar por cima do ombro. O corredor está vazio, mas eu ainda baixo minha voz, apenas no caso. — Eu preciso de um presente para Alina.

— Ah. Entre. — Ele me conduz até seu escritório e me guia até uma cadeira, na qual me afundo com gratidão. Eu posso ter exagerado com toda a caminhada hoje - meu tornozelo está melhor, mas definitivamente não está completamente bom. Nem meu braço.

Esse analgésico está se tornando mais necessário a cada minuto.

— Aqui — Nikolai diz, abrindo uma gaveta em sua mesa. Ele pega uma pequena caixa preta e a entrega para mim. — Você pode dar isso a ela.

Confusa, eu abro, e fico boquiaberta com a pulseira cravejada de diamantes dentro.

Que diabos?

Meu olhar salta para o rosto dele. — O que você quer dizer com dar isso a ela?

— Pode ser o seu presente — Nikolai diz com naturalidade. — Vou dar a ela outra joia.

Ele está falando sério?

— É claro que não pode ser meu presente — digo quando recupero minha capacidade de falar. — *Você* pegou isso para ela, não eu. Não posso pagar uma única pedra nessa pulseira, e Alina sabe disso.

Ele encolhe os ombros.

— E daí? Ela vai gostar, de qualquer maneira.

Oh, meu Deus. Respiro fundo e conto até três.

— Não, ela não vai. Porque eu vou dar a ela outra coisa, algo vindo de mim.

— Tal como?

— Flores. Eu gostaria de fazer um buquê para ela. Eu vi algumas muito bonitas florescendo não muito longe daqui.

Suas sobrancelhas se juntam novamente.

— Não há como você fazer uma caminhada com esse tornozelo.

— Não é longe. Eu posso fazer isso. Especialmente se você vier comigo e ajudar.

Um brilho peculiar aparece em seus olhos de tigre.

— Você quer que eu leve você para colher flores?

Agora que ele disse isso, eu percebo o quão ridículo parece – e o quão difícil seria. Que porra eu estava pensando? Ele não é meu namorado; ele é meu captor, um homem poderoso e perigoso que tem coisa muito mais importante...

— Tudo bem — diz ele antes que eu possa recuar. — Dê-me um minuto para terminar aqui e nós iremos.

13

NIKOLAI

IGNORANDO AS AFIRMAÇÕES DE CHLOE DE QUE ELA PODE andar "muito bem", eu a carrego para seu quarto e volto para terminar a mensagem que estava escrevendo, instruindo a mais nova adição de Valery sobre como e onde quero a amostra de DNA coletada. Não é um homem que meu irmão está mandando para este trabalho, mas uma mulher – o que é ainda melhor.

Isso abre algumas possibilidades interessantes em relação à aproximação de Bransford.

Em seguida, respondo a mais algumas mensagens urgentes e vou buscar Chloe para nossa expedição de colheita de flores.

Meu coração bate com antecipação quando me aproximo de seu quarto. Talvez eu esteja interpretando muito sobre isso, mas me sinto encorajado por ela estar me procurando ativamente, ela querer passar um tempo comigo, mesmo que seja sob esse pretexto idiota.

Minha estratégia de ser nada mais do que seu cuidador platônico está funcionando. Lentamente, mas com segurança, minha zaychik está perdendo o medo de mim, deixando cair seus escudos. E isso é bom, porque não sei por quanto tempo mais poderei ser paciente.

Quanto melhor ela se sente, mais difícil é controlar a besta dentro de mim, para me impedir de reivindicá-la como meus instintos exigem.

Ela está assistindo ao noticiário enquanto eu entro em seu quarto. Ao me ver, ela desliga a TV e se levanta, com um sorriso radiante no rosto. — Estou pronta.

Algo no fundo do meu peito simultaneamente se expande e se contrai. — Vamos pegar essas flores, então.

Eu a deixei andar sozinha em minha direção, só para ver como seu tornozelo está se curando. Assim que ela me alcança, porém, eu a pego, mais uma vez ignorando suas objeções. Eu não posso vê-la mancar - isso me dói muito - então, a única maneira dessa caminhada acontecer é com ela em meus braços.

— Você não está planejando seriamente me carregar todo o caminho até lá — diz ela quando saímos da casa.

Eu sorrio para ela. — Por que não, zaychik?

Eu amo abraçá-la, senti-la pressionada contra mim. Até que seu tornozelo esteja curado, pretendo carregá-la o máximo possível, e talvez depois também.

— Para começar, é pelo menos um quilômetro até o ponto que tenho em mente — diz ela com a maior seriedade, como se um quilômetro fosse qualquer tipo de distância real. — Se você apenas me deixar apoiar em seu cotovelo, eu poderia andar até lá em um ritmo lento.

— Isso não vai acontecer.

— Mas eu sou pesada. Não tem como...

— Tá brincando, né? — Eu sorrio em seu rosto pequeno e indignado. — Zaychik, carreguei mochilas mais pesadas do que você por um dia inteiro.

Ela pisca. — Você quer dizer... quando você estava no exército?

— E agora. Pavel e eu frequentemente treinamos com os guardas para nos manter em forma.

— Uh-huh. Mas ainda...

— Que tal assim? Eu prometo que vou deixar você andar se eu ficar cansado. — Ou melhor, se eu cair morto. Essa é a única maneira de ela caminhar por esta floresta com esse tornozelo.

Ela bufa. — Certo. Seja todo machão, veja se eu me importo quando seus braços caírem. As flores são por aquele caminho. — Ela aponta para um pequeno caminho de terra que leva à floresta a leste de nós, em seguida, deita a cabeça no meu ombro, como se planejasse tirar uma soneca.

Eu rio e desço o caminho que ela indicou, tendo o cuidado de protegê-la de galhos e arbustos baixos. Não consigo me lembrar da última vez que me senti tão leve, tanto física quanto mentalmente. Em vez de me cansar, seu leve peso em meus braços me anima, a sensação de seu corpo contra o meu evocando não apenas a fome carnal usual, mas também algo quente e puro... algo quase como alegria.

É como se as nuvens escuras que pairavam sobre mim nos últimos anos tivessem se dissipado por um momento, revelando uma fatia do céu iluminado pelo sol.

A sensação persiste durante todo o caminho até o nosso destino, ajudada por seus resmungos ocasionais sobre machões tolos e seus egos. Tenho certeza de que ela pretende me insultar, mas tudo que sinto é diversão misturada com alívio. Eu gosto dela sarcástica e mal-humorada; significa que está se sentindo segura comigo, esquecendo as coisas que ela ouviu e me viu fazer.

Esquecer que sou um monstro.

Quando chegamos a um pequeno prado pontilhado de flores silvestres, coloco-a no chão para deixá-la colher as flores. Apesar da tipóia, ela é rápida e eficiente em sua tarefa, seus dedos ágeis arrancando as plantas desordenadas e organizando-as em algo bonito. Quando ela terminou, tenho que admitir que foi uma boa ideia de presente - minha irmã vai adorar este buquê incomum com cheiro de floresta.

— Estou pronta para minha carona para casa — diz ela com falsa arrogância, e eu rio enquanto a pego, com cuidado para não esmagar as flores que ela está segurando. Seu aroma se mistura com o aroma fresco e inebriante de seu cabelo, e meu corpo se inflama com uma onda de excitação, meu pau endurecendo quando ela deita a cabeça no meu ombro, seu nariz roçando meu pescoço.

— Subir é mais difícil, não? — ela diz alegremente enquanto eu começo a subir o caminho que leva de volta para a casa. Levantando a cabeça, ela coloca a palma da mão no meu peito e sorri. — Seu coração já está batendo mais rápido.

Assim está, mas não pela razão que ela pensa. É tudo que posso fazer para não prendê-la contra a árvore mais próxima e enfiar fundo em seu corpinho apertado. A sensação dela, o cheiro dela, aquele brilho malicioso em seus olhos - tudo isso adiciona combustível para o fogo queimando dentro de mim, para a fome violenta que tenho tentado tanto suprimir.

Meu ritmo desacelera quando meu olhar cai em seus lábios, tão bonitos e luxuosos, tão tentadoramente curvados naquele sorriso brilhante e provocador.

Não faça isso.

Meus batimentos cardíacos fortes se intensificam para um rugido em meus ouvidos.

Não faça isso, caralho.

Minha visão fica como um túnel, o mundo ao nosso redor fica turvo e fora de foco. Tudo o que posso ver é seu sorriso, tão brilhante e caloroso como o sol; tudo o que posso sentir é o calor carnal queimando minhas veias.

Não faça essa porra.

Seu sorriso desaparece, um olhar cauteloso em seus olhos castanhos suaves enquanto eu paro completamente, olhando para ela. — Nikolai, eu não quis dizer...

Meus lábios cobrem os dela, engolindo o resto de suas palavras. *Caralho, ela tem um gosto bom*. Como maçãs, frutas vermelhas e flores, algo saudável, selvagem e fresco. O sabor inebriante alimenta a fome sombria dentro de mim, aumentando a necessidade feroz vibrando sob minha pele.

Seus lábios se separam sob a pressão dos meus, e minha língua invade as profundezas escorregadias e quentes de sua boca, buscando cada pedacinho daquele sabor, da essência doce e limpa dela. Avidamente, eu respiro em sua exalação ofegante, deleitando-me com o gemido que vibra em sua garganta enquanto eu puxo seu lábio inferior com meus dentes, quase rasgando a pele frágil no processo.

Minha. Ela é minha. Eu quero consumi-la, devorá-la, marcá-la... tomá-la, feri-la, destruí-la. Não, não destruir – possuir, embora eu sendo um Molotov, seja basicamente a mesma coisa. Minha necessidade por ela é obsessiva e sombria, perigosa para ela e para mim. Mas eu me recuso a pensar nisso agora, me recuso a lembrar das brigas de meus pais e dos avisos de minha avó. O destino trouxe Chloe até mim, e o destino determinará nosso caminho. Por enquanto, ela é minha para reivindicar, minha para possuir.

Vorazmente, aprofundo o beijo, e ela responde com igual ardor, sua língua duelando com a minha enquanto seu braço esquerdo enlaça meu pescoço. Meus braços se apertam ao redor dela, apertando-a contra meu peito – e arrancando um grito de dor de sua garganta.

Caralho. Sua tipoia.

O que eu estou fazendo?

Com um esforço sobre-humano, eu afasto minha boca e a coloco de pé. Respirando com dificuldade, eu recuo enquanto ela me encara, os olhos arregalados e os lábios inchados e entreabertos pelo beijo.

Chocada. Ela está chocada com o que aconteceu, e eu também. Chocado por tê-la soltado, por ter encontrado a força para libertá-la quando a besta dentro de mim está uivando e furiosa, exigindo que eu a tome aqui e agora, não importa o quão machucada e fragilizada.

— Nikolai, eu... — Ela engole em seco, levando a mão esquerda ao peito. O buquê que ela está segurando está danificado, algumas flores partidas e dobradas ao meio. — Não acho que seja uma boa ideia. Quero dizer, você e eu...

— Eu sei o que você quer dizer. — Meu tom é tão afiado quanto a fome, como uma lâmina se contorcendo dentro de mim, diminuindo meu autocontrole.

Eu cheguei tão perto de fodê-la. Mais um minuto, e eu estaria mergulhando fundo em seu calor úmido e apertado, tendo esquecido tudo sobre seus ferimentos.

É oficial. Eu sou um maldito selvagem.

Não há mais dúvidas em minha mente.

Ela morde o lábio inferior rechonchudo, me fazendo querer fazer o mesmo.

— Eu não estava...

— Você deveria consertar isso. — Ao ver seu olhar vazio, eu rosno: — As flores. Elas estão esmagadas.

Ela pisca e olha para baixo, como se só agora percebesse que elas ainda estão em suas mãos. — Certo. — Ela dá um passo para trás vacilante. — Deixe-me fazer isso.

Ela se ajoelha para recolher as poucas flores esparsas que crescem ao longo deste caminho, e eu me afasto, respirando fundo. Quando ela chama meu nome de novo, estou sob controle. Majoritariamente.

Voltando-me para encará-la, eu suavizo minha expressão. — Vamos.

Ela começa a mancar em minha direção, e eu cerro os dentes enquanto me inclino, levantando-a do chão. Problemas de autocontrole ou não, não vou deixá-la voltar sozinha.

Segurando-a com força contra meu peito, eu alongo meu passo até que estou quase correndo. Ela permanece em silêncio, embora deva ouvir minha respiração acelerar com o esforço. Não há mais provocações sobre machos, nem protestos sobre como ela pode andar sozinha. Ela não quer chamar atenção para si mesma, e tudo bem.

Minha restrição está por um fio.

É só quando estamos nos aproximando de casa que ela fala.

— Obrigada — diz baixinho, me forçando a encontrar seu olhar, algo que evitei durante toda a viagem de volta. — Estou realmente grata.

— Claro. Fico feliz por ajudar. — Meu tom é casual, calmo, como se estivéssemos discutindo levá-la para colher as flores. Mas nós dois sabemos que não estamos.

Ela é grata pelo fato de que eu não transei com ela – que, por enquanto, ela consegue manter as paredes erguidas e fingir.

14

CHLOE

Assim que Nikolai me deposita em meu quarto, vou procurar Alina. Encontro-a na cozinha, conversando com Lyudmila, e entrego-lhe as flores, junto com os parabéns pelo aniversário.

— Obrigada. — Ela aceita o buquê com um sorriso radiante. — Onde diabos você conseguiu isso? Elas são tão bonitas.

Eu sorrio de volta. — Oh, por aqui.

— Mesmo? Com o tornozelo assim?

Minhas bochechas esquentam com a memória do que quase aconteceu na floresta.

— Nikolai pode ter ajudado.

Seu sorriso se fecha um pouco, mas ela não diz nada para mim. Em vez disso, ela se vira para Lyudmila, que está picando alguns vegetais na pia, e fala algumas palavras em russo com ela. A loira sai apressada para encher um lindo vaso com água, e Alina arruma as flores antes de levá-lo para a sala de jantar, onde se junta ao outro buquê que decora a mesa.

— Como você está se sentindo? — Eu pergunto, seguindo-a até lá. A mesa já está posta com diversos petiscos; parece que vai ser um almoço extravagante hoje. — Mais alguma dor de cabeça?

— Eu deveria estar perguntando isso. — Ela me encara, seus olhos de jade brilhando. — Como está seu braço? Seu tornozelo?

— Bem melhor. — O tornozelo não tanto agora – definitivamente exagerei hoje –, mas fico quieta sobre isso.

— Fico feliz. — Ela hesita, depois pergunta baixinho: — Você falou com Nikolai?

Meu pulso acelera.

— Ele me contou sobre Slava e os Leonovs. — Ela está prestes a me contar mais? Afinal, ela decidiu revelar a história completa?

Seu rosto assume uma expressão de esfinge.

— Entendo.

Acho que a resposta é não. Estou tentada a pressioná-la, mas não quero trazer à tona um tópico traumático no aniversário dela – embora se possa argumentar que ela mesma tocou no assunto.

— Você quer sair hoje à noite depois do jantar? — pergunto impulsivamente. — Talvez jogar alguns jogos de tabuleiro, tomar cervejas? Obviamente, Lyudmila é bem-vinda também.

Minha oferta é apenas parcialmente motivada pelo meu desejo de sondar para obter mais informações.

Principalmente, eu só quero conhecer Alina melhor, pois estou começando a realmente gostar dela.

Ela parece assustada, mas se recupera rapidamente. Dando-me um sorriso caloroso, ela diz: — Parece ótimo. Vamos ver quanto tempo dura o jantar e, então, decidiremos o que fazer.

Como já estou lá embaixo, junto-me a eles para o almoço, em vez de deixar Nikolai me alimentar no meu quarto. Não apenas estou me sentindo bem o suficiente para voltar a ser um adulto funcional, mas depois do que quase aconteceu na floresta, estar sozinha com Nikolai parece uma tarefa perigosa – especialmente numa cama.

Tenho certeza de que ele só parou porque estava preocupado em machucar meu braço, algo que seria muito menos preocupante se estivesse confortavelmente colocada sobre um travesseiro.

Meu coração bate mais rápido com o pensamento, e eu olho furtivamente para ele por baixo dos meus cílios. Ainda posso sentir seus lábios devorando os meus, ainda posso sentir seu hálito quente e mentolado. Meus mamilos parecem excessivamente sensíveis e meu lábio inferior lateja onde ele o mordeu, as pulsações ecoando profundamente em meu núcleo.

Eu o quero. E não de uma forma casual, que seria bom ter. Mesmo sabendo o que ele é, eu anseio por ele tão desesperadamente que é como uma doença, um vício tão prejudicial à saúde e perigoso quanto a dependência de um usuário de heroína. Não tenho força de vontade em torno dele, nenhuma capacidade de resistir ao seu toque. Por todos os direitos, ele deveria me aterrorizar e repelir, mas em vez disso, sou atraída por ele tanto quanto, senão mais do que antes.

É distorcido. É errado. Eu sei disso, mas não posso evitar.

Meu corpo e coração se recusam a sincronizar com minha cabeça.

Ele pega meu olhar sobre ele, e seus olhos de tigre crescem encobertos, cheios de um calor escuro inconfundível. Meu pulso dispara ainda mais, minha respiração engatando enquanto eu olho para longe. Por mais que eu o queira, ele me quer ainda mais. E seu desejo não é da variedade suave e doce. Eu senti a urgência selvagem nele hoje, a necessidade de dominar e conquistar. Se não fosse pelos meus ferimentos, ele teria me tomado ali mesmo, na terra coberta de folhas. E ele não teria sido gentil também.

Quando fizermos sexo novamente, será devastador para mim, tanto física quanto mentalmente, e a única maneira de evitar que isso aconteça é ficar fora do alcance dele – uma impossibilidade na minha situação atual. Mesmo se eu estivesse disposta a arriscar um encontro com um novo grupo de capangas de Bransford, Nikolai não me deixaria sair.

Pela primeira vez, permito-me pensar no futuro e no que ele reserva. Nikolai algum dia me deixará ir? E se ele fizer isso, estarei segura? Se Tom Bransford realmente me quer morta, o que o impedirá de vir atrás de mim de novo e de novo? A julgar pelas pesquisas, ele provavelmente será o indicado de seu partido. Se ele vencer a eleição geral, quase não haverá limites para seu poder – não que haja muitos limites agora.

Vozes elevadas me puxam para fora de minhas ruminações sombrias. São Alina e Nikolai, tendo o que parece ser uma discussão em russo. Eu estava tão perdida em meus pensamentos que não percebi a atmosfera tensa na mesa, mas não há como perder agora.

Irmão e irmã estão claramente em desacordo, e Slava está olhando para eles, seus olhos dourados arregalados de curiosidade – e mais do que um sinal de preocupação.

Eu puxo sua manga.

— Ei. Como chamamos isso em inglês? — Aponto para o tomate em seu prato.

Ele pisca para mim.

— Nós acabamos de aprender esta manhã, lembra? — Ele ainda parece sem noção, então, decido dar uma dica a ele. — É um vegetal que chamamos de...

— Tomate! — Ele exclama, sorrindo para mim.

— Isso mesmo. — Sorrindo, eu afofo seu cabelo sedoso. Meu objetivo era distraí-lo da discussão dos adultos, mas parece que minha interferência encerrou a discussão por completo, com Alina e Nikolai voltando sua atenção para nós.

— Ele está aprendendo tão rápido — eu digo, e Slava estufando o peito com orgulho enquanto Alina lhe dá um sorriso caloroso e diz algo que soa como elogio em russo.

— Devíamos falar inglês com ele. — O tom de Nikolai ainda contém amargura. — Pelo menos quando Chloe estiver por perto. Ele aprenderá ainda mais rápido dessa forma.

Os lábios de Alina se contraem, mas ela acena com a cabeça.

— Como quiser. Ele é seu filho.

Estou curiosa para saber sobre o que era a discussão deles, mas não acho que seja uma boa ideia me meter. Em vez disso, pergunto a Alina como ela normalmente comemora seu aniversário e ela me diverte com descrições de viagens a locais exóticos e festas luxuosas em Moscou, esta última frequentada por todos os tipos de celebridades.

— Espere um momento — digo quando ela casualmente menciona como uma estrela de cinema desmaiou em seu iate durante uma festa de aniversário em Mykonos. — Você conhece celebridades de Hollywood?

Ela ri. — Nem todas, obviamente, mas algumas. Elas também são pessoas, você sabe. Nada de especial no grande esquema das coisas.

Não é especial para *ela*, talvez, mas estou fascinada. Eu a faço me contar tudo sobre seus amigos e conhecidos famosos, e antes que eu perceba, estamos encerrando a refeição. O que é bom, porque mesmo histórias dignas de *TMZ* sobre celebridades que se comportam mal não diminuíram minha consciência de Nikolai e sua intenção e foco inabalável em mim.

Durante toda a refeição, ele esteve me observando com a paciência letal de um predador, aquele que sabe que é apenas uma questão de tempo antes de consumir sua presa.

Nossos olhos se encontram quando nos levantamos da mesa, e eu olho para longe novamente, minha pele formigando enquanto meu pulso salta incontrolavelmente.

Isto é mau. Estava contando com pelo menos mais alguns dias com Nikolai se controlando, mas não acho que terei tanto tempo. Mais um dia, talvez, se eu tiver sorte.

Se não, vou acabar na cama dele esta noite.

— Vamos para o seu quarto — digo a Slava, tentando ignorar o rubor aquecendo todo o meu corpo. — Podemos brincar de *Batman* e *Robin* – ou *Batman* e *Super-Homem*.

A criança agarra minha mão ansiosamente e saímos da sala de jantar juntos enquanto Nikolai e Alina começam o que parece ser outra discussão em russo.

15

NIKOLAI

— Estou te dizendo, você não pode mantê-la no escuro — Alina diz novamente enquanto Chloe e meu filho desaparecem de vista. — É o pai dela. Ela merece saber o que você está planejando.

Porra do Pavel. Ele contou a Lyudmila sobre Bransford, e ela, naturalmente, não resistiu a contar tudo para minha irmã - que está novamente determinada a se meter num assunto que não lhe diz respeito.

Eu olho para ela. — Você precisa ficar fora disso. Isso é entre mim e Chloe, entendeu?

Os olhos verdes de Alina piscam para mim, toda inocência ferida.

— Eu não ia interferir. Só estou dizendo que se você quiser uma chance de um relacionamento real com ela, você tem que...

Eu zombo. — O que você sabe sobre relacionamentos reais?

Ela respira fundo e endireita os ombros.

— Olha, eu estava errada em interferir antes. Eu não posso me desculpar o suficiente por isso. Mas o fato é: Chloe não é como nós. Não importa o que Bransford tenha feito, ele ainda é seu pai biológico...

— Ele é o estuprador da mãe dela, nada mais. — Eu nem consigo chamá-lo de doador de esperma. Foi isso que *eu* fui para Slava nos primeiros quatro anos de sua vida, mas assim que soube de sua existência, não pude imaginar machucar um fio de cabelo em sua cabeça, muito menos mandar matá-lo... nem mesmo se ele um dia mandar fazer isso contra mim.

Alina estremece com o meu tom afiado.

— Eu sei. Não estou dizendo que ela o vê como família ou algo assim. Mas ela ainda merece ser consultada.

— Por quê? Para que ela possa ter a morte dele em sua consciência?

— E se ela não o quiser morto?

— Essa não é a decisão dela. — De jeito nenhum vou deixar o filho da puta viver, nem mesmo se Chloe implorar por isso.

— Mas deveria ser — Alina diz em frustração. — Se fosse eu...

— Eu também não colocaria esse fardo em você. — Eu mesma carregaria, do jeito que estou fazendo agora.

Seus olhos escurecem. — Kolya...

— Não. — A morte de nosso pai não é um assunto que quero discutir com ela. Nunca. — Apenas fique fora do meu relacionamento com Chloe, entendeu?

E antes que ela possa me irritar ainda mais, eu me afasto.

Passo a tarde atualizando os negócios - mesmo com meus irmãos assumindo a maior parte da responsabilidade pelo conglomerado de nossa família, há muito o que fazer - e, então, ligo o vídeo do quarto de Chloe, onde ela deveria estar se preparando para o jantar.

Com certeza, eu a pego saindo de seu armário, já vestida com um vestido de noite. Por um segundo, eu me pergunto como ela conseguiu se trocar sem ajuda - eu estava planejando ir ajudá-la em um minuto -, mas minha irmã entra na visão da câmera.

— Fique aqui — ela diz a Chloe, guiando-a até a janela. — Já que seu braço está fora de ação, vou fazer sua maquiagem.

Eu me inclino para trás na minha cadeira, observando com diversão quando ela começa a pintar o rosto de Chloe com os vários tubos e pincéis que ela tira de uma pequena bolsa. Lembro-me dela pintando suas bonecas da mesma maneira quando era pequena; eu acho que ela nunca superou isso. Eu não me importo. Chloe não precisa de maquiagem - ela fica linda sem - mas isso é algo que as mulheres fazem quando se vestem, e eu gosto de minha zaychik bem vestida. Ou quando se despe. Ou melhor ainda, completamente nua.

Meu corpo endurece com o pensamento, e eu tenho que respirar fundo algumas vezes para controlar meu pulso acelerado. Eu não posso tê-la. Ainda não. Não importa o quanto doa fisicamente negar a mim mesmo.

Por enquanto, só posso assistir e planejar o que vou fazer com ela quando ela estiver completamente boa.

16

CHLOE

Para meu alívio, a atmosfera do jantar não está nem um pouco tensa, em parte porque Pavel e Lyudmila se juntam a nós em vez de ficarem na cozinha. A presença deles contribui para a sensação festiva da refeição quase tanto quanto todos os pratos exóticos e coloridos que povoam a mesa.

Pavel se superou hoje; é mais como uma festa de casamento gourmet do que um aniversário em casa.

Além da comida deliciosa e maravilhosamente organizada, há muito álcool, de vinho a vodka e conhaque. A cada poucos minutos, Pavel, Lyudmila ou Nikolai propõe um brinde à aniversariante e bebemos – ou, no meu caso, tomamos um gole de vinho. Não tenho como acompanhar as copiosas quantidades de bebidas destiladas que os russos estão consumindo. Bem, todos, exceto Slava. Ele está bebendo refrigerante de laranja – um deleite para ocasiões especiais, eu acho, já que é a primeira vez que vejo a criança beber qualquer coisa fora água.

Conforme os pratos vão sendo consumidos, o volume e a frequência dos brindes aumentam até parecer que alguém está levantando um copo para a saúde, beleza, inteligência ou sucesso futuro de Alina sem parar. A conversa é uma mistura turbulenta de russo e inglês, este último provavelmente apenas por minha causa. Há muitas risadas também, junto com piadas que nem sempre fazem sentido quando traduzidas do russo – "anedotas", como Nikolai as chama. Elas são algo como "um burro e um cavalo entram em um bar", mas muito mais criativas e elaboradas. Ele explica que contar essas anedotas engraçadas em reuniões sociais é uma tradição em seu país, e que quase todo russo que se preze tem um repertório que constantemente reabastece vasculhando a internet e comprando livros especiais.

No momento em que Pavel desaparece na cozinha e volta com uma bandeja de chá e um bolo de três camadas, cravejado de velas, estou rindo tanto que estou convencida de que consegui ficar bêbada, apesar de meus cuidados. Nikolai se divertindo não é algo que eu já vi antes, e não tenho defesa contra seu charme seco e espirituoso. Nem qualquer outra pessoa à mesa, ao que parece. Slava, empolgado com açúcar e alegria adulta, esquece-se de manter distância de seu pai e sobe em seu colo, enquanto Alina embriagadamente passa o braço em volta do pescoço de Nikolai e lhe dá um grande beijo, deixando uma marca de batom em sua bochecha – primeira vez que a vi agir como uma irmã mais nova brincalhona.

Isso me faz perceber o quão reservada ela e todos os outros nesta casa geralmente são, o quão pouco de uma dinâmica familiar normal eu vi entre eles.

A constatação me traz de volta aos meus sentidos, despertando minha cautela, então, Alina apaga as velas entre aplausos e eu esqueço que não estou em uma festa de aniversário típica, que o homem lindo e bem vestido rindo com sua família é tanto meu captor quanto meu protetor.

Nikolai é perigoso, e não apenas porque eu o vi matar com meus próprios olhos.

É porque ele é muito mais complexo do que um homem sem consciência deveria ser.

Ao observá-lo mais de perto, percebo que, ao contrário de todo mundo, ele não parece bêbado. Há uma certa qualidade calculada em suas risadas e piadas, na fachada encantadora e alegre que ele assumiu. Isso me faz lembrar da afirmação de Alina de que seu irmão não faz nada por acidente, que todas as suas ações são planejadas.

Ainda assim, mesmo isso não pode impedir meu coração de apertar com ternura quando noto a genuína suavidade em seus olhos enquanto ele cuidadosamente abraça seu filho – que agora está rindo e pulando em seu colo enquanto conversa em russo. Eu pego a palavra "Papa" no fluxo rápido de palavras, e meu peito se enche de uma emoção tão intensa que as lágrimas picam por trás das minhas pálpebras.

Papai, Slava o chamou em russo, espontaneamente.

Eles estão finalmente se unindo como pai e filho.

Piscando para conter a umidade que queima, eu olho para minha sobremesa comida pela metade – apenas para sentir minha nuca formigar com a consciência familiar. Com certeza, quando eu olho para cima, o olhar de Nikolai está focado em mim, seus olhos de tigre cheios de uma intensidade enervante.

Eu tinha razão. Ele não está nem um pouco bêbado. Na verdade, o álcool o deixou mais atento, mais focado.

— Você não gostou do bolo, zaychik? — ele murmura, sua voz baixa demais para levar para o resto da mesa, onde Pavel e Lyudmila estão brindando ruidosamente a Alina mais uma vez. — Ou você está simplesmente cheia demais?

Meu rosto aquece. Por que essa pergunta simples parece uma insinuação sexual? Não deveria, nem mesmo com aquele tom íntimo e sedutor.

Ele está segurando seu filho, pelo amor de Deus.

— Estou cheia — digo, apenas para imediatamente querer retirar as palavras enquanto sua boca se curva em um meio-sorriso perverso.

É Slava quem vem em meu socorro. — Papai — diz ele em voz alta em inglês, torcendo seu pequeno corpo para envolver os braços em volta do pescoço de Nikolai. — *Meu* papai.

O olhar de Nikolai muda para seu filho, e o brilho

perverso em seus olhos desaparece, substituído por uma expressão tão dolorosamente terna que meu coração quase se dissolve em meu peito. Isso é muito mais do que uma criança soltando casualmente um "papai".

Slava está oficialmente reivindicando Nikolai como seu pai, abraçando-o com toda a possessividade em seu pequeno coração Molotov.

Eu forço as palavras pelo crescente nó na minha garganta.

— Sim, querido. Esse é o seu papai. Bom trabalho. — As lágrimas estúpidas voltaram a queimar minhas pálpebras, e percebo que minha alegria em testemunhar isso é agridoce, com um toque de inveja.

Quando criança, sonhava em conhecer meu pai - e abraçá-lo exatamente assim.

Felizmente, Nikolai não está olhando para mim. Toda a sua atenção está voltada para o filho. Murmurando algo em russo, ele alisa suavemente o cabelo de Slava... e minha garganta ameaça se fechar completamente quando pego um pequeno tremor em sua mão forte e calejada.

O que estou vendo no rosto de Nikolai é apenas a ponta do iceberg emocional. O homem poderoso e cruel na minha frente está completamente conquistado por seu filho.

Engolindo em seco, me forço a desviar o olhar antes de também me desfazer. Já é ruim o suficiente meu corpo derreter por ele; agora, meu coração está se juntando também. Não há como rotulá-lo de psicopata daqui para frente, não há como fingir que o assassino cruel por quem me apaixonei é incapaz de emoções genuínas.

O que quer que Nikolai possa ou não sentir por mim, ele está profundamente apaixonado por seu filho.

17

CHLOE

O JANTAR DURA ATÉ TARDE DA NOITE, ENTÃO, NÃO TENHO a chance de passar um tempo com Alina depois. No momento em que Nikolai me carrega para o meu quarto e me ajuda a tomar banho e me trocar, estou tão bêbada e exausta que quase desmaio em seus braços.

Só na manhã seguinte é que percebo que, ao contrário dos meus temores, não acabei na cama de Nikolai. Mais uma vez, ele foi a babá perfeita, cuidando de mim sem exigir nada em troca. Mesmo a copiosa quantidade de álcool não minou seu autocontrole – embora eu esteja supondo que o fato de que eu estava mais ou menos em coma quando ele me trouxe para cima ajudou sua decisão.

Depois daquela cena com seu filho, voltei-me para o vinho para controlar minhas emoções indisciplinadas e, entre isso, o analgésico que tomei no início do dia e meu corpo ainda em cura, eu era basicamente uma morta-viva.

Felizmente, não estou com muita ressaca, então, chego na hora para o café da manhã. Para meu alívio – e mais do que uma ligeira decepção – Nikolai não está lá.

— Em uma ligação com a Rússia — explica Alina. Como eu, ela não parece estar muito afetada pelas festividades da madrugada e, depois do café da manhã, ela se junta a mim e a Slava em nossas aulas de jogos, indo ao ponto de perseguir seu sobrinho em um jogo de pega-pega, apesar de usar seu uniforme usual de vestido chique e salto alto.

— Não tenho ideia de como os dedos dos seus pés não caem — digo, olhando para seus saltos altos, e ela ri, explicando que está tão acostumada a usar esses sapatos que os tênis parecem estranhos para ela.

— As mulheres russas se orgulham de serem capazes de tolerar todos os tipos de desconforto em nome da beleza — ela me diz ironicamente. — É nossa natureza masoquista e sofredora. Então, embora as leggings e coisas assim tenham feito incursões em meu país, você terá que arrancar nossos sapatos de salto alto de nossos pés frios e mortos.

Eu rio e deixo de falar sobre o assunto. Eu realmente gosto da Alina. Sua beleza era tão intimidante no início que demorei um pouco para perceber. Agora que fiz isso, percebo que grande parte de sua reserva inicial era uma forma de autoproteção. Com sua família do jeito que é, ela precisa de sua fachada brilhante e cuidadosa para esconder sua vulnerabilidade – e o trauma do qual ela ainda está se recuperando.

Nos próximos dias, meu desejo de conhecer melhor Alina é realizado, em parte porque Nikolai delegou grande parte dos meus cuidados a ela. Agora é ela quem me ajuda a me vestir e tomar banho, embora seja ele quem ainda muda a bandagem no meu braço quando necessário.

Suspeito que seja porque, conforme estou melhorando, ele não confie em seu controle para se segurar.

Eu não me importo. Isso não apenas me permite manter alguma aparência de equilíbrio emocional quando o vejo, mas Alina e eu estamos desenvolvendo um relacionamento real. Com meu tornozelo melhorando rapidamente e meu braço finalmente fora da tipoia, fazemos caminhadas curtas perto de casa – durante as quais ela troca seus sapatos de salto alto por botas elegantes – e passamos muito tempo com Slava, cujo inglês está progredindo com absurda rapidez.

Acho que ajuda ele me ouvir falar com Alina; ele está começando a pegar palavras e frases que não lhe ensinei formalmente.

O único problema é a recusa de Alina em falar sobre o que aconteceu com seu pai – ou, em geral, expor sua família e seu passado. Não importa o quanto eu investigue e indague, ela não revela nada, e com Nikolai me evitando, exceto durante as trocas de curativos e na hora das refeições, não estou mais perto de obter respostas.

De certa forma, eu também não me importo. Por mais que esteja morrendo de vontade de entender como um homem que está se tornando tão abertamente carinhoso com seu filho pode ter cometido o terrível crime de patricídio, não saber todos os detalhes me obriga a tirar isso da cabeça. O mesmo vale para a situação com Bransford; sem nenhuma atualização vindo em minha direção, posso passar horas, até dias, sem pensar no perigo que meu pai biológico representa e no que meu futuro pode trazer.

Esses dias calmos e fáceis parecem um interlúdio fora do tempo, uma pausa da realidade aterrorizante que é a minha vida.

Uma trégua que termina quando a garota misteriosa chega.

18

CHLOE

Slava e eu estamos na frente da casa, observando três esquilos perseguindo um ao outro de árvore em árvore, quando a caminhonete preta aparece vindo pelo caminho. As janelas não são tão escuras quanto as do veículo dos assassinos mortos, mas ainda congelo no lugar, presa num flashback tão intenso que começo a suar frio.

— Chloe? Chloe, quem é? Quem é, Chloe?

Eu pisco para Slava, que está puxando insistentemente minha manga, e forço para suprimir as lembranças horríveis do meu Toyota sendo esmagado contra a árvore. Achei que estava superando o que aconteceu - até meus pesadelos diminuíram durante esses dias felizes - mas acho que estava me enganando.

Não estou mais recuperada do meu trauma do que Alina está do dela.

— Quem é? — Slava exige novamente, balançando para frente e para trás nos calcanhares enquanto a caminhonete para a alguns metros de nós. À medida que suas habilidades de inglês e seu relacionamento com Nikolai melhoraram, ele se tornou muito mais assertivo – e às vezes irritante – garotinho, para minha alegria.

Eu consigo dar um sorriso caloroso em sua direção.

— Eu não sei, querido. Vamos ver.

Nós dois olhamos atentamente para o carro quando o lado do motorista se abre e uma jovem baixinha vestida em jeans, uma camiseta branca justa e botas de caminhada surradas salta do assento. De ossatura pequena, mas sutilmente curvilínea, com traços delicados e simétricos e cabelos loiros grossos presos em um coque bagunçado, ela parece ter dezessete ou dezoito anos, e me lembra um cruzamento entre Saoirse Ronan e Marilyn Monroe – se alguma delas tivesse sido turbinada.

Como um redemoinho, ela desce aproximando-se.

— Ei! Você deve ser Chloe. — Antes que eu possa responder, ela agarra minha mão e a aperta com entusiasmo. Então, ela cai de joelhos e sorri para Slava. — *A ti Slavochka, da?*

Sua mudança repentina para o russo me pega desprevenida; ela tinha falado comigo em puro inglês americano. Slava também parece surpreso. Nenhum dos adultos ao seu redor é geralmente tão alegre e cheio de energia.

— Oi — digo enquanto ela pula de volta para seus pés. Literalmente pula, como uma criança. Talvez ela seja ainda mais jovem do que eu pensava? — Eu *sou* Chloe. E você é?

Seu sorriso largo tem covinhas, seus olhos cinza brilham de forma atraente.

— Você pode me chamar de Masha.

— Prazer em conhecê-la, Masha. Você está...

— Onde está Nikolai? — ela interrompe. — Estou aqui para vê-lo.

Algo aperta dentro de mim, uma suspeita horrível se agitando em minha mente.

— Ele deveria estar em seu escritório. Você quer que eu te leve lá?

— Não há necessidade — diz ela despreocupadamente e corre para a casa.

A sensação de aperto se transforma em uma reviravolta no estômago. Essa garota é bonita - mais do que bonita. Ela é deslumbrante, mesmo em suas roupas casuais. Coloque-a em um dos vestidos de Alina, e ela pode desfilar na passarela - ou, pelo menos, no tapete vermelho, já que ela não tem nem a minha altura. E apesar de ser jovem, ela está longe de ser infantil; na verdade, seu jeito autoconfiante me faz pensar que ela pode nem mesmo ser uma adolescente. Enquanto eu a vejo desaparecer dentro de casa, não posso deixar de lembrar que antes de me conhecer, Nikolai tinha o hábito de plainar em todos os tipos de mulheres bonitas - o que, pelo que eu sei, incluía esta Masha.

De que outra forma ela parece saber para onde ir? Ou já ouviu falar do Slava?

Ou de mim?

Essa última parte não se encaixa nessa teoria, tenho que admitir. Se ela é a conexão de Nikolai, presente ou passado, por que ele contaria a ela sobre mim? A menos, é claro, que eles tenham alguma situação estranha de amigos-com-benefícios acontecendo e, ao contrário de mim, ela não tem um único osso de ciúme em seu corpo.

— Você já a viu antes? — pergunto a Slava, fazendo o meu melhor para manter meu tom casual. — Quero dizer, antes de hoje?

Slava pisca para mim. Ele entende um pouco do que digo agora, mas não tudo.

Suspirando, pego sua mão e o levo para a casa. Não entendo por que estou tão ansiosa para descobrir quem é essa jovem – se Nikolai está perdendo o interesse por mim, só pode ser para o melhor. No entanto, não importa o que minha mente racional diga, o simples pensamento dele com Masha me faz querer quebrar todos os ossos de seu corpo minúsculo de Marylin Monroe.

19

CHLOE

Deixando Slava com Lyudmila na cozinha, vou para o escritório de Nikolai, minha coluna tensa enquanto subo as escadas.

É estúpido ter ciúme. Irracional. Mas eu não posso deter o monstro verde arranhando meu peito. E se eu interpretei mal o modo como Nikolai me evitou nas últimas duas semanas? Talvez em vez de lutar contra seu desejo por mim, ele simplesmente parou de me querer. Afinal, cuidar dos meus ferimentos poderia ter feito com que ele visse meu corpo de uma maneira diferente.

Nunca fui particularmente insegura sobre o referido corpo, mas também nunca estive em um relacionamento com um homem tão incrivelmente lindo como Nikolai.

Espere, não, não estamos em um *relacionamento*. Isso pode ter acontecido antes, quando eu pensei que ele era um homem normal, respeitador da lei – embora obscenamente rico. Não sei como chamar agora. Se a pessoa com quem você dormiu o mantém cativo e ao mesmo tempo o protege de alguém que quer matá-lo, isso constitui um relacionamento? Pelo menos da variedade da síndrome não-Estocolmo? Sem mencionar que ele ainda é tecnicamente meu patrão – os envelopes de dinheiro têm chegado ao meu quarto todas as terças-feiras como um relógio.

Arquivando essas ruminações por enquanto, me aproximo da porta de seu escritório. Está fechada e, quando pressiono meu ouvido, posso ouvir vozes falando russo. Enquanto ouço, posso discernir os tons brilhantes e femininos da recém-chegada, junto com os tons profundos, suaves e perigosamente sedutores de Nikolai.

— O que você está fazendo?

Assustada, eu me viro para encarar Alina, que está parada no corredor, a cabeça inclinada curiosamente.

— Hum...

Diversão brilha em seus olhos. — Você está espionando meu irmão?

— Não, claro que não. — Posso sentir meu rosto queimando enquanto procuro uma boa explicação. — Eu só estava...

— Venha. — Ela agarra meu cotovelo e me puxa pelo corredor até seu quarto, onde ela praticamente me empurra para dentro antes de se virar para me encarar. — Ok, agora me diga. O que está acontecendo?

— Nada.

Ela arqueia uma sobrancelha, parecendo desconcertantemente com seu irmão.

Eu desabo. — Ok, tudo bem. Há uma jovem que acabou de chegar, e...

— Você quer dizer Masha?

Meu coração afunda. — Você a conhece?

— Ela é o mais novo achado de Valery. — Diante do meu olhar incompreensível, ela diz: — Meu irmão mais novo coleciona pessoas com várias habilidades úteis. Não tenho ideia de quais são as dela, mas encontrei-a brevemente na casa dele antes de deixarmos Moscou e, ao contrário de seus outros bichinhos, ela se apresentou.

— Bichinhos?

Ela acena com a cabeça. — É assim que eu os chamo. Ele inspira lealdade quase patológica nessas pessoas.

Huh, ok. Talvez ela não seja a namorada de Nikolai - ou, pelo menos, não só isso.

— Nikolai também a conheceu? Em Moscou? Ou...

— Chloe... — Alina hesita, então diz gentilmente, — Eu não acho que você precisa se preocupar com ela dessa maneira.

Meu rosto aquece novamente. — Eu não estou...

— Você está, e eu entendo. Ela é estranhamente bonita. Mas ela não está aqui para aquecer a cama de Nikolai.

— Então, você sabe para quê ela está aqui? — Meu alívio é rapidamente eclipsado pela curiosidade tingida de ansiedade. Por algum motivo, a chegada dessa Masha parece um presságio, como um mau presságio.

Alina hesita novamente, então, balança a cabeça. — Na verdade. Você deveria conversar com Nikolai sobre tudo isso.

— Tudo o quê? Está conectado ao seu pai?

Sua vacilada é quase imperceptível, assim como sua surpresa rapidamente escondida.

— Eu não poderia dizer — diz ela, sua expressão cuidadosamente velada. — Meu irmão é quem tem todas as respostas.

Eu fico olhando para ela, minha mente agitada. Se isso não é sobre seu pai...

— Isso tem algo a ver *comigo*?

Ela suspira. — Basta falar com Nikolai, Chloe. Por favor.

E antes que eu possa pressioná-la mais, ela me conduz para fora de seu quarto.

Eu não tenho a chance de falar com Nikolai até mais tarde naquela noite. Ele passa a tarde inteira em seu escritório com Masha - eu sei porque passo por sua porta dezenas de vezes. Em algum ponto, Pavel se junta a eles, e o murmúrio de duas vozes se torna três, com o rosnado do homem-urso facilmente identificável.

Na hora do jantar, Masha parte - Slava e eu assistimos sua caminhonete partir pela janela de seu quarto - mas uma refeição em família não é uma boa hora para inquirir Nikolai sobre um assunto potencialmente inflamável, então, engulo minhas perguntas curiosas e espero.

Meu momento chega depois do jantar, quando Lyudmila limpa a mesa e todos se levantam para ir para seus quartos. Durante todo o jantar, senti o olhar intenso do tigre de Nikolai em mim, senti a especulação em seu olhar.

O que quer que esteja acontecendo me preocupa. Estou quase certa disso agora.

Como se soubesse do meu plano, Alina agarra Slava e desaparece escada acima com velocidade recorde, deixando eu e Nikolai sozinhos na sala de jantar.

— Podemos pegar uma bebida antes de dormir? — pergunto quando ele se vira para sair também. Minha voz está firme, mesmo quando meu coração bate irregularmente. Isso é perigoso em mais de um aspecto. Não apenas estou arriscando o fim da paz e da calma que reinou em minha vida nas últimas duas semanas, mas meu ferimento à bala está quase totalmente curado.

Se Nikolai ainda está interessado em mim dessa forma, há pouco para impedi-lo de agir de acordo com esse desejo.

Ele se vira para me encarar. Sua mandíbula está tensa, seus olhos brilhando como âmbar antigo.

— Uma bebida? Achei que você não gostasse muito dessas bebidas, zaychik.

Eu engulo contra a secura na minha garganta.

— Estou com vontade de um pouco de conhaque.

Se nada mais, eu poderia usá-lo para reforçar minha coragem.

A voz de Nikolai fica mais áspera. — Tudo bem. Me dê um minuto. — Ele desaparece na cozinha e vem com uma bandeja de decantadores de cristal cercados por copos. Pavel deve estar de folga servindo esta noite – isso ou Nikolai também quer privacidade.

Enquanto ele serve uma bebida para cada um de nós, eu me sento novamente, secretamente enxugando minhas palmas úmidas na saia do meu vestido de noite. É feito de um material de seda em um tom coral-pêssego que, de acordo com Alina, faz minha tez parecer "toda dourada e brilhante". Eu me pergunto se Nikolai pensa isso também, ou se tudo o que ele vê quando olha para mim agora é a tutora de seu filho.

O que seria ótimo. Realmente incrível. Eu não deveria querer um homem tão perigoso fixado em mim, fazendo todos os tipos de afirmações enervantes sobre fios do destino e...

— O que você quer discutir, zaychik? — A voz de Nikolai é mais uma vez escovada de veludo enquanto ele afunda no assento em frente a mim. Girando o conhaque dentro do copo, ele me olha por cima da borda, as pálpebras semicerradas. — Estou supondo que você não está aqui porque de repente está desejando minha companhia.

Minha pele fica vermelha. Na verdade, estou desejando a companhia dele, por mais relutante que seja em admitir. Desde nossa expedição para colher flores, não passamos muito tempo juntos, pelo menos não sozinhos. Na hora das refeições, Alina e Slava servem de proteção, e Lyudmila e Pavel estão sempre por perto. Até mesmo as mudanças de curativo, a única vez que ele entrou no meu quarto sozinho, pararam assim que minha ferida cicatrizou e não precisava mais ser coberta.

A verdade é que mal tenho interagido com ele nos últimos dias e tenho sentido falta. Sinto falta de nossas conversas, seu foco inabalável em mim... até mesmo a maneira como ele me faz sentir como um rato cercado por um gato assustadoramente sexy. Claro, eu não posso permitir que ele saiba disso. Não quando ainda tenho um fio de esperança de que algum dia minha vida volte ao normal - um normal que não envolverá homens perigosos que torturam e matam.

Respirando fundo, jogo limpo com ele.

— Por que ela estava aqui? Quem é ela?

Ele fica em silêncio por alguns momentos, estudando-me daquele jeito intenso dele enquanto o conhaque permanece intocado em sua mão.

— Ela é um trunfo — ele finalmente diz. — Meu irmão Valery a mandou quando eu expliquei sua situação.

Meu coração dá um salto e minha boca fica seca. Depois da minha conversa com Alina, eu me perguntei se esse poderia ser o caso, mas ao ouvi-lo confirmando tão sem rodeios... Trêmula, eu pego meu conhaque e tomo um gole, deixando-o iluminar um caminho de fogo pelo meu esôfago. — Que tipo de ativo? — Eu pergunto quando a vontade de tossir diminui.

— Originalmente, do tipo governamental. Agora, nosso.

Uma espiã, então, ou algum outro tipo de agente - e não tão jovem quanto eu pensava, se ela tinha esse tipo de experiência. Acho que posso ver. Se eu tivesse conhecido Masha na rua, nunca teria suspeitado que ela fosse qualquer tipo de "trunfo", mas provavelmente esse é o ponto. Aquele exterior borbulhante e jovem torna-se uma máscara eficaz.

Antes que eu possa perguntar qual é exatamente o papel dela na minha situação, Nikolai fala novamente.

— Zaychik... — Seu tom é mais uma vez desconcertantemente gentil. — Está confirmado. Bransford é seu pai biológico.

Minha frequência cardíaca aumenta ainda mais, um arrepio pinicando a pele dos meus braços.

— Você quer dizer...

— Masha obteve uma amostra de DNA de Bransford. Corresponde com o seu.

Corresponde ao meu. Meu estômago se revira nauseante, o frio se espalhando para engolfar o resto do meu corpo. Eu sabia que esse tinha que ser o caso desde que Nikolai me contou o que seu irmão mais velho havia descoberto, mas uma parte de mim ainda devia ter um fio de esperança.

Uma esperança que agora foi destruída e reduzida a pó.

— Por que você... — Eu paro para limpar a rouquidão na minha garganta. — Por que você queria confirmar?

Eu não quero pensar sobre como Masha obteve a amostra de Bransford, ou a minha. Na verdade, o último deve ter sido fácil: minha escova de dentes, alguns fios de cabelo soltos em meu travesseiro, uma xícara da qual bebi... Um candidato presidencial com toda a segurança que o acompanha,

— Porque eu precisava ter certeza.

Eu pisco, percebendo que deixei meus pensamentos vagarem para longe da questão-chave.

— Mas por quê? Quer dizer, não me entenda mal, eu sou grata. — Pelo menos acho que sou. É melhor saber que você é filha de um estuprador assassino ou apenas suspeitar fortemente?

Nikolai coloca seu copo na mesa, o líquido dentro ainda intocado.

— Eu prometi proteger você, zaychik.

O frio ondula sobre mim novamente, minha mente se aventurando por um caminho que eu gostaria que não fosse.

— Você o fez. E continua. Estou segura aqui, não estou? — Pelo menos de Bransford.

Ele se inclina para frente, suas palmas grandes e quentes cobrindo minhas mãos congeladas.

— Está. E estará ainda mais segura quando ele não for mais uma ameaça para você.

Olho fixamente em suas íris hipnóticas, aquele ouro rico e profundo salpicado de verde.

— Não uma ameaça como? — Evitei pensar no futuro por este motivo: porque não consigo imaginar um em que Bransford *não será* uma ameaça. Como uma tartaruga, tenho me contentado em me esconder dentro da minha carapaça, levando um dia, uma hora, de cada vez, o tempo todo dizendo a mim mesma que, eventualmente, vou resolver isso e levar o assassino de mamãe à justiça.

Não Nikolai, no entanto. Ele não está se escondendo da realidade – ele está planejando. E é a natureza desses planos que faz os dedos gelados roçarem pela minha espinha.

Tenho a sensação de que a ideia de justiça de Nikolai difere drasticamente da minha.

Ele sorri como se eu fosse uma criança ingênua.

— Você não precisa se preocupar, zaychik. Estou cuidando disso.

Por um breve e covarde momento, fico tentada a fazer exatamente isso: não me preocupar, deixar o assunto em suas mãos capazes e implacáveis... aquelas segurando as minhas de forma tão possessiva, tão gentil.

As mesmas mãos que haviam tirado duas vidas na minha frente sem hesitação.

É essa memória, aquela lembrança vívida dos gritos do assassino torturado, que decide por mim. Posso ter desenvolvido um talento especial para evitar a realidade, mas nem eu consigo fechar os olhos e fingir que sou cega.

— O que você vai fazer com ele? — Minha voz está tão instável quanto meu pulso. — Nikolai, por favor, eu tenho que saber. O que você vai fazer?

Os minúsculos músculos ao redor de seus olhos se

contraem – a única mudança em sua expressão. — Nada que ele não mereça.

Eu recuo, puxando minhas mãos de seu alcance. — Você não pode matá-lo.

— Por que não? — Sua voz está uniforme, seu tom tão brando como se estivéssemos falando em ir a uma festa. Inclinando-se para trás, ele pega seu conhaque novamente, e desta vez, ele toma um gole vagaroso antes de pousá-lo.

Eu fico olhando para ele incrédula.

— Porque ele é uma *pessoa*. — Como isso não é evidente? — Uma pessoa má, claro, mas você não pode sair por aí matando qualquer um que...

— Que tenta te matar? Eu posso e vou.

Meu coração falha uma batida. Ele fala sério, eu posso ver, e a compreensão me enche de todos os tipos de emoções fodidas: gratidão revestida de terror, esperança cercada de pavor e, o mais perturbador, uma espécie de alegria vingativa.

Quero Bransford morto pelo que fez à minha mãe. Eu quero tanto que posso sentir o gosto. E eu quero isso para mim também. Quero minha vida de volta, minha liberdade, minha paz de espírito. Quero dormir a noite inteira sem pesadelos e andar pela rua sem medo. Quero parar de ver perigo em cada SUV, em cada rosto desconhecido.

Eu quero Bransford a sete palmos abaixo, e se Nikolai fizer isso acontecer, eu serei livre... e tão assassina quanto ele.

É esse último pensamento que esmaga meu desejo

sombrio. Por mais que eu queira liberdade e vingança, estamos falando sobre assassinato – assassinato premeditado e a sangue frio. Uma coisa era Nikolai despachar os dois assassinos armados na floresta; por mais perturbador que tenha sido testemunhar, o que ele fez não é diferente do que um policial em sua situação poderia ter feito, sem a parte da tortura. O que estamos discutindo agora é um outro nível de merda e, embora alguma parte de mim não possa deixar de se alegrar com a disposição de Nikolai de me proteger até este ponto, não posso ficar parada e deixar isso acontecer.

Já que apelar para a moralidade de bom senso não funcionou, eu tento uma abordagem diferente.

— Nikolai, por favor. Seja razoável. Ele é uma figura política proeminente. Você não pode simplesmente matá-lo. Seria um assassinato, com grandes ramificações globais. O FBI, a CIA, a mídia...

— Eu sei. É por isso que eu tinha que ter certeza de sua culpa.

Outro calafrio desce pela minha espinha. Seu rosto é implacável, sua voz, ainda perturbadoramente uniforme. Ele pensou sobre isso; este não é um impulso da parte dele.

Para me proteger, ele vai exterminar um candidato à presidência e não há nada que eu possa fazer para que mude de ideia.

Tento de qualquer maneira, pelo menos para proteger a *ele*.

— E sua família? A vida que você está construindo

aqui com Slava? Se eles descobrirem que você está por trás disso...

— Não vão.

— Como você pode ter tanta certeza? Haverá uma caça global ao homem, do tipo não vista desde...

— Zaychik... — Inclinando-se para frente, ele cobre minhas mãos de novo, me fazendo perceber que estou torcendo-as na mesa. Sua voz é suave, seu tom, assustadoramente calmo enquanto seu olhar mantém o meu. — Eu sei o que estou fazendo. Bransford morrerá, e será de causas naturais. Seu partido vai chorar, a nação vai chorar, e então eles vão passar para outra coisa nova e brilhante, algum outro político com fala cativante.

— Causas naturais? Aos cinquenta e cinco?

— Um defeito cardíaco, até então não diagnosticado. Será devidamente trágico. — Ele se recosta, pegando seu copo. — Onde há vontade, há um caminho - e nós, Molotovs, somos excelentes em encontrar esses caminhos.

20

NIKOLAI

Ela se levanta trêmula, olhando para mim, e luto contra o desejo de pegá-la em meus braços. Eu luto porque por trás da necessidade de confortar estão desejos mais sombrios e perigosos, aqueles nascidos de uma fome tão profunda e selvagem que me assusta.

Uma vez que eu ceder a isso, uma vez que eu liberar a besta rosnando dentro de mim, não haverá como voltar atrás.

Duas semanas eu dei a ela. Por duas semanas que pareceram séculos, eu fiz o impossível e fiquei longe. Bem, não inteiramente. Passei dezenas de horas observando-a através das câmeras no quarto de Slava e em seu quarto, mas isso e nossas breves interações na hora das refeições só aumentaram o meu tormento.

Nunca me considerei um masoquista, mas devo ser, porque abracei de bom grado a tortura requintada de tê-la ao alcance das mãos, mas não me permitindo possuí-la.

E esta noite, ao que parece, é o teste final do meu autocontrole. Porque ela finalmente me procurou, embora não pelos motivos que eu desejava. Uma parte de mim esperava que ela sentisse minha falta, que ela tivesse vindo para mim porque ela me quer com o mesmo desespero que eu a quero.

Porque ela está pronta para ser minha, com tudo o que isso implica.

— Eu deveria ir para a cama — diz ela, com a voz instável, e tenho que reprimir uma onda de decepção. O que eu esperava? Ela está chocada, e por um bom motivo. Poucos cidadãos comuns percebem como é fácil fazer um assassinato se parecer com outra coisa - se esse for o resultado desejado. Todos os assassinatos de alto perfil e envenenamentos por radiação que chegam aos jornais pretendem ser dignos de noticiários. Eles são uma mensagem, um aviso para outros que podem tentar ir contra o estabelecimento.

Para cada veneno exótico que grita por envolvimento secreto do governo, existem dezenas de problemas de saúde e acidentes de rotina que eliminam os obstáculos nos caminhos de pessoas poderosas e implacáveis... pessoas como minha família.

Este não é o primeiro assassinato secreto que eu tenho que planejar.

Originalmente, eu não contaria nada a Chloe. Ela teria sabido sobre a morte de Bransford no noticiário, assim como todos os outros, e quaisquer suspeitas que ela tivesse nutrido naquele ponto não seriam nem de longe tão pesadas quanto o conhecimento que ela agora carrega. Mas ela veio a mim esta noite exigindo respostas, e eu não consegui mentir para ela. De certa forma, minha irmã também é a culpada por isso. Embora Alina tenha mantido a boca fechada perto de Chloe, ela tem vindo a mim quase que diariamente, insistindo que Chloe tem o direito de saber o que estou planejando, que deve ser decisão dela.

Discordo totalmente sobre o último, mas comecei a ver algum mérito no primeiro. Não quero que minha zaychik fique estressada com sua situação, preocupada que a qualquer momento mais assassinos apareçam em nossa porta. Não que eles conseguissem passar, mas ainda assim, tem que pesar sobre ela, o conhecimento de que alguém lá fora a quer morta.

Que seu pai biológico a quer morta.

Não, é o melhor ter dito a ela. Masha precisa de pelo menos algumas semanas para completar sua missão e, assim, Chloe sabe que estou cuidando disso e ela não precisa se preocupar.

Tendo apresentado suas objeções, ela pode relaxar com a consciência limpa. É minha decisão, meu pecado, não dela.

Levantando-me, sorrio para ela, esperando que ela não consiga ver a fome distorcida em meus olhos, a necessidade sombria que borbulha em minhas veias como lava fresca.

— Claro. Se você está cansada, vá para a cama, zaychik.

Por mais que eu queira reivindicá-la, esta noite não é a noite. Estou com muita fome, muito perto do limite e, embora seus ferimentos estejam quase curados, ela ainda não está nem perto de onde precisa estar para lidar comigo.

Ela se afasta, como se tivesse lido minha mente, mas então seus ombros se endireitam e seu queixo delicado se levanta.

— Não — ela diz com firmeza, dando a volta na mesa em minha direção. — Eu não vou embora até que você prometa encontrar outro daqueles 'caminhos'.

21

CHLOE

EU SEI QUE ISSO É UMA MÁ IDEIA. TAMBÉM SEI QUE NÃO posso ser covarde e fugir como se ele não tivesse acabado de admitir que planeja assassinar um homem em meu nome. Um homem terrível, horrível, mas ainda um homem... que passa a ser meu pai biológico.

Algo sombrio pisca nos olhos de Nikolai enquanto ele olha para mim e, tardiamente, noto a tensão perigosa de sua mandíbula.

— Zaychik... — Sua voz é um rosnado suave. — Você deveria ir. Agora. Enquanto ainda pode.

Minha respiração falha quando a compreensão do que ele quer dizer bate em mim, acelerando meu pulso e paralisando meus músculos.

Ele ainda me quer, muito, mas por alguma razão, ele está se contendo.

Eu deveria ouvi-lo. Eu deveria recuar e fugir enquanto ele está me dando essa chance. Se eu não fizer isso, vai mudar tudo, colocar um fim a este interlúdio fora do tempo, diminuir a distância entre nós que me mantém tão segura.

Porque o maior perigo para mim não está lá fora.

Está aqui.

Sempre foi ele.

Vou fazer meus músculos se moverem, para obedecer aos comandos frenéticos do meu cérebro, mas posso muito bem estar desejando fazer supino em um carro. Tudo o que posso fazer é olhar para ele, a boca seca e o coração batendo forte enquanto a tensão pulsante se acumula na minha barriga, atingindo meus mamilos e pintando minha pele com redemoinhos de calor.

Posso ver a tempestade selvagem se formando em seus olhos, posso sentir o crepitar daquela carga elétrica no ar, mas permaneço imóvel, congelada e muda, a presa perfeita a ser tomada.

— Chloe... — A palavra pronunciada com voz rouca é em partes iguais advertência e capitulação. Lentamente, com gentileza exagerada, ele segura meu rosto com as duas mãos, o calor de suas palmas largas queimando minha pele gelada. Seus olhos são o ouro de um alquimista hipnótico enquanto ele sussurra: — Minha doce zaychik, acabou. Você perdeu sua última chance de escapar.

22

CHLOE

AINDA ESTOU CONGELADA NO LUGAR QUANDO SEUS lábios descem sobre os meus, tão inevitável e violentamente quanto um raio atingindo uma árvore na planície. O choque sacode todo o meu corpo, escaldando cada célula pelo caminho.

Não há sutileza em seu beijo, nenhuma gentileza. Ele não pede, ele pega. Com minha cabeça imobilizada entre as palmas das mãos, ele saqueia cada centímetro da minha boca, sugando-me em um vórtice de desejo selvagem, uma luxúria tão escura e vulcânica que me queima por dentro.

Ele tem gosto de conhaque e perigo, como todos os meus anseios distorcidos e secretos. O sabor inebriante me intoxica, as notas sensuais de sua colônia de cedro e bergamota fazendo minha cabeça girar. Quaisquer que sejam os pensamentos de resistência que eu ainda nutria, evaporam, minha força de vontade se dissolvendo como um grão de açúcar no chá quente.

Com um gemido indefeso, eu arqueio contra ele, minha barriga pressionando contra sua virilha enquanto minhas mãos agarram seus lados.

Ele está totalmente duro, a protuberância grossa em suas calças se projetando contra a minha maciez, me lembrando de como era tê-lo lá dentro. A memória evoca tanto a excitação quanto a ansiedade – não foi fácil absorver algo daquele tamanho. Mas mesmo esse pensamento logo desaparece, queimado pelo calor feroz do desejo, destruído pela sedução brutal de seu beijo impiedoso.

Eu esqueci onde estamos. Eu esqueço de tudo, tanto que fico surpresa quando ele se afasta para me pegar contra seu peito. É só quando ele começa a subir as escadas, subindo dois degraus de cada vez, que minha cabeça clareia o suficiente para um pedaço de pensamento racional.

O que diabos estou fazendo? Não era isso que eu pretendia. É o oposto, na verdade. Meu objetivo era falar com ele, convencê-lo a não...

Com um rosnado baixo, ele me pressiona contra a parede no corredor do andar de cima e reclama minha boca, como se ele não pudesse suportar não me provar todo o caminho até seu quarto, e eu esqueço tudo sobre meus objetivos. Eu esqueço que existo fora deste momento, que há qualquer coisa lá fora, exceto ele.

Nós nos fundimos, ou, pelo menos, é o que parece. Sua boca está fundida à minha, sua respiração está em meus pulmões, seu cheiro está em minhas narinas. Seu corpo poderoso me rodeia, todo calor e dureza e masculinidade crua e primitiva. Estou em pé agora, ficando na ponta dos pés enquanto ele devora meus lábios, e suas mãos percorrem minhas costas, meus lados, minha bunda, apertando e amassando essa última, trabalhando o vestido longo até minhas coxas. Sem fôlego, agarro as mechas frias e sedosas de seu cabelo enquanto ele me levanta até que minhas pernas estão em volta de seus quadris e minha pélvis está montada na dele, meu sexo dolorido esfregando contra sua ereção.

Nós nos beijamos, nossas línguas duelando, até que estamos completamente sem ar. Em seguida, sua boca trilha até o meu pescoço, chovendo beijos quentes e cortantes sobre o buraco macio perto da minha orelha. Gemendo, eu jogo minha cabeça para trás e me esfrego com mais força contra ele, perdida para tudo, exceto para o prazer sinistro e abrasador. A tensão dentro de mim está crescendo e crescendo, minhas terminações nervosas tão sensibilizadas que o movimento do ar parece um toque na minha pele.

Eu vou gozar só de me esfregar nele, percebo com uma surpresa distante.

Isso vai acontecer de novo.

E então acontece, o alívio é tão surpreendente quanto bem-vindo. Meus dedos apertam convulsivamente em seu cabelo e meus músculos internos têm espasmos enquanto o êxtase rasga meu corpo, enrolando meus dedos dos pés e arrancando um grito da minha garganta. Só que ele não para; ele continua, balançando seus quadris em minha pélvis, intensificando os tremores secundários que explodem em meu núcleo. Fechando os olhos com força, grito de novo, e como um animal reivindicando sua companheira, ele morde meu pescoço enquanto sua mão grande e calejada mergulha em meu corpete, apertando meu seio nu enquanto seu polegar roça meu...

— Chloe? Nikolai, o que vocês estão... Oh, caralho. Deixa pra lá.

A voz de Alina me arranca do delírio aquecido e eu enrijeço, meus olhos se abrem. Com certeza, por cima do ombro de Nikolai, eu a vejo se afastando, seu rosto pálido estranhamente rosa. Antes que eu possa dizer qualquer coisa, ou processar o fato de que esta é a segunda vez que ela nos pega quase transando, ela gira nos calcanhares e desaparece de volta em seu quarto.

Que fica no final do corredor.

O corredor público onde qualquer um poderia ter nos visto – e me ouvido gozar.

Meu rosto, meu corpo, até mesmo as raízes do meu cabelo parecem estar pegando fogo quando Nikolai se afasta para me olhar. Seus olhos dourados estão com as pálpebras pesadas; seu cabelo, com minhas mãos ainda presas nele, está despenteado; seus lábios sensuais estão molhados e inchados, separados em uma expressão de pura luxúria.

É a maneira como um anjo caído pode parecer depois de cometer seu primeiro pecado – exceto que este anjo nunca conheceu uma existência inocente.

Ele sempre foi o diabo.

Eu umedeço meus lábios.

— Sua irmã…

— Foda-se minha irmã.

Antes que eu possa responder a esse sentimento furiosamente rosnado, ele me pega em seus braços poderosos e me carrega para seu quarto com passos longos e impacientes.

23

NIKOLAI

Eu deveria parar, ou, pelo menos, desacelerar, mas não posso. Agora que eu a provei novamente, a fome dentro de mim é muito forte, muito selvagem. Como um alcoólatra que engole seu primeiro gole da noite, não consigo nem imaginar moderação. A necessidade sombria pulsa em minhas veias, uma batida de desejo sexual e um anseio mais profundo e menos definido, um desejo que parece emanar de minha própria alma.

Com os resquícios desgastados de meu autocontrole, deito-a na cama, tomando cuidado para não machucar seu braço. Há uma casca lá agora, estragando sua pele sedosa e dourada. A visão disso alimenta a besta selvagem dentro de mim, enchendo meu peito com partes iguais de possessividade e raiva.

Ela é minha e eu vou aniquilar qualquer um que a tenha machucado.

Ninguém jamais colocará um dedo nela... exceto eu.

Já, sem a minha vontade, minhas mãos estão em seu

vestido, rasgando o tecido bonito e frágil, arrancando-o de seu corpo em uma campanha furiosa para revelá-lo aos meus olhos. Seus seios saltam do corpete primeiro, dois pequenos e deliciosos globos com mamilos marrons eretos, seguidos por sua caixa torácica estreita e barriga lisa, todos cobertos por aquela pele bronzeada brilhante que me faz pensar na captura do sol, no calor, na luz, e pureza – todas as coisas que desejo, tudo que desejo.

A parte inferior de seu corpo é a próxima, sua tanga imperceptível quase se desintegrando em minhas mãos para expor uma boceta que é tão delicada e macia quanto eu me lembro. Minha boca enche de água com a lembrança de seu sabor doce e rico, de como aquelas dobras tenras eram sentidas em meus lábios, sob minha língua, presas em meus dedos... dedos que não podem evitar agarrar suas coxas, separando-as.

Seus suaves olhos castanhos encontram os meus, sonolentos de desejo, afiados com aquela cautela provocadora, e os últimos fragmentos do meu autocontrole se desfazem. Como um animal faminto, caio sobre ela, enterrando meu rosto entre suas coxas, lambendo sua aspereza, empanturrando-me de sua essência de sal e frutos, do calor e do sol que é ela.

Ela engasga e agarra minha cabeça, seus dedos apertando meu cabelo enquanto ela se arqueia embaixo de mim, se contorcendo a cada golpe ganancioso da minha língua. Logo, meus dedos se juntam também, brincando com seu clitóris enquanto lambo sua abertura, deleitando-me com a umidade que encontro lá. Ela é tão deliciosa quanto eu me lembrava, toda seda, calor e mel derretido, e embora meu pau esteja à beira de estourar, não posso me afastar do que estou fazendo, não posso parar até senti-la gozar novamente.

E ela goza. Com um grito sufocado, ela se contorce embaixo de mim, suas costas arqueando-se para fora da cama enquanto seus dedos apertam meu cabelo, quase arrancando-o pela raiz enquanto mais deliciosa maciez cobre meus lábios e língua.

A onda de satisfação é tão intensa quanto breve, minha luxúria tendo apenas se aguçado com seu orgasmo. Sangue quente bate em minhas têmporas, minhas bolas apertadas e todos os músculos do meu corpo tensos com a necessidade. Não há nenhuma gentileza dentro de mim, nenhuma paciência, apenas uma fome crua e primitiva de possuir e reivindicar, de enterrar meu pau latejante dentro de seu calor.

Movido por um instinto puramente animalesco, eu a viro e coloco meu braço sob seus quadris, levantando sua bunda bem torneada em minha direção até que ela fique de quatro. Suas nádegas lisas estão um pouco mais cheias, um pouco mais arredondadas do que a última vez que a vi nua, o botão de rosa de seu esfíncter, um ponto minúsculo e tentador, e minha fome se intensifica a ponto de ser afiado como uma faca, meu corpo apertando a um grau insuportável. Eu mal estou ciente de minhas ações enquanto abro minha braguilha e liberto meu pau, em seguida, alinho-o contra sua fenda brilhante.

Eu tenho que tê-la. Agora.

A batida do tambor do desejo torna-se ensurdecedora, abafando tudo, obscurecendo o mundo ao nosso redor. Eu não sou mais homem; não sou nada mais do que uma fome primitiva, uma necessidade selvagem e atávica.

Agarrando seus quadris estreitos, eu mergulho para dentro, deleitando-me com o aperto liso de suas paredes internas, com a deliciosa rigidez de sua passagem estreita. Ela grita, um som de dor, mas eu não consigo parar, não posso fazer nada além de empurrar ainda mais fundo, tomando-a, reivindicando-a, satisfazendo a luxúria selvagem que me queima por dentro.

Minha. Completamente minha. Meus quadris bombeiam selvagemente, meu coração batendo forte como um punho contra meu peito. Ao longe, estou ciente de que estou sendo muito rude, mas não posso desacelerar mais do que posso deixá-la ir. Ela é toda rigidez sedosa e calor úmido, a coisa mais próxima do céu que um homem pode conhecer. Seus gritos e suspiros suplicantes só me estimulam, aumentando minha luxúria, alimentando a besta dentro de mim.

Eu a fodo como se não houvesse amanhã, como se nada fora deste momento importasse. Mantendo meu controle sobre ela com uma mão, enrolo a outra em seu cabelo e puxo, fazendo-a arquear as costas enquanto empurro mais forte, mais profundo, imprimindo minha marca em sua carne tenra. Eu posso sentir o orgasmo fervendo dentro de mim, minhas bolas apertando até ficarem quase tão duras quanto meu pau latejante, e enquanto ela grita meu nome e espasmos ao meu redor, a liberação cai sobre mim como um tsunami, enviando êxtase explodindo através do meu terminações nervosas e pintando o mundo ao meu redor de branco brilhante.

24

CHLOE

Atordoada, eu caio de barriga assim que Nikolai solta meu cabelo e puxa para fora da minha carne inchada e contorcida. Mesmo com os tremores do orgasmo ainda ondulando através de mim, meu sexo parece maltratado, minhas entranhas, doloridas. Meus pensamentos também estão confusos, minha mente, tão lenta como se eu estivesse emergindo de um sono profundo.

Apesar disso, quando ele me coloca ao seu lado e começa a murmurar palavras doces, eu novamente experimento aquela sensação incomum de paz, aquela que conheci apenas em seus braços. Meus olhos se fecham, uma sensação flutuante vindo sobre mim enquanto ele me acaricia e me acalma, chovendo leves beijos calmantes no meu rosto e pescoço, massageando as dores e hematomas de seu manuseio áspero. Eventualmente, meus pensamentos desconexos se aglutinam em algo coerente, e eu forço a abrir minhas pálpebras para encontrar seus olhos hipnotizantes olhando dentro dos meus, o âmbar dourado de suas íris riscadas com o verde mais escuro.

— Zaychik... — Sua voz é suave, sua expressão difícil de ler enquanto ele curva sua grande palma sobre minha bochecha. — Eu não usei camisinha.

Por um momento, as palavras não fazem sentido para mim. Então, com uma descarga de adrenalina, percebo uma umidade quente entre minhas pernas e coxas.

Muita umidade. Muito mais do que eu já senti.

Meu batimento cardíaco dispara, a sensação de flutuação desaparecendo. Recuando bruscamente, me sento.

— O que você quer dizer? Eu não estou tomando nada. Fiquei sem anticoncepcional semanas atrás. Eu pensei… pensei que você sempre usasse camisinha. — Lanço um olhar rápido para o líquido espesso e branco em minhas coxas nuas, tentando não entrar em pânico enquanto conto os dias freneticamente.

Quando foi minha menstruação? Foi esta semana ou semana passada? Por que não me preocupei em manter o controle? Eu sei que já se passaram vários dias desde que parei de sangrar, mas talvez…

— Eu uso. — Nikolai também se senta, os músculos poderosos de seu peito e braço flexionando enquanto ele passa a mão pelo cabelo, bagunçando ainda mais as mechas pretas. — Pelo menos sempre o fiz até hoje.

Finalmente me lembro de quando minha menstruação veio: no início da semana passada, quase doze dias atrás. Segunda-feira passada foi quando tive que pedir suprimentos a Alina.

Estou quase no meio do meu ciclo.

Devo parecer tão em pânico quanto me sinto porque Nikolai inclina a cabeça, me olhando com a mesma expressão indecifrável.

— O momento não é perfeito, é? Ou, mais precisamente, errado?

Eu assinto, minha mão movendo-se instintivamente para o meu estômago.

— Por que... — eu paro para firmar minha voz trêmula. — Por que você não usou camisinha?

O brilho enigmático em seus olhos se aprofunda enquanto ele se move em minha direção.

— Por que não nos limpamos e depois conversamos mais?

Eu ainda devo estar em choque porque eu não expresso nenhuma objeção enquanto ele me pega e me carrega para o banheiro. Em vez disso, eu o deixei cuidar de mim no chuveiro do jeito que ele fazia quando eu estava machucada. Seu toque é novamente suave, calmante e terno, mesmo enquanto seu pau fica mais duro com cada golpe de suas mãos ásperas e calosas sobre meu corpo nu e molhado.

No momento em que ele termina de lavar as evidências de nosso erro, ele está totalmente ereto e suas mãos estão se movendo sobre mim com intenção crescente, segurando meus seios e brincando com meus mamilos, aventurando-se entre minhas coxas para encontrar meu clitóris. Deve ser muito, muito cedo, mas meu corpo responde como se não tivesse apenas sobrevivido a uma cataclísmica turbulência de seus sentidos, como se a foda selvagem que me deixou tão oprimida não tivesse sido nada além de uma prévia do evento principal.

Minha respiração acelera, uma tensão crescendo no meu estômago enquanto seus lábios se inclinam sobre os meus em um beijo profundo e explorador, em seguida, se aventuram em minha orelha, meu pescoço, meu ombro. Ofegante, agarro seus ombros enquanto ele envolve meu cabelo molhado em torno de seu punho e me arqueia para trás sobre seu braço musculoso, levantando meus seios em direção a ele como uma oferta de sacrifício. Suas costas largas me protegem do spray de água enquanto ele se inclina sobre mim, agarrando-se a um mamilo, depois a outro, a quente e poderosa sucção de sua boca enviando puxões de sensação direto para o meu núcleo, aumentando minha crescente excitação.

Ainda assim, estou dolorido por dentro, dolorido demais para sentir prazer quando dois de seus dedos empurram dentro de mim, forçando os tecidos inchados e sensíveis. Isto é, até aqueles dedos se curvarem dentro de mim, encontrando um ponto que faça faíscas detonarem atrás de minhas pálpebras fechadas e me levando ao limite tão rapidamente que mal posso engasgar seu nome.

Os espasmos ainda estão ondulando pelo meu corpo quando ele libera meu mamilo com num *pop* molhado e me guia até meus joelhos, enquanto ainda me protege do spray do chuveiro com seu corpo. Atordoada, eu pisco para ele, apenas para perceber o que ele quer enquanto ele dá um tapa na coluna dura e maciça de seu pau contra minha bochecha, em seguida, arrasta a ponta até minha boca.

Por instinto, coloco minhas mãos em suas coxas musculosas e separo meus lábios, levando-o o mais longe que ele puder. Já fiz boquetes antes, mas isso parece diferente, nada como aqueles momentos casuais e divertidos com meus ex-namorados. Eu não estou no controle – ele está – e não há nada de brincalhão na maneira impiedosa como ele fode minha boca. Suas mãos agarram meu crânio, mantendo-me imóvel para suas estocadas profundas e lentas, e é tudo o que posso fazer para não engasgar enquanto ele desce mais fundo na minha garganta a cada estocada.

Não deveria ser sexy – ele está me usando apenas para seu prazer – mas algo sobre ser tratada como uma boneca sexual envia pulsos de calor diretamente para o meu clitóris. Ele está tirando o que quer do meu corpo, e é degradante e perversamente libertador. Não há nada complicado nesta troca; eu o agrado simplesmente por existir, por ser nada mais do que uma boca quente e úmida para seu uso. Meus olhos se fecham, lágrimas escorrendo pelos lados enquanto ele acelera o ritmo, forçando seu grande pau na minha garganta dolorida, mas a vontade de vomitar permanece quiescente, mesmo quando minha boca se inunda com saliva suficiente para encher um lago. Escorre pelo meu queixo, pescoço, peito, mas nada disso importa porque posso sentir a tensão crescendo em seu corpo, posso sentir seu eixo grosso inchando na minha boca ainda mais. Com um gemido, ele empurra tão profundamente que eu perco a capacidade de respirar, e um líquido quente escorre pela minha garganta enquanto seus dedos se apertam com força no meu cabelo, puxando as raízes com força suficiente para me fazer estremecer.

No momento em que ele puxa para fora da minha garganta, estou tão desesperada por ar que minhas unhas estão cravando freneticamente em suas coxas. No entanto, quando abro meus olhos lacrimejantes e olho para cima para encontrar seu olhar, estremeço de prazer com a possessividade calorosa refletida ali.

— Zaychik... — Sua voz é sombria e aveludada enquanto ele engancha suas mãos sob meus braços e me coloca de pé, então me estabilizando até que eu recupere meu equilíbrio. Segurando meu ombro suavemente com uma das mãos, ele enxágua o sêmen e a saliva de mim com a outra, então, segura meu queixo, olhando para mim com uma expressão peculiarmente atenta.

Minha pulsação acelera novamente, uma estranha premonição aperta meu estômago quando ele diz suavemente: — Você é tudo para mim, a fonte da minha maior felicidade e prazer. Quero você comigo para o resto de nossas vidas, enquanto a respiração permanecer em nossos corpos. O destino trouxe você até minha porta, entregou você a mim como o presente que você é, e eu não poderia estar mais grato.

Meu coração está agora na minha garganta, minha respiração vem tão rápido que minha visão está ficando cinza. Isso não pode estar indo para onde eu acho que está indo. Não tem como ele...

— Chloe Emmons... — Ele enquadra meu rosto com as palmas das mãos, seus olhos de tigre cheios de uma luz ferozmente terna. — Eu quero que você se case comigo. Eu quero que você seja minha esposa.

25

CHLOE

Por um momento, estou convencida de que o ouvi mal. Porque ele não está propondo de jeito nenhum, não quando nos conhecemos há menos de um mês. Exceto que não há dúvidas sobre a intensidade em seu olhar hipnótico, não há como esconder o fato de que ele acabou de usar as palavras "casar" e "esposa".

Minha mente gira freneticamente enquanto aperto seus pulsos poderosos, instintivamente puxando suas mãos para baixo do meu rosto. O chuveiro atrás dele ainda está ligado, enchendo o box espaçoso com vapor, mas de repente estou congelando, arrepios ondulando sobre minha pele molhada.

— Nikolai, eu... — Eu não tenho ideia do que dizer, como abordar algo tão insano. Finalmente, eu deixo escapar: — Você está brincando, certo?

Seu olhar escurece.

— Por que eu brincaria sobre isso?

— Porque... porque quase não nos conhecemos!

Ele coloca as mãos nos meus ombros e aperta levemente, seu tom permanecendo suave, mesmo enquanto sua mandíbula endurece perigosamente.

— Eu sei tudo que preciso saber sobre você.

— Bem, eu não. Saber sobre você, quero dizer. — Eu me afasto de seu aperto e limpo a mão trêmula no meu rosto para livrá-lo das gotas de água. Meu coração bate de forma desigual, meu estômago dá um nó com sua expressão que escurece rapidamente enquanto tateio para a porta do box do chuveiro. — Nikolai, por favor, não me entenda mal, estou super lisonjeada. É só que... não é uma boa ideia agora. — Ou nunca.

Posso ter me apaixonado por este homem letalmente lindo, mas não esqueci quem e o que ele é – ou o que está prestes a fazer por mim.

Não fui criada para ser esposa da máfia, mesmo que esse não seja o rótulo formal.

Ele observa minha retirada com os olhos estreitos, o vapor ondulando no ar por trás de seu corpo poderoso, e tudo o que posso fazer é não tropeçar no tapete do banheiro enquanto saio e pego uma toalha.

Não há necessidade de eu ficar tão assustada.

Ele propôs e eu recusei.

Fim da história.

— O que você precisa saber sobre mim? — Ele sai atrás de mim, seus movimentos suaves e deliberados. Um predador seguindo sua presa. — O que será necessário para você dizer sim?

— Bem... — Eu enrolo a toalha em volta de mim, freneticamente procurando pela resposta menos ofensiva. Não há uma, então, sou forçada a optar pela verdade. — Nikolai, eu simplesmente não posso me casar com você. Somos muito diferentes. Nossos valores, a maneira como abordamos as coisas... A verdade é que eu não acho... — Meu coração pula com a tempestade se formando em seus olhos, mas estou comprometida, então, sigo em frente. — Não acho que isso funcione a longo prazo.

Ele fica imóvel, a mão a meio caminho de sua toalha. Então, lenta e deliberadamente, ele a puxa da prateleira e se seca, seus olhos fixos em mim o tempo todo, seu rosto agora mais escuro do que uma noite sem lua.

Eu engulo em seco enquanto o silêncio tenso aumenta.

— Eu deveria ir para a cama. Podemos conversar mais pela manhã.

Ele se move como o grande felino que ele me lembra. Um borrão de movimento explosivo, e ele está entre mim e a porta do banheiro, músculos esculpidos flexionando enquanto ele olha para mim, olhos dourados em fendas.

— Não, zaychik — ele diz suavemente. — *Nós* devíamos ir para a cama. E amanhã, você vai se casar comigo. Não importa como se sinta.

26

CHLOE

Eu acordo com os olhos turvos, minha cabeça latejando e meu corpo todo dolorido. Suprimindo um gemido, tento rolar para o lado, apenas para descobrir que estou presa por um braço pesado pendurado sobre meu torso.

A adrenalina inunda minhas veias, dissipando a névoa do sono, e eu percebo onde estou.

Na cama com Nikolai.

Minha respiração fica presa e eu cuidadosamente viro minha cabeça para olhar para ele. Eu só o vi dormindo uma vez antes, na outra vez em que passamos a noite juntos, e estou novamente impressionada com o quão bonito e perigosamente animalesco ele parece em repouso, com cílios negros caindo sobre suas maçãs do rosto altas e barba escura sombreando as linhas duras de sua mandíbula. O sono não suaviza suas feições perfeitamente moldadas; em vez disso, empresta-lhes um tipo selvagem de sensualidade, um apelo sombriamente primitivo.

Mesmo agora, há algo predatório, algo perverso na forma como seus lábios sensuais são curvados, a maneira como estão ligeiramente separados.

Percebendo que estou perdendo uma oportunidade preciosa olhando para ele como uma fãzoca estupefata, eu cuidadosamente me desvencilho de seu braço e me arrasto nua para a porta, meu coração batendo forte contra minha caixa torácica.

Eu preciso escapar, mesmo que seja apenas para meu próprio quarto.

Eu preciso colocar alguma distância entre nós.

A noite passada, pelo menos a parte após o banho, é um borrão em minha mente, uma confusão de sensações sexuais sombrias e emoções selvagens. Acho que fiquei tão surpresa com sua declaração que entrei em uma espécie de choque e, quando me recuperei, já estava em sua cama, com meus pulsos presos acima da minha cabeça e ele enfiando em meu corpo dolorido, mas perversamente ansioso.

Não me lembro de ter dito não, mas devo ter dito. Não quero acreditar que o deixei me foder depois do que ele disse... ou que gozei várias vezes enquanto ele me pegava com ferocidade desenfreada uma e outra vez.

Pelo menos ele usou camisinha nas outras vezes; eu estaria hiperventilando agora se fosse sem camisinha.

Chegando à porta, lancei um olhar por trás do ombro. Graças a Deus ele ainda está dormindo. Não sei como vou enfrentá-lo – ou o que vou fazer sobre sua ameaça de casamento. E é uma ameaça. Não tenho ideia de como ele pode me forçar a dizer sim contra minha vontade, mas sei que está ao seu alcance. Aquela escuridão que eu sempre senti nele agora é direcionada a mim.

Como ele me disse ontem, ele se destaca em fazer de tudo para conseguir o que quer.

Prendendo a respiração, pego a maçaneta da porta e a giro, estremecendo internamente com o clique fraco que faz. Para meu alívio, ele continua dormindo, então, coloco minha cabeça para fora no corredor, certificando-me de que a barra está limpa, e corro para o meu quarto, ignorando a pontada de dor no meu tornozelo mal curado.

Entro sem incidentes e vou direto para o meu banheiro, onde pulo no chuveiro e me esfrego com sabonete na tentativa de lavar a memória de seu toque áspero. É inútil – marcas de sua posse estão por todo o meu corpo, minha pele arranhada em uma dúzia de lugares por sua barba por fazer, meus mamilos doendo onde ele os chupou e roçou com os dentes. O pior, porém, é a dor dentro de mim, um lembrete de sua fome insaciável por mim – e minha total incapacidade de resistir a ele, mesmo à luz da loucura que ele pretende.

Eu desligo a água e saio do box, respirando fundo para controlar meu pânico crescente. Talvez ele não quisesse dizer isso. Ele poderia ter ficado chateado porque eu recusei sua proposta, e quando ele acordar esta manhã, vai perceber como foi prematuro.

Ele me contratou há pouco mais de três semanas, e passamos um total de duas noites juntos. Como ele pode ter tanta certeza de que me deseja para o resto da vida, de que sou eu mesma?

No entanto, não importa o que eu diga a mim, meu pânico se recusa a diminuir. Apesar do que disse ontem à noite, eu conheço Nikolai. No fundo, eu o conheço - e sei que ele não diz coisas que não quer dizer. Ele decidiu que estávamos destinados quando eu estava aqui há apenas uma semana, e nada do que aconteceu desde então o convenceu do contrário.

O que é mais assustador é que ele não afirma me amar - e eu não acho que ele ame. O que ele sente por mim é mais uma obsessão. Com um sobressalto, lembro-me de Alina me avisando sobre isso na noite em que fumamos maconha juntas, me dizendo que seu irmão não é meu cavaleiro branco.

— Os homens Molotovs não amam, eles possuem — disse ela. — E Nikolai não é exceção.

Enrolando uma toalha em volta do meu cabelo molhado, eu fico olhando para meu reflexo no espelho, notando a vermelhidão inchada dos meus lábios, ainda machucados e inchados de seus beijos. Perto da minha clavícula está um chupão, e nos meus quadris há marcas escuras em forma de dedos masculinos.

Não, isso não é amor. Nem mesmo perto disso.

Na melhor das hipóteses, é uma fixação mútua -

porque mesmo agora, enquanto estou aqui parecendo ter sido agredida, as memórias de como cada marca entrou em meu corpo me fazem latejar profundamente.

É enquanto me visto, decido o melhor curso de ação.

Alina.

Ela me ajudou uma vez; talvez ela possa fazer isso de novo.

Eu nem sei que tipo de ajuda tenho em mente – depois do meu quase acidente com os assassinos, a ideia de outra tentativa de fuga tem pouco apelo. Mesmo assim, sinto uma centelha de esperança quando bato na porta de seu quarto e ela a abre para mim, vestida com seu penhoar. Antes que eu tenha a chance de me desculpar por acordá-la, ela olha ao redor do corredor e rapidamente me conduz para dentro.

— Você está bem? — ela exige, dando um passo para trás para me dar uma olhada completa. Seu olhar se concentra em meus lábios inchados e suas sobrancelhas escuras se juntam. — Será que Kolya…

— Não, não, estou bem. — Meu rosto arde, o que me deixa grata por minha pele bronzeada esconder meu rubor – e minha camiseta de gola alta esconder o chupão. — Ele não... Foi tudo consensual, acredite em mim.

Ela solta um suspiro.

— Ok, bom. Achei que fosse o caso. É só que... meu irmão não é totalmente lógico quando se trata de você.

— Você pode dizer isso de novo — murmuro baixinho.

Ela me ouve de qualquer maneira, e sua carranca retorna.

— O que aconteceu? — Agarrando minha mão, ela me leva até sua cama desarrumada e me faz sentar ao lado dela. Como ela acabou de acordar, seu rosto está limpo, como aquela vez fatídica em que ela me emboscou no meu quarto, mas seus olhos verdes jade estão claros, nublados apenas pela preocupação. — O que aconteceu? Diga-me, Chloe. Por favor.

Respiro fundo e me preparo para a reação dela.

— Nikolai propôs.

Resposta zero. Nem mesmo um piscar de olhos.

Ela não me ouviu?

— Ele me pediu em casamento — explico, caso não tenha ficado claro. — Ontem à noite, ele me pediu em casamento.

Agora seus longos cílios cobrem os olhos. — Entendo.

— Por que você não está mais surpresa? — Eu exijo, atordoada e mais do que um pouco inquieta com sua aceitação calma. — Você sabia que ele faria isso?

— Saber? Não. Suspeitar? Sim. — Ela suspira, puxando o cabelo para trás com uma das mãos. — A partir do momento em que vi suas chaves na gaveta dele, achei que é para onde isso poderia estar indo. Mas é claro, Kolya não fala comigo sobre esses assuntos, então, não posso dizer que sabia com certeza.

Minha inquietação aumenta.

— Não entendo.

— Chloe... — Encarando-me totalmente, ela aperta minhas mãos nas dela. — Meu irmão é obcecado por você. Eu vi sinais disso desde o primeiro dia em que contratamos você, mas pensei - esperei - que fosse apenas uma atração passageira da parte dele, que você seria apenas mais uma garota que ele foderia e esqueceria.

— Caramba, valeu.

— Não é nada contra você. Teria sido uma coisa boa, acredite em mim. — Ela aperta minhas mãos. — Olha, Nikolai é... Ele é muito parecido com nosso pai. E nosso avô. E pelas histórias que ouvi, outros homens Molotovs antes deles. Konstantin e Valery, eles são um pouco diferentes, mas Nikolai... ele é um homem Molotov por completo.

— O que isso significa? — Eu pergunto, frustrada. — Ele é o quê? Propenso a pedir casamento depois de conhecer uma mulher por um mês?

Ela balança a cabeça. — Pelo que eu sei, ele nunca pediu em casamento a outra pessoa - ou ficou obcecado por uma mulher. — Ela respira fundo. — Você é a primeira e, se eu tivesse que adivinhar, a última. É assim que geralmente acontece com os homens de nossa família. Nosso pai viu nossa mãe em uma festa, surpreendeu-a ao encher sua família com presentes e casou-se com ela duas semanas depois. E seu pai - nosso avô paterno - literalmente sequestrou nossa avó quando ela tinha dezesseis anos, roubou-a de sua aldeia quando a encontrou cuidando de um campo com outras meninas.

— Você está brincando comigo.

— Quem dera. — Seu rosto está sombrio. — Nossa avó faleceu quando eu tinha dez anos, mas me lembro das histórias que ela me contou sobre sua vida com meu avô, a maneira como ele controlava cada movimento dela e exigia obediência absoluta. Ela estava profundamente infeliz com ele, mas era apenas uma pobre camponesa e ele era um homem poderoso e bem relacionado, então, não havia nada que ela pudesse fazer. Ele não a deixaria partir.

Eu fico olhando para ela, meu estômago embrulhando.

— E a sua mãe? Ela também foi infeliz?

Ela puxa as mãos para trás, o rosto fechando.

— Não no começo. Ela não sabia com que tipo de homem se casou, não até muito mais tarde. Foi quando ela descobriu que as coisas começaram a se desenrolar e... — Ela para e respira fundo novamente. — Em qualquer caso, não é sobre eles. O que quero dizer é que Nikolai possui a mesma personalidade intensa e apaixonada, uma tendência obsessiva que busca, e eventualmente encontra, algo - alguém - em quem se agarrar. Como nosso pai e nosso avô antes dele, ele é obstinado quando se trata de conseguir a mulher que quer, e ele quer você, Chloe. E ele terá você, a qualquer custo.

Eu não sei o que dizer. Parada, simplesmente fico

olhando para ela enquanto ela diz baixinho: — Além disso, não sei se você percebeu, mas há um traço de misticismo dentro de Nikolai, essa crença no destino e desígnio que ele herdou de nossa avó. Tendo crescido em uma pequena aldeia rural, ela era religiosa e profundamente supersticiosa, e ela passou muito tempo com Nikolai quando ele era menino. Ele provavelmente negaria – ele não se considera religioso nem um pouco – mas ele absorveu muitas das crenças dela, incluindo suas atitudes sobre nossa família e como nosso próprio sangue carrega o mal... como era inevitável que nosso pai, o filho dela, seria do jeito que foi.

Eu engulo em seco.

— O qual seria? — E o mais importante, Nikolai acabou da mesma maneira?

Os lábios de Alina se apertam. — Esqueça isso. Estamos falando sobre Nikolai agora.

— E eu. Alina... — É a minha vez de segurar suas mãos. — O que eu faço? Eu disse a ele que não posso me casar com ele, mas ele não está dando ouvidos à razão. Ele insiste que vamos nos casar hoje.

Seu rosto finalmente mostra um lampejo de surpresa. — *Hoje*?

— Sim, hoje! — Liberando suas mãos, modulo meu tom. — Olha, eu posso estar surtando por nada. Não sei como ele pode me forçar a casar – não estamos na Idade Média. Mas, por via das dúvidas, você pode colocar um pouco de bom senso nele? Ou me ajudar a descobrir como fazer isso?

Ela inclina a cabeça, seus olhos de jade brilhando.

— Então, só para deixar claro, você não quer se casar com ele?

Eu pisco — Claro que não. Quer dizer... eu o conheço há menos de um mês.

— Mas você o quer, certo? Ontem à noite e aquela outra vez...

— Isso é diferente. — Meu rosto fica quente novamente. — Isso é apenas biológico. Ele é um homem muito atraente e...

— Então, é apenas sexo para você?

Abro a boca para dizer sim, mas a palavra se recusa a sair.

— Entendo. — O brilho em seus olhos se intensifica. — Você o ama?

— Eu... — engulo contra a secura repentina na minha garganta. — Não sei. Isso importa? Eu ainda não posso me casar com ele. Ele é... isto é, ele não é...

— O que você imaginou como marido? — ela diz enquanto eu paro. Um sorriso irônico curva seus lábios. — Sabe, a maioria das mulheres faria qualquer coisa para se casar com um homem rico e bonito que é louco por elas.

— Você iria? Se tivesse a chance de se casar com alguém como seu irmão?

Suas feições se contraem, o sorriso desaparecendo de seu rosto.

— Não estamos falando de mim. — Levantando-se bruscamente, ela caminha até a janela, as costas rígidas como uma vareta enquanto ela olha para os picos distantes.

Confusa, vou até lá para me juntar a ela. Eu não tenho ideia do que a chateou, mas claramente, algo mudou. Cautelosamente, toco seu ombro. — Ei, eu...

Ela se vira para mim, suas feições compostas mais uma vez.

— Me escute, Chloe. Você está certa em pirar. Se meu irmão disse que você vai se casar com ele hoje, isso vai acontecer. Eu não sei exatamente como, mas ele é engenhoso. Se você realmente não quer isso, sua melhor aposta é atrasar o casamento.

— Atrasar? Mas...

— Protele — diz ela com firmeza. — A recusa total não vai funcionar - só vai deixá-lo mais determinado - então, você tem que dizer sim e descobrir uma maneira de impor algumas condições. Talvez você sempre tenha sonhado com um local de casamento específico, ou um vestido especial, ou ter suas amigas da faculdade como damas de honra. Ele pode honrar isso ou não. De qualquer forma, vale a pena tentar.

Eu fico olhando para ela, meu pulso acelerado. Ela está certa: eu fiz tudo errado. Ontem à noite, até eu contar a verdade a Nikolai - que eu não achava que poderia funcionar entre nós a longo prazo - ele parecia aberto à razão, mais interessado em me persuadir do que em me curvar à sua vontade.

Talvez se eu concordar em me casar com ele em algum momento no futuro, possamos voltar a uma dinâmica mais sã, restaurar o jeito que as coisas eram.

— Lamento não poder ser mais útil — diz Alina, e posso dizer que é sincera. — Qualquer coisa que eu disser a ele só sairá pela culatra. É melhor se você mesma abordá-lo.

— Não, isso foi muito útil, obrigada. — Eu me viro para sair quando um pensamento me ocorre. Esperançosa, eu me volto a ela. — Por acaso você não teria a pílula do dia seguinte, teria? Houve um pequeno... lapso de memória de nossa parte na noite passada.

Ela fica imóvel, piscando. Quando ela fala, sua voz está estranha.

— Não, infelizmente não tenho nada parecido. E Chloe... você pode querer pensar em uma tática de adiamento muito, muito boa. Lembra do que eu falei sobre meu irmão e acidentes? A mesma coisa vale para lapsos de memória.

Eu fico olhando para ela, meu estômago embrulhando.

— Você quer dizer...

— Parece-me que ele está decidido a amarrar você a ele - e já está usando todos os obstáculos a favor.

27

NIKOLAI

ACORDO COM UMA SENSAÇÃO INQUIETANTE DE DÉJÀ VU. Antes mesmo de rolar e sentir os lençóis frios e vazios ao meu lado, sei que Chloe não está lá.

Posso sentir sua ausência bem no fundo.

A lógica me diz que ela não poderia ter fugido de novo – os guardas estão sob ordens estritas de não deixá-la sair do complexo – mas meu coração ainda bate fortemente contra minha caixa torácica enquanto eu pulo da cama e me visto com velocidade militar.

Eu tenho que encontrá-la. Agora.

Antes que eu possa sair do quarto, um lampejo de movimento do lado de fora chama minha atenção. Vou até a janela e uma onda de alívio me invade.

São Chloe e Slava, parados juntos na beira da calçada, olhando para o aglomerado de árvores ao lado. Ao olhar mais de perto, noto uma bola de pelo marrom-acinzentada na frente deles – um coelho selvagem. Também pego um vislumbre de uma cenoura longa e fina na mão do meu filho.

O alívio se funde com uma nova sensação puramente incandescente, uma espécie de calor brilhante que preenche todas as fendas do meu peito. Meu filho e minha futura esposa – parece tão certo, tão perfeito.

Tão totalmente fodido.

Eu não mereço isso. No fundo, eu sei disso. Um homem como eu não consegue experimentar este tipo de felicidade, para se aquecer por qualquer período de tempo em verdadeira alegria. E Chloe certamente não merece isso. O sangue que corre em minhas veias é puro veneno, minha natureza, implacável por completo. Um homem melhor a teria deixado ir há muito tempo, protegendo-a das partes mais sombrias de si mesmo em vez de agarrar essa miragem de felicidade com as duas mãos.

Mas estou aproveitando. Porque eu sou um monstro egoísta. Porque quando eu finalmente a tive em meus braços na noite passada, eu sabia que era onde ela pertencia. E eu sabia que não era suficiente simplesmente tê-la ali.

Preciso que o mundo saiba que ela é minha, que pertence exclusivamente a mim.

Eu me permiti observar ela e Slava por mais um tempo, curtindo a felicidade imerecida, esses momentos roubados de alegria descomplicada. Não sei como fui capaz de me conter todo esse tempo, como consegui me segurar e dar a ela o adiamento de duas semanas. Agora que a tive de novo, não consigo imaginar passar outra noite sem ela, nem posso tentar colocar a besta de volta em sua coleira.

Ela não quer se casar comigo. Que assim seja. A queimação abrasadora de raiva e dor por sua recusa ainda está lá, mas esfriou um pouco, endurecendo em uma resolução cruel.

É hora de Chloe entender com quem ela está lidando. De uma forma ou de outra, ela vai usar minha aliança em seu dedo.

Esta noite, ela vai se tornar minha esposa.

28

CHLOE

Eu atravesso a manhã por pura força de vontade, continuando minhas aulas com Slava com um sorriso, apesar da ansiedade destruindo meus nervos. Ajuda que Nikolai não apareça no café da manhã, trancando-se em seu escritório com Pavel. Na verdade, eu não o vejo de forma alguma, exceto brevemente no corredor, quando ele passa por mim com nada mais do que um olhar acalorado e um murmurado "com licença, zaychik".

É como se a noite passada nunca tivesse acontecido, como se meu corpo não carregasse a marca de sua posse e meu estômago não estivesse em nós enquanto tento criar coragem para confrontá-lo.

Só às onze é que o primeiro sinal das mudanças que virão aparece. A essa altura, fiquei esperançosa de que Nikolai mudou de ideia e que sua ameaça era vazia, afinal. Mas não. Entro em meu quarto e encontro Lyudmila em meu armário, pegando dezenas de vestidos junto com seus cabides e passando por mim sem uma única palavra.

— Ei! — Corro atrás dela enquanto ela caminha rapidamente pelo corredor. — O que está acontecendo?

Ela lança um olhar de soslaio para mim enquanto eu a alcanço.

— Você se muda hoje. Para o quarto de Nikolai, não?

— O quê? Não! Dê-me isso. — Tento arrancar as roupas dela, mas ela se mostra surpreendentemente ágil. Evitando meu movimento, ela corre para o quarto de Nikolai, em seguida, surge trinta segundos depois e segue em direção ao meu quarto.

Caralho.

Eu corro atrás dela. — Não faça isso. Deixe como está.

Ela não escuta, pegando outro lote de roupas e passando por mim, seu rosto de boneca matryoshka desprovido de qualquer expressão.

— Se você ficar no caminho, peço ajuda Pavel.

Droga.

Cheia de raiva, eu dou um passo para trás e a deixo fazer suas coisas. A alternativa - lutar fisicamente contra ela e sua montanha de marido - seria inútil e estúpida. Quem se importa onde minhas roupas ficam? É o que esse movimento significa que importa.

Nikolai está tirando meu quarto, meu espaço privado... meu único refúgio dele.

Não consigo mais postergar o confronto. Se eu não quero me tornar sua esposa hoje, eu tenho que agir.

Deixando Lyudmila fazer o que quiser com meu armário, vou até o escritório de Nikolai e bato com decisão na porta.

— Sim?

— É Chloe. — Minha voz está baixa e furiosa, minha raiva mandando o cuidado às favas.

A porta se abre, revelando a estrutura grande e de ombros largos de Nikolai. Apoiando um antebraço musculoso no batente da porta acima de sua cabeça, ele passa o olhar pelo meu corpo. Quando seus olhos voltam para o meu rosto, eles são um ouro brilhante e predatório.

— O que é, zaychik?

— Nós precisamos conversar.

Ele dá meio passo para trás, seus lábios sensuais se curvando com diversão sombria.

— Entre, então.

Ele ainda está parcialmente na porta, então, eu não tenho escolha a não ser passar por ele. Meu ombro roça seu peito musculoso e pego um leve cheiro de bergamota e cedro, misturado com o almíscar atraente da pele masculina quente. Um calor familiar queima minhas veias, minhas entranhas ficando macias e líquidas, apesar da fúria queimando em meu peito.

Biologia do caralho. Esta é a última coisa de que preciso.

Cerrando os dentes, vou até a mesa redonda, onde me jogo em uma cadeira, meus olhos fixos em seu rosto de forma desafiadora. Eu me recuso a deixar meu corpo ditar minhas ações, para que as necessidades sexuais decidam meu destino.

Não vou casar com este homem lindo e amoral, se puder evitar. Não importa como eu responda a ele na cama.

— Então... — Ele se inclina para trás, entrelaçando seus longos dedos sobre sua caixa torácica. Sua voz é sedosa enquanto ele diz baixinho: — Você queria conversar.

Tive toda a manhã para pensar na melhor maneira de abordá-lo, mas ainda me encontro com a língua presa, meus pensamentos em uma confusão caótica. Em parte, é a maneira como ele está me olhando, com aquele meio-sorriso cínico e zombeteiro, como se ele já tivesse olhado para o futuro e soubesse exatamente o que vou fazer e dizer. Mas, principalmente, é a resolução fria que sinto nele. Os argumentos que ensaiei de repente parecem inadequados, a própria premissa de negociar com ele profundamente falha.

— Como você está planejando fazer isso? — Eu deixo escapar finalmente. Não é o que eu iria fazer, mas eu tenho que saber o que está reservado para mim se eu falhar. — Como você pode me fazer casar com você contra a minha vontade?

Os músculos ao redor de seus olhos se contraem minuciosamente, mesmo quando o sorriso permanece em seus lábios.

— Contra sua vontade? É essa a mentira que você

está se alimentando, zaychik? Que você está sendo forçada?

O sangue corre para o meu rosto, raiva misturada com vergonha ilógica.

— O que você está dizendo?

— Estou dizendo que estou lhe fazendo um favor. — Seu sorriso fica mais nítido. — As decisões podem ser um fardo pesado, especialmente quando suas ideias sobre o que é certo conflitam com seus desejos reais.

Minhas unhas pressionadas em minhas palmas.

— Eu *não quero* me casar com você. Você propôs e eu disse não, lembra?

— Ah, sim. — Ele se senta para frente bruscamente, o sorriso desaparecendo de seu rosto. — Algumas coisas são destinadas a serem assim. Um dia, você verá e será grata, zaychik. Por enquanto, farei o que for preciso.

— Que é o quê? Trazer algum tipo de oficiante aqui? E depois? Como você vai me fazer dizer sim?

Ele não responde, apenas se inclina para trás com uma expressão inescrutável, e minha imaginação dá um salto.

Olhando para ele com horror, eu sufoco: — Você vai me drogar, não é? Esse é o seu plano.

29

NIKOLAI

Minha zaychik inteligente. Ela me conhece, não importa o que ela diga.

O pequeno frasco já está na minha mesa, o líquido dentro pronto para ser sugado por uma seringa e bombeado em suas veias. É a forma mais suave e gentil de uma de nossas drogas especiais, a dosagem apenas o suficiente para obscurecer os limites da realidade e diminuir as inibições de uma pessoa.

Quando eu usar em Chloe, ela ficará ciente do que está acontecendo, mas não fará objeções... porque, no fundo, ela também quer isso.

Eu também a conheço agora.

É por isso que não fico surpreso quando ela respira fundo e endireita os ombros delgados em vez de implorar ou chorar.

— Tudo bem — diz ela, sua voz tremendo apenas ligeiramente. — Você venceu. Mas, só para você saber, não vou te perdoar se continuar com isso. Isso vai envenenar tudo entre nós... assim como as ações de seu avô arruinaram qualquer chance do casamento dele.

Maldita Alina. Eu deveria ter esperado por isso, mas as palavras de Chloe ainda me atingem como um anzol, penetrando fundo e prendendo diretamente no meu coração.

Eu me inclino para frente, meu tom mais agudo.

— Você não está me deixando escolha.

— Não. *Você* está tentando me deixar sem escolha. — Ela se inclina para frente também, olhando para mim do outro lado da mesa. — A coisa sem camisinha, foi de propósito, não foi? Você realmente não esqueceu.

Eu mantenho seu olhar, a onda de raiva esfriando como uma faixa de dor peculiar ao redor do meu peito. Ela está certa? Na hora, não parecia uma decisão consciente, mais como uma diretiva primordial, um desejo irresistível de estar dentro dela sem barreiras de qualquer tipo. O preservativo nem foi levado em consideração; é como se minha mente tivesse bloqueado a existência de tais medidas de proteção, muito menos a necessidade delas.

Eu não quero mais filhos – ou, pelo menos, pensei que não. Então, eu vi meu sêmen nas coxas de Chloe, e todos os tipos de imagens tentadoras inundaram minha mente: a barriga de Chloe crescendo com nosso filho, ela amamentando um bebê gordinho... nós brincando com uma criança de olhos castanhos cujo sorriso radiante ilumina o ambiente.

Era como uma montagem de alguma porra de filme *Hallmark*, exceto que me fez doer profundamente.

Com esforço, fechei essa linha de pensamento. Se agi conscientemente ou não, não importa. O resultado é o mesmo de qualquer maneira.

Forçando meus ombros a relaxarem, eu sento e estudo os traços fortemente desenhados de Chloe.

— Diga-me uma coisa, zaychik... o que será necessário para você aceitar nosso casamento e ser feliz? Para nós dois evitarmos o destino dos meus avós?

Ela é muito inteligente, muito cautelosa para vir aqui apenas para me castigar. Há algo que ela está atrás, algum tipo de meta que ela espera alcançar, e eu suspeito que sei o que é.

Ela me encara por alguns longos segundos, e eu sinto a batalha acontecendo em sua mente. Continuar me pressionando na questão do preservativo ou seguir em frente com a agenda real dela?

Ela deve decidir sobre a combinação dos dois porque se senta mais ereta e diz: — Bem, para começar, a menos e até que eu concorde em ter um bebê, quero que sempre usemos proteção. Na verdade, eu quero que você me traga as pílulas anticoncepcionais imediatamente e me dê uma pílula do dia seguinte hoje.

— Feito — digo, suprimindo uma onda irracional de decepção.

É realmente o melhor; outro Molotov é a última coisa de que este mundo precisa. Não sei o que aconteceu comigo ontem à noite, mas pretendo me controlar melhor no futuro. Na verdade, usei preservativos durante o resto da noite, então, vou registrar o que aconteceu como um lapso momentâneo da razão.

Chloe pisca, claramente surpresa com minha fácil aquiescência.

— Ok. Bom. Então, que tal discutirmos o momento do casamento? Acho que o próximo verão ou outono deve ser...

— Não. — Não pretendia apressá-la a se casar, mas agora que percorremos esse caminho, não consigo imaginar esperar mais um dia. Por mais impaciente que eu esteja para tê-la em minha cama, não é nada comparado ao meu desejo ardente de amarrá-la a mim. Eu não planejava propor até algumas semanas a partir de agora, depois de ter lidado com Bransford, mas tudo mudou no momento em que vi meu sêmen nela e soube que poderia tê-la deixado grávida. Naquele momento, colocar meu anel em seu dedo se tornou minha prioridade - e ainda é, independentemente de haver ou não um filho.

A mera possibilidade disso me fez perceber que nada menos do que tê-la como minha esposa bastaria.

Ela respira fundo. — Mas...

— Não. O momento é inegociável. — Eu sei que não estou sendo razoável, mas eu não posso - eu não vou - ceder nisso. Algo irracional em mim está convencido de que, se eu não fizer isso agora, vou perdê-la... que devo aproveitar esta chance de felicidade, por mais ilusória que seja.

Ela aperta as mãos enquanto manchas de cor mais escura aparecem em suas bochechas.

— Achei que você queria que isso funcionasse, para que realmente fôssemos felizes neste casamento.

— Eu quero... e nós seremos. Mas primeiro, tem que haver um casamento. E para isso, tem que haver uma cerimônia - que é o que acontecerá às cinco horas de hoje.

— Esta tarde? — Sua voz pula de tom. — Você percebe como isso soa insano?

Eu sorrio severamente.

— A sanidade é superestimada, zaychik. Que pessoa sã é feliz? Em qualquer caso, você não precisa se preocupar com a logística. Já está tudo arranjado.

Por alguns segundos, ela apenas me encara, respirando com dificuldade; então, ela empurra a cadeira para trás e se levanta.

— E o que eu quero? O que eu preciso para aceitar este casamento?

— Diga-me o que é e farei o meu melhor para que aconteça - desde que não resulte em atrasos. — Ficando de pé também, dou a volta na mesa e seguro seu queixo delicadamente esculpido, inclinando seu rosto para ver sua expressão rebelde. — Diga-me, zaychik. O que posso fazer para te deixar feliz? O que você precisa?

Ela agarra meu pulso, seus olhos escuros com emoções turbulentas.

— Eu preciso que você não me obrigue a fazer isso.

Eu sorrio e curvo minha cabeça para beijar a frágil

concha de sua orelha, meu corpo apertando enquanto respiro seu perfume de flores silvestres. — Não, zaychik — murmuro quando a sinto estremecer. — Isso é exatamente o que você precisa.

Alguém tão inocente como ela nunca aceitará um homem como eu sem se preocupar em como isso compromete sua moral imposta pela sociedade e sentir pelo menos alguma forma de culpa.

Eu quis dizer o que disse. Do meu jeito egoísta, *estou* fazendo um favor a ela. Dessa forma, ela pode fingir que não quer isso, que está me aceitando contra sua vontade.

A linha delicada de sua garganta ondula com um gole, e ela inala irregularmente, se afastando do meu aperto. Seus olhos estão ainda mais escuros quando encontram os meus, seus traços delicados fortemente desenhados.

— Nesse caso — ela diz hesitante —, eu tenho mais duas condições. Se você puder realizá-las, eu me casarei com você às cinco da tarde de hoje, sem necessidade de drogas.

Intrigado, eu inclino minha cabeça. — Continue.

— Primeiro, eu quero que você me diga o que exatamente aconteceu com seu pai. E em segundo lugar... — Sua voz vacila. — Eu preciso que você prometa não matar o meu. Eu quero que Bransford pague, mas não dessa forma.

30

CHLOE

A MANDÍBULA DE NIKOLAI SE TRANSFORMA EM PEDRA, nuvens vulcânicas se reunindo em seus olhos. Em uma voz perigosamente nivelada, ele diz: — Eu posso fazer o primeiro, mas não o segundo. Bransford é uma ameaça para você enquanto ele estiver vivo.

— Não se ele for exposto e as pessoas souberem o que ele é. Posso ir a público com meus resultados de DNA; com esse tipo de prova, a mídia terá que ouvir.

Não sei quando me ocorreu a ideia dessa barganha faustiana com Nikolai, momento em que decidi que, uma vez que não há como evitar a perda da batalha do casamento, pelo menos me renderei em meus próprios termos. Essas duas questões – descobrir a verdade sobre o passado de Nikolai e fazer com que ele deixe Bransford vivo – são igualmente importantes para mim, e preciso usar a pouca influência que tenho.

Bransford tem que pagar por seus crimes, mas não

quero seu sangue nas mãos de Nikolai e, por extensão, na minha consciência.

— A mídia? — Os lábios de Nikolai se torcem. — Você entende o que isso implicaria, não é, zaychik? Eles estarão em cima de você como um bando de gaivotas famintas. Cada pedacinho de sua vida será dissecado, a morte de sua mãe e tudo sobre o passado dela será analisado em detalhes nauseantes. Você nunca terá um momento de paz novamente. E embora o escândalo provavelmente afunde a carreira política de Bransford, não há garantia de que ele irá para a prisão pelo estupro de sua mãe; o estatuto de limitações pode impedir isso.

— Ele também é culpado de ordenar o assassinato dela.

— Sim, boa sorte em provar isso com os assassinos fora de cena.

Droga. Ele tem razão. Na minha pressa de encontrar uma alternativa ao invés de matar Bransford, não considerei essa última parte. Não tenho ideia do que Nikolai fez com os corpos dos assassinos, mas de qualquer forma, os mortos não podem testemunhar sobre a identidade de seu empregador. Pior ainda, apontar as autoridades para os túmulos dos assassinos - ou mesmo apenas revelar o incidente na floresta - poderia criar todos os tipos de problemas para Nikolai. A última coisa que eu quero é que ele seja preso por me proteger... ou que a mídia caia em cima dele, o que eles farão se formos casados.

Com Slava precisando ficar escondido da família de

sua mãe, não posso divulgar meu relacionamento com Bransford. A própria ideia é um obstáculo.

Ainda assim, não estou pronta para desistir.

— E se não for eu? Aposto que há mulheres além da minha mãe com quem ele fez isso, outras garotas que ele agrediu em algum momento. Homens assim tendem a ter um certo MO, então, talvez possamos encontrar suas outras vítimas e...

— Como encontrá-las? — O tom de Nikolai é gentil. — Eu entendo o que você está tentando fazer, zaychik, acredite em mim, mas mesmo se algumas vítimas estivessem convenientemente espreitando nos bastidores, poderíamos levar meses ou anos para encontrá-las e persuadi-las a se apresentar. Nesse ponto, ele pode ser o presidente dos Estados Unidos, e derrubá-lo exigirá um esforço infinitamente maior. Nesse ínterim, ele continuará caçando você... e também potencialmente criando outras vítimas. Você já considerou isso? Se ele realmente gosta de adolescentes relutantes, então, a cada minuto que ele está vivo, ele não representa apenas uma ameaça para você. Ao eliminá-lo, estarei fazendo um favor ao mundo.

Ugh. Eu me afasto, esfregando minha testa. Ele está certo de novo, mas não posso aceitar que o assassinato seja a única resposta. Tem que haver algo mais que possamos fazer. Eu até toparia algo obscuro, como chantagem ou...

Eu me viro para ele. — E se não precisássemos encontrá-las, as vítimas? E se nós mesmos as criássemos?

As sobrancelhas escuras de Nikolai arqueiam, seu olhar iluminando-se com uma pitada de diversão. — Você está sugerindo pagar algumas mulheres para acusá-lo? Fabricando evidências falsas? Você não acha isso antiético e errado?

— Não quando a alternativa é matá-lo. Além disso, não é como se ele fosse inocente.

— Não — Nikolai diz categoricamente, todo o humor se foi. — Ele não é.

— Então, isso é um sim? — Chegando mais perto, eu olho para ele esperançosa. — Podemos tentar isso, ver se funciona?

Ele tira uma mecha de cabelo do meu rosto. — Não, zaychik. Falsas acusações não funcionam.

— Mas...

— Se vamos criar vítimas, elas têm que ser reais... ou, pelo menos, as evidências precisam ser.

Eu pisco para ele. — O que você quer dizer?

— Eu tenho uma ideia, mas preciso executá-la com ajuda de Valery.

Uma lâmpada se apaga na minha cabeça.

— Você está falando sobre Masha? — Qualquer que seja a idade que o "trunfo" de seu irmão realmente tenha, ela poderia facilmente se passar por uma adolescente, então, se a aproximamos de Bransford...

— Exatamente. — Nikolai vai até sua mesa e abre seu laptop. Eu observo com a respiração suspensa enquanto seus longos dedos dançam sobre o teclado, disparando alguma mensagem.

Talvez eu esteja contando com as galinhas antes dos

ovos, mas parece que ele está dentro. Ele acha que essa ideia tem mérito.

— Tudo bem — diz ele após um minuto, fechando o laptop. — Vamos ver o que Valery pensa e se Masha estaria aberta para alterar o plano atual.

— Que seria?

A curva de seus lábios contém um toque de ironia. — Vamos apenas dizer que a primeira parte não é muito diferente.

Eu pisco — Ela iria seduzi-lo?

— Apenas o suficiente para levá-lo para uma refeição com ela.

Onde ela daria a ele tudo o que deveria resultar naquele "defeito cardíaco" fatal.

Eu faço o meu melhor para manter o meu tom uniforme. — Ok, então deve ser fácil, certo? Talvez ela pudesse seduzi-lo um pouco mais e tirar algumas fotos comprometedoras. Ou...

— Não se preocupe com os detalhes, zaychik. — Ele anda ao redor de sua mesa e para na minha frente, seus olhos do tom mais escuro de âmbar enquanto ele enfia outra mecha de cabelo atrás da minha orelha. — Seu único trabalho hoje é escolher o vestido.

31

CHLOE

Nikolai estava errado. Não é apenas o vestido. Depois do almoço, um bando de pessoas vestidas com roupas elegantes invade a casa, trazendo com elas de tudo, desde sapatos de uma loja de departamentos até ferramentas de modelagem de cabelo. Alina dirige todos eles com rápida eficiência, e antes que eu perceba, eu sou banhada, depilada, perfumada, estilizada e maquiada ao enésimo grau.

No momento em que realmente chegamos à seleção do vestido, eu sinto como se tivesse passado por uma forma leve de tortura, e tudo assume uma vibração surreal. Dia do meu casamento – apenas essas palavras são como algo saído de um livro ou filme, um conto de ficção com uma garota que não pode ser eu.

Casamento nunca foi meu sonho. Não como acontece com algumas mulheres. Foi apenas algo que imaginei que aconteceria no futuro se eu encontrasse a pessoa certa e todas as estrelas se alinhassem. Digamos, se ambos estivéssemos indo bem em nossas carreiras, gostássemos da família e dos amigos um do outro e tivéssemos muitos interesses em comum. Além disso, se tivéssemos uma idade adequada, o que para mim é o final dos vinte anos, no mínimo.

Nunca me imaginei me casando aos 23 anos – e certamente não com um mafioso russo. Porque isso é o que Nikolai é, aceitando ou não esse rótulo. Os Molotovs se disfarçam em armadilhas da alta sociedade, mas no fundo, Nikolai e seus irmãos são selvagens, tão violentos e amorais quanto qualquer líder de cartel.

A ideia de juntar minha vida a um homem assim deveria me aterrorizar, mas em vez disso me sinto entorpecida, tão oprimida que tudo parece um ruído branco. Menos de dois meses atrás, minha única preocupação era encontrar um emprego após a graduação, então, minha vida saiu dos trilhos tanto que nada do que está acontecendo hoje parece tão assustador ou estranho.

Ou talvez seja uma mentira que estou dizendo a mim mesma para superar este dia. Talvez a enormidade disso me atinja mais tarde, quando eu estiver melhor equipada para processá-lo.

Os vestidos que me foram apresentados são deslumbrantes, cada um uma obra de arte. São quatorze no total, e Alina me faz experimentar todos antes de declarar que o número sete – um com cauda de sereia de marfim com um decote ombro a ombro – seja o escolhido.

Não sei se concordo com ela - para mim, todos os vestidos são saídos de um conto de fadas - mas sou grata por ter sua orientação. O que quer que ela possa pensar sobre os procedimentos de hoje, ela assumiu o comando, interferindo no bando invasor em meu nome. Graças a ela, não tenho que tomar nenhuma decisão complicada, como a cor da sombra que devo aplicar; ela diz a eles o que fazer comigo e como, e eu só tenho que sentar lá como uma boneca zumbi enquanto eles fazem todas as coisas, incluindo passar um pouco de corretivo no meu pescoço para esconder o chupão e outras marcas da relação sexual com Nikolai.

São quase cinco horas quando estou totalmente pronta e, quando o grupo sai, dois carros novos chegam. Um deles contém duas pessoas com equipamentos de câmera de aparência sofisticada, enquanto o outro pertence a um homem magro de meia-idade vestido com um terno preto com colarinho branco.

— Padre sem denominação — explica Alina, parando ao meu lado na janela. — Ele conduzirá a cerimônia.

Cerimônia, certo. Meu coração dá uma batida de pânico, um pouco da minha dormência desaparecendo. Isso *é* real. Está acontecendo. Um casamento de verdade, com um vestido chique, um padre e uma equipe de fotógrafos/vídeo. Não tenho ideia de como Nikolai conseguiu fazer isso em tão pouco tempo, mas acho que quando você tem dinheiro suficiente para gastar, não precisa se preocupar com coisas básicas, como reservar profissionais muito procurados com antecedência.

— Onde está Slava? — pergunto, tardiamente percebendo que não vejo o menino desde nossas aulas da manhã. — Ele estará na cerimônia também?

Alina acena com a cabeça. — Lyudmila o tem mantido fora de vista, quanto menos pessoas souberem de sua presença aqui, melhor. Mas Nikolai o quer no casamento e nas fotos, então, ele tomou as devidas precauções com o padre e a equipe de fotógrafos.

— Precauções? Tipo, algum tipo de acordo de não divulgação? Espere, pensando bem, eu não quero saber.

Ela me abre um sorriso deslumbrante.

— Esperto da sua parte. Mas sim, um acordo faz parte disso, eu acredito. Junto com algumas medidas mais fortes.

Meu coração dá outra batida, então, se lança em um galope total. A realidade está caindo sobre mim, rápido, e com ela, uma sensação de pânico.

O que eu estou fazendo? Por que concordo com isso? Como posso saber se Nikolai cumprirá sua parte no acordo? Ele ainda não me contou o que aconteceu com seu pai - embora, para ser justa, com todos os preparativos para o casamento, não tivemos muito tempo para conversar. O que é um problema por si só. Tudo está acontecendo muito rápido, todas as decisões, fora de minhas mãos, todas as implicações, enormes. Por um lado, estou percebendo que, ao me casar com

Nikolai, não estou apenas ganhando um marido, mas também um filho.

Eu vou ser madrasta de uma criança de quatro anos.

Devo parecer um pouco assustada porque Alina estende a mão para apertar as minhas.

— Respire. Vai ficar tudo bem. Basta um minuto de cada vez.

Esse é um bom conselho. Isso é o que mamãe sempre me disse: apenas se concentre na próxima etapa, a próxima coisa que precisa acontecer. Ninguém tem uma bola de cristal quando se trata de um futuro distante, então, é inútil pensar muito à frente. Em qualquer caso, tornar-se a madrasta de Slava é a parte menos assustadora desta aventura, pois já amo o menino e não consigo imaginar não tê-lo em minha vida.

Eu respiro fundo para acalmar meu batimento cardíaco frenético.

— Obrigada. Provavelmente deveríamos descer antes que Nikolai venha nos procurar. — Dando um passo para trás, dou uma rápida olhada em seu vestido cor do mar. — Você está incrível, a propósito.

O sorriso de Alina retorna. — Eu? Você é a noiva linda.

Pode ser o caso, mas ela me ofusca, como sempre. Em um dia normal, a irmã de Nikolai poderia se passar por uma estrela caminhando no tapete vermelho, mas quando ela se esforça mais com o cabelo e a maquiagem, como faz hoje, sua beleza é quase irreal. Se eu visse uma foto dela assim, teria certeza de que foi transformada em Photoshop até a morte, aperfeiçoada com todos os tipos de filtros. No entanto, aqui está ela, ao meu lado, tão real quanto pode ser.

— Você tem alguém na Rússia? — Eu pergunto por impulso. — Um namorado ou algo assim?

Apesar de nossa amizade crescente, Alina tem sido tão fechada sobre esse assunto quanto sobre o assunto de sua família, e não posso deixar de me perguntar por quê. Eu contei a ela tudo sobre meus ex-namorados, mas ela nunca retribuiu com tais histórias próprias.

Se eu não soubesse melhor, acharia que ela não namorou muito.

— Um namorado? — Sua gargalhada soa forçada. — Não. Não há ninguém assim.

E estamos de volta à estaca zero.

— Por que não? — Eu pergunto, incapaz de deixar isso para lá. Concentrar-se na vida amorosa de Alina é muito preferível a ficar pensando onde a minha está indo. — Certamente...

— Devíamos descer — ela diz, se virando. — Vamos antes que nos atrasemos.

32

NIKOLAI

— SLAVOCHKA... — EU ME AGACHO NA FRENTE DO MEU filho. — Eu tenho que falar com você sobre uma coisa.

Ele me encara sem piscar, desconforto evidente em sua expressão. Ele não poderia não ter visto todas as pessoas entrando e saindo de casa, e eu sei que ele está se perguntando sobre o que está acontecendo. Lyudmila me disse que ele a tem enchido de perguntas a tarde toda - perguntas que ela evitou responder, imaginando que eu deveria dar a notícia a ele.

— Não é nada ruim — digo quando ele permanece em silêncio. — Na verdade, é algo realmente ótimo. Lembra quando eu prometi a você que Chloe iria ficar conosco para sempre?

Ele acena com cautela.

— Bem, é disso que se trata hoje. — sorrio amplamente. — Nós vamos nos casar. Chloe não será apenas sua tutora, mas também sua nova mãe.

Seus olhos se arregalam e seu queixo pequeno treme. — Minha mãe?

— Tecnicamente, madrasta, mas tenho certeza de que Chloe gostaria que você passasse a considerá-la sua mãe com o tempo.

Espero que Slava reaja com alegria, já que ele adora Chloe. Em vez disso, seu queixo treme mais forte e lágrimas brilhantes brotam de seus olhos.

— Isso significa... — Sua voz infantil falha. — Isso significa que ela vai morrer?

Caralho. Isso de novo. Sinto como se alguém tivesse esmagado meu peito com um martelo.

Se Ksenia já não estivesse morta, eu a mataria por morrer naquele acidente de carro e instilar esse medo em nosso filho.

Eu agarro seus braços com força.

— Não, Slavochka. Ela não vai. Na verdade, vou me casar com ela para garantir que nada de ruim aconteça com ela. Ela estará segura aqui conosco.

O tremor do queixo para, mesmo com as gotas de umidade grudando em seus cílios inferiores, fazendo-os brilhar. — Você promete?

— Eu prometo.

— Ela sempre vai ficar com a gente?

— Sempre. — Ou, pelo menos enquanto houver respiração em meu corpo - mas não vou dizer isso, para que ele não comece a se preocupar com a minha morte também.

Ele me recompensa com um sorriso radiante, e o martelo atinge meu peito novamente, a dor reverberando profundamente. Só que é uma dor diferente desta vez, uma que aprendi a acolher. É difícil verbalizar a maneira como meu filho me faz sentir; tudo que sei é que não posso mais imaginar uma vida sem ele, sem essas emoções poderosas que muitas vezes parecem estar me destruindo.

Nas últimas duas semanas, a tentativa de relacionamento que estabelecemos graças a Chloe se aprofundou, nosso relacionamento mudou para algo que eu nunca pensei que teria... algo que me faz pensar se outra criança, uma com Chloe, seria tão ruim depois de tudo.

Mas não. Eu prometi que seria sua decisão – e tem que ser, se nosso filho quiser ter alguma chance de superar a maldição Molotov. Eu não quero que ele seja criado por uma mãe que se ressente de sua própria existência e diz a ele que tudo o que ele é a enoja, que o mal é uma parte dele e sempre será.

Eu não quero que ele termine como meu pai.

Afastando esse pensamento sombrio, eu sorrio de volta para Slava.

— Vamos vestir você e ficar pronto. Está quase na hora do casamento.

Levantando-me, estendo minha mão para ele, e quando seus dedinhos se fecham com confiança em torno da minha palma, tenho mais certeza do que nunca de que estou fazendo a coisa certa... por mim, por Chloe e por meu filho.

33

CHLOE

Fazemos nossos votos no terraço com paredes de vidro com vista para a ravina, onde as vistas da montanha fornecem um cenário digno do Instagram e o sol do final da tarde lança tudo em uma luz quente e dourada.

Para um estranho, pareceria o minúsculo casamento mais perfeito, até a música tocando nos alto-falantes do teto e a adorável criança vestida de smoking sorrindo em empolgação à nossa direita.

— Você, Chloe Emmons, aceita Nikolai Molotov... seu legítimo marido... e manter... — As palavras do padre vão aparecendo e desaparecendo, como uma transmissão de rádio defeituosa, o efeito de ruído branco retornando para criar um zumbido constante em meus ouvidos. Estou vagamente ciente de Alina parada ao meu lado, não oficialmente bancando a dama de honra, e da figura de urso de Pavel ao lado de Nikolai. Ele é seu padrinho? É assim também na

Rússia?

— Sim — digo quando percebo que o padre está em silêncio há um tempo. Nikolai já disse sua parte, então, cabe a mim.

Lyudmila, que está segurando a mão de Slava, diz algo para o menino em russo enquanto o padre sorri e diz: — Agora, troquem as alianças.

Temos alianças?

Com certeza, os dedos fortes de Nikolai já estão segurando meu pulso direito. Virando a palma da minha mão para cima, ele coloca uma aliança de ouro simples no meio dela, em seguida, pega minha mão esquerda e desliza um delicado círculo de ouro incrustado de diamantes em meu dedo anelar.

Huh. Acho que temos alianças.

Desajeitadamente, coloco a faixa lisa no dedo anelar de Nikolai e olho para cima. Seus olhos combinam com a cor do metal precioso em sua mão, o calor abrasador neles afugentando o ruído branco em meus ouvidos e trazendo o processo para um alívio total.

Puta merda.

Acabamos de nos casar.

O homem na minha frente agora é meu marido.

— Parabéns. Pode beijar a noiva — diz o padre, e meu coração dispara quando Nikolai move meu rosto para cima e inclina a cabeça, um sorriso sombriamente satisfeito brincando em seus lábios enquanto eles pousam nos meus.

É um beijo breve, quase platônico, mas não há como confundir a possessividade crua nele, ou na maneira como ele aperta minha mão depois que ele se vira para enfrentar a enxurrada de aplausos e parabéns que vêm em nossa direção. Mesmo quando todos nos abraçam, ele se agarra a mim, recusando-se a me soltar.

Finalmente, os adultos recuam e Nikolai se ajoelha na frente de Slava, minha mão ainda firmemente em seu aperto.

— Slavochka... — Seu tom é solene, suas palavras em inglês cuidadosamente enunciadas. — Somos uma família agora. Chloe é minha esposa – e sua nova mãe.

Ok, uau. Eu não esperava por isso. Não deveríamos ir mais devagar? Não quero que Slava fique ressentido por ter tomado o lugar de sua mãe morta. Claro, eu sou tecnicamente sua madrasta, mas isso não significa que ele não possa continuar a pensar em mim como Chloe por enquanto, e mais tarde, quando chegar a hora certa, nós podemos...

Meus pensamentos param bruscamente quando Slava me dá o maior e mais brilhante sorriso e joga seus braços curtos em volta da minha saia, abraçando minhas pernas com toda a sua força.

— Mama Chloe — ele exclama, olhando para mim com um sorriso ainda maior, e tudo o que posso fazer para esconder meu choque com sua fácil aceitação dessa mudança em nossa dinâmica. Onde está o ressentimento? A cautela com a mudança repentina em sua vida? Não que eu não esteja feliz que ele esteja tão de acordo. Nikolai deve ter falado com ele em algum momento hoje, avisado sobre o que ia acontecer. Ainda assim, eu esperava pelo menos um curto período de ajuste. A menos, claro...

Eu paro. Nada disso é importante agora. Enquadrando o rosto voltado para cima de Slava com a palma da mão, dou-lhe o sorriso mais brilhante que posso reunir.

— Sim, querido. Somos uma família agora. Você pode me chamar de mamãe ou qualquer outra coisa que você quiser.

Por mais chocante que seja de repente me encontrar no papel paternal, tenho a sensação de que Slava será a parte menos complicada deste casamento, e não apenas porque não sinto vergonha de admitir que a criança já tem meu coração.

Quando eu olho para Nikolai, sua expressão é calorosamente aprovadora. Sorrindo, ele leva a mão que está segurando aos lábios e beija meus dedos um por um, enviando arrepios pela minha espinha e fazendo Slava rir.

— Mama Chloe — ele repete com entusiasmo e vira para Alina, conversando com ela em russo.

— Parabéns de novo — ela diz quando eu pego seu olhar. Calmamente, ela acrescenta: — Estou feliz por ter você como minha irmã.

Irmã. Certo. Porque é isso que significa casar. A pessoa ganha não apenas um marido, mas uma família. Como um filho, uma irmã, dois irmãos e muitos primos... todos os irmãos e parentes que eu nunca tive.

Pela primeira vez, compreendo o quanto minha vida está mudando.

Eu não sou mais uma órfã, fazendo meu caminho sozinha no mundo.

A realização ainda está reverberando em mim enquanto o fotógrafo nos conduz para fora para tirar um milhão de fotos na encosta, onde a brisa do verão beija nossos rostos com uma frieza com cheiro de pinheiro.

Não é órfã.

Não mais filha única de mãe solteira que não tinha família.

Há quanto tempo desejo secretamente algo assim? Na minha imaginação, era meu pai quem entrava na minha vida e me apresentava a todos os primos, tias e tios que eu nunca soube que tinha, mas que acabaram sendo maravilhosos. Agora, sabendo o que sei sobre Bransford, não consigo imaginar. Só a ideia de encontrar algum parente do homem que está tentando me matar é revoltante. Graças a Deus ele não tem outros filhos biológicos – pelo menos nenhum que a mídia conheça. Pelo pouco que me permiti ler sobre ele, sei que é um viúvo que se casou novamente. Sua primeira esposa lutou contra alguma forma rara de câncer por uma década antes de falecer alguns anos atrás, e sua nova esposa tem dois filhos pequenos de seu casamento anterior – uma menina e um menino que ele regularmente desfila na frente das câmeras, desempenhando o papel de um marido e pai saudável e totalmente americano à perfeição.

Se eles soubessem.

Perdido em pensamentos, obedeço às instruções do fotógrafo no piloto automático e, da próxima vez que olho em volta, o sol está se pondo atrás dos picos das montanhas, banhando tudo com um brilho laranja-avermelhado.

— Isso deve ser o suficiente — diz Nikolai, e voltamos para casa, onde a comida gourmet na mesa de jantar envergonha a festa de aniversário de Alina. Há de tudo, desde frutos do mar a pratos tradicionais russos a uma enorme variedade de sushi e iguarias internacionais, como escargot.

Eles devem ter encomendado a maior parte disso; não há nenhuma maneira de Pavel ter tido tempo para fazer nem uma fração do que está à nossa frente.

Meu estômago ronca e de repente percebo que estou faminta. Todas aquelas fotos devem ter consumido mais energia do que parecia. Ou talvez seja o estresse. De qualquer forma, assim que nos sentamos e Pavel faz o primeiro brinde à nossa saúde, eu coloco meu prato com cinco tipos diferentes de sanduíches de caviar, seguidos por blintzes, folhados, uma enorme variedade de frutas e vegetais em conserva, rabos de lagosta, carnes curadas, queijos gourmet e saladas de todos os tipos. Tudo é tão delicioso quanto parece, e meu vestido está estourando nas costuras quando finalmente paro para respirar.

Olhando por cima do meu prato, pego Nikolai me observando com um sorriso indulgente.

— O quê? — Eu pergunto conscientemente, largando meu garfo.

— Nada. Eu simplesmente gosto de ver você comer.

É mais me ver me empanturrar. Minhas orelhas queimam, mas pego outro pedaço de lagosta. Esta comida é muito boa, e se há algo que aprendi durante meu mês em fuga, é não considerar boa comida – ou qualquer comida – garantida.

Dois brindes depois, porém, devo admitir a derrota. Não posso comer mais nada, e o prato principal ainda nem saiu. Para me distrair da sensação de excesso, olho para Nikolai, que está explicando algo para Pavel em russo.

Espero que ele termine e, quando ele olha para mim, digo: — Seus irmãos... Você contou a eles sobre o casamento? — Acaba de me ocorrer que ainda não conheci meus novos cunhados, e eles podem não ter ideia de que agora faço parte da família.

Nikolai gesticula em direção ao cinegrafista, que está discretamente circulando ao redor da mesa com sua câmera.

— Valery e Konstantin estão recebendo a transmissão ao vivo e eles farão uma chamada de vídeo para nos dar os parabéns.

Claro. Ele pensou em tudo. Por que estou surpresa? Organizar um casamento em questão de horas deve ser brincadeira de criança em comparação com planejar um assassinato de alto nível. Não que o último irá acontecer – pelo menos se Nikolai mantiver sua palavra.

Com esforço, volto a me concentrar na celebração, o que me lembra muito o aniversário de Alina, apenas com todos os brindes dirigidos a mim e Nikolai. A maioria deles é dada por Pavel e Lyudmila, que parecem determinados a superar um ao outro em votos de boa sorte, mas Alina levanta sua taça também algumas vezes, primeiro para nos desejar um casamento longo e feliz e depois para brindar a mim como "a irmã que ela sempre desejou ter".

Ela já tomou pelo menos quatro doses de vodca a esta altura, eu sei, mas suas palavras ainda me tocam, puxando aquela pequena parte secreta em mim que sempre quis uma irmã também.

Talvez ser uma Molotov não seja tão ruim. Ganhar uma família – até mesmo uma família mafiosa – pode valer a pena.

Meu entusiasmo provisório dura até o prato principal e a sobremesa, alimentado por várias taças de vinho e duas doses de vodca. Todos ao meu redor também estão animados, com exceção de Slava e Nikolai.

Como no aniversário de Alina, tenho a sensação de que o álcool só aguça as faculdades do meu novo marido, que a vodka é mais como Red Bull ou café para ele. Ou talvez seja simplesmente porque isso tira um pouco de sua fachada elegante e polida, aquela que ele usa para ocultar a força potente de sua personalidade, aquela intensidade sombria que ferve dentro dele e busca dobrar tudo e todos à sua vontade.

Para *me* dobrar, moldando-me no que ele quer que eu seja.

A esposa dele. Sua posse. Dele em todos os sentidos... porque o anel no meu dedo é uma gaiola, da qual não haverá como escapar.

A realização deveria me assustar – e normalmente eu ficaria – mas o álcool não age como Red Bull para mim. Em vez disso, pinta meu mundo em tons quentes e borrados, como a aquarela de um pôr do sol – é por isso que não me oponho quando Nikolai me puxa para seu colo, onde me alimenta com morangos cobertos de chocolate enquanto conversamos com seus irmãos em um laptop que Pavel traz à mesa.

Konstantin chama primeiro, seu rosto magro lembra tanto o de Nikolai que meu coração pula uma batida quando aparece pela primeira vez na tela. Após um exame mais detalhado, no entanto, as diferenças tornam-se aparentes. O nariz de Konstantin é ligeiramente maior e mais adunco, seu queixo forte apresenta uma fenda e seus olhos estão inseridos mais profundamente nas órbitas, sua cor marcante está escondida atrás de seus óculos de aro preto. Mais importante, seus lábios não têm a curva cínica e perversa de Nikolai, embora eles sejam tão bonitos em sua própria maneira austera.

Por alguma razão, é fácil imaginar o irmão mais velho de Nikolai como um monge guerreiro, transcrevendo pergaminhos antigos com a mão entre hordas de bárbaros invasores.

— Parabéns pelo casamento — ele nos diz. Sua voz é profunda, como a de Nikolai, seu sotaque, perfeitamente americano. Eu me pergunto se ele também estudou aqui nos Estados Unidos. — Estou feliz por vocês dois. — Seu olhar se fixa em mim. — Bem-vinda à família, Chloe.

— Obrigada. É tão bom conhecê-lo.

Trocamos mais algumas gentilezas enquanto Nikolai me alimenta com os morangos, seu braço possessivamente em volta da minha caixa torácica, e só quando Konstantin desliga é que percebo que ele não reagiu de forma alguma ao me ver sendo segurada no colo de seu irmão e alimentado como uma criança. Não houve sorriso provocador, nada que indicasse que ele estava ciente disso.

É como se tivéssemos acabado de falar com uma IA em vez de um ser humano - o que, dado o que ouvi sobre o QI de Konstantin e o gênio da tecnologia, não está fora do reino das possibilidades.

Valery é o próximo, e a vibração que recebo dele é completamente diferente. Se possível, o irmão mais novo de Nikolai se parece ainda mais com seu gêmeo - ou melhor, seu clone, dada a diferença de idade de quatro anos entre eles. Mas é aí que as semelhanças terminam. Há algo frio e calculado sobre Valery. O sorriso em seus lábios sensuais não chega a atingir seus olhos, que examinam meu rosto com uma falta de emoção perturbadora.

Um mestre de marionetes – isso é o que ele me lembra, eu percebo enquanto ele nos parabeniza em um tom frio e uniforme, sua voz profunda tão sem sotaque quanto a de seus irmãos.

Como no caso de Konstantin, nossa ligação com ele é curta, apenas um simples encontro e saudação. No final de tudo, não tenho ideia do que ele pensa de mim ou de nosso casamento apressado – ou de qualquer outra coisa.

— Seus irmãos são... interessantes — digo a Nikolai quando nos desconectamos. — Vocês eram unidos enquanto cresciam?

Ele traz outro morango aos meus lábios.

— Não exatamente. — Antes que eu possa pedir que ele elabore, ele empurra a fruta doce na minha boca, em seguida, pega uma taça de champanhe e a entrega para mim.

Eu engulo a fruta e tomo um gole da bebida efervescente ligeiramente doce enquanto Nikolai pega outra taça de champanhe e espera até que todos os olhos estejam em nós.

— Para minha linda noiva — ele diz, me prendendo com seu intenso olhar de tigre. — — Zaychik... Eu não poderia estar mais feliz por ter você em minha vida, e farei tudo ao meu alcance para garantir sua felicidade.

E, novamente, ouço o não dito *mesmo que você se oponha*.

34

NIKOLAI

Mais dois brindes de Pavel e Lyudmila e o jantar acabou. Pego Chloe em meus braços e a carrego escada acima para o meu quarto.

Não, *nosso* quarto. Agora que ela é minha esposa, ela vai dormir em meus braços todas as noites.

Meu coração bate forte quando abro a porta com o ombro e a carrego para dentro, onde cuidadosamente a coloco de pé na frente da cama. Ela balança ligeiramente e ri; claramente, todo aquele vinho e champanhe subiram à sua cabeça.

Minha cabeça também está turva, mas não por causa do álcool. É a luxúria que confunde meus pensamentos e enche minhas veias com lava lenta. A longa celebração foi outro teste para meu autocontrole, pelo qual mal passei.

Eu queria pegar Chloe e carregá-la para a cama logo depois de dizermos nossos votos, para selar nosso vínculo da maneira mais básica possível. A única razão pela qual resisti foi pelas memórias.

Quando estivermos velhos e grisalhos, quero olhar para as fotos e vídeos e relembrar todos os detalhes deste dia.

Chloe balança novamente, piscando para mim como uma coruja, e eu agarro seus ombros para evitar que ela caia. Então, ignorando a fome crescendo dentro de mim, eu olho para ela, gravando cada característica, cada cílio em minha mente. Porque as fotos e os vídeos não serão suficientes. Quero me lembrar de todas as sensações, desde o calor sedoso de sua pele até a doçura de champanhe e morangos em seu hálito.

Minha noiva.

Minha esposa.

Duas palavras nunca pareceram tão certas, tão satisfatórias.

Ela está especialmente bonita hoje, neste vestido branco etéreo que faz minhas mãos coçarem para arrancá-lo, deixando à mostra mais de sua pele linda e brilhante. Seu cabelo com mechas douradas está arrumado em um penteado artístico, seus lábios carnudos pintados com uma rica cor de amora, seus olhos castanhos aumentados e mais suaves com a maquiagem esfumada. No entanto, só consigo pensar no quanto quero vê-la com o rosto limpo e inchado de sono, o cabelo emaranhado dos meus dedos.

Quero vê-la acordar em meu abraço amanhã de manhã e todas as manhãs pelo resto de nossas vidas.

Ignorando o desejo queimando minhas entranhas,

eu seguro sua bochecha e inclino minha cabeça, absorvendo seu perfume fresco e nítido em meus pulmões enquanto beijo a concha tenra de sua orelha. Tão faminto quanto estou por ela, esta noite serei gentil, compensando minha ferocidade na noite anterior.

Não importa o que me custe, farei da nossa noite de núpcias tudo o que a minha zaychik sempre sonhou.

35

CHLOE

Espero que Nikolai caia sobre mim tão selvagemente como de costume, mas ele é dolorosamente terno, desabotoando lentamente o vestido e pressionando beijos suaves e quentes no meu pescoço e na garganta até que toda a tensão antecipada seja drenada do meu corpo, deixando um rastro de moleza quente. No momento em que estou nua, meus próprios ossos parecem como se tivessem derretidos, mesmo quando um tipo diferente de tensão se acumula em meu núcleo, meu corpo aquecendo de dentro para fora.

Deitando-me no colchão, ele dá um passo para trás para se despir, e eu vejo com um batimento cardíaco acelerado enquanto ele remove sua jaqueta de smoking preta e gravata borboleta. Por baixo, ele está vestindo um colete prateado sobre uma camisa branca impecável, ambos abraçando seu torso musculoso de ombros largos de uma forma que não deixa dúvidas de que foram feitos sob medida para ele.

Rapidamente, ele se despoja de ambos os itens, seguido por sua calça e cueca. Ao contrário do meu vestido, há uma qualidade irregular e impaciente em seus movimentos que me faz perceber que ele não está tão no controle quanto parece. Sua ereção, dura e maciça, se curva em direção ao seu estômago trincado, traindo sua fome por mim.

No entanto, quando ele sobe na cama, ele é tão cuidadoso e terno, pegando meu pé para pressionar pequenos beijos no topo do arco antes de subir mais na minha perna. Minha respiração engata quando sua boca se aproxima do V entre minhas coxas, mas ele pula, em vez disso, beijando e acariciando minha barriga, depois, minhas costelas e meus seios.

A sala suavemente iluminada gira em torno de mim, o teto fica embaçado na minha visão quando ele trava no meu mamilo esquerdo, lambendo-o amorosamente com sua língua antes de mudar sua atenção para o outro seio enquanto eu gemo, minhas mãos caindo sobre a seda fria de seu cabelo. É o álcool, eu sei, mas sinto como se estivesse flutuando no espaço, ancorada apenas pelo calor úmido de sua boca em meus seios e as carícias suaves de suas mãos calejadas sobre minha pele em chamas.

Nossa noite de núpcias.

Soa tão surreal quanto parece.

Meus olhos se fecham enquanto os lábios de Nikolai se movem mais alto, beijando minha clavícula e meu pescoço antes de reivindicar meus lábios em um beijo profundo e docemente bajulador. É como uma droga, aquele beijo, um afrodisíaco do tipo mais potente. Seu perfume sensual enche minhas narinas, misturando-se com o leve aroma de vodca em seu hálito, e minha excitação cresce enquanto sua língua acaricia os recessos da minha boca, banqueteando-se em mim com terna habilidade.

Ainda me beijando, ele desliza a mão entre nossos corpos para encontrar meu clitóris dolorido, e eu gemo em sua boca enquanto seus dedos pressionam apenas o ponto certo, aquele que intensifica a dor, aumentando a tensão crescente dentro de mim. Uma tensão que rapidamente se torna insuportável enquanto seus dedos embarcam em um ritmo de fricção irritantemente desigual enquanto seus lábios voltam para o meu pescoço, onde o calor úmido de sua respiração envia calafrios de prazer pelo meu braço.

Estou tão excitada que posso explodir, mas o orgasmo ainda está de alguma forma fora de alcance.

Ofegante, eu me empurro contra sua mão, desesperada por um ritmo mais suave e forte, e seus dentes roçam na minha orelha em aviso. — Não, zaychik — ele sussurra, e eu sinto a curva perversa de sua boca contra minha garganta. — Você ainda não está pronta.

Não estou pronta? Estou pronta para implorar, exigir e vender meu primogênito. Com cada movimento leve e circular de seus dedos, chego cada vez mais perto do limite, mas não consigo superar, não importa o quanto eu tente.

— Por favor... — Eu balanço meus quadris em desespero, minhas mãos agarrando seu cabelo. — Por favor, eu preciso...

Ele vagarosamente lambe a parte inferior da minha orelha. — O quê? O que você precisa?

— Gozar — eu suspiro, resistindo contra sua mão novamente. — Por favor, Nikolai, eu preciso gozar.

— Resposta errada. — Seus dedos param de se mover completamente. Levemente, ele morde minha orelha e levanta a cabeça, seus olhos brilhando sombriamente. — Diga-me a verdade, zaychik. O que você precisa?

— Você — eu sussurro, olhando para ele. — Eu preciso de você.

E é verdade. Não consigo imaginar estar em qualquer outro lugar, com qualquer outra pessoa, nunca. Eu preciso dele não apenas para este orgasmo, mas ele, por tudo que ele é, bom e ruim, sublime e aterrorizante.

Deve ser a resposta certa, porque ele me beija novamente e seus dedos voltam para o meu clitóris, me trazendo de volta ao limite, para aquela ponta indescritível e enlouquecedora de êxtase. Mas sádico que é, ele me mantém naquele pico, prolongando o tormento requintado até que eu esteja ofegante e arranhando suas costas. Então, e só então, quando estou pronta para gritar de frustração, ele me deixa gozar.

A onda de prazer é tão intensa que é como uma bomba de endorfina explodindo em meu cérebro. Cada terminação nervosa do meu corpo se acende com a força potente disso, minha visão entrando e saindo de um espasmo nos músculos internos. As sensações são tão avassaladoras que me perco nelas, e quando volto à terra, ele já está entrando em mim, seu pau grosso forçando meus tecidos sensíveis. Seu rosto está tenso, sua mandíbula cerrada pelo esforço de se conter e, embora ele ainda esteja sendo cuidadoso e gentil, estou tão dolorida da noite passada que não consigo evitar estremecer.

Ele para, deixando-me ajustar, distraindo-me com mais daqueles beijos profundos e docemente entorpecentes, e quando estou um monte trêmulo de necessidade, meu corpo molhado e flexível, ele começa a empurrar. Seu ritmo é lento no início, controlado, mas quando eu envolvo minhas pernas em volta de sua bunda musculosa, puxando-o mais para dentro de mim, seu controle se rompe e ele me toma com toda a força motriz de seu corpo rígido.

Eu gozo de novo, gritando seu nome enquanto ele estremece por cima de mim, e só quando ele se retira alguns minutos depois é que percebo que ele manteve sua palavra e usou um preservativo. Um preservativo que ele descarta antes de me levar para o banheiro, onde me coloca em um banho já preparado.

— Obrigada — murmuro, encontrando seu olhar quando ele se junta a mim na água quente coberta por bolhas, e ele sorri, o olhar em seus olhos de tigre tão dolorosamente terno que meu coração aperta no meu peito.

— Pelo quê, zaychik?

Por você. É preciso tudo para conter essas palavras, palavras que estão muito próximas de uma admissão de meus sentimentos. Em vez disso, coloco minha palma ao longo do contorno rígido de sua mandíbula e planto meus lábios nos dele, expressando com meu corpo o que não ouso dizer em voz alta.

Ainda não, pelo menos.

36

CHLOE

Acordo ainda sentindo aquele brilho caloroso, uma sensação que se intensifica quando abro os olhos e o encontro apoiado no cotovelo ao meu lado, me olhando com um sorriso ternamente possessivo.

— Bom dia — murmuro, tirando meu cabelo do rosto e lutando contra a vontade de esfregar o sono dos meus olhos.

Há quanto tempo ele está acordado e me olhando assim? Mais importante, o quanto eu estou uma bagunça esta manhã? Fiz o meu melhor para remover a maquiagem no banho na noite passada, mas tenho certeza de que traços de sombra e rímel ainda estão manchados em volta dos meus olhos, estilo guaxinim, e meu hálito não é o mais fresco depois de todo aquele álcool.

Ele não deve se importar com isso, porque se inclina para frente e me beija com tanta fome que tenho certeza de que ele vai me foder ali mesmo. Mas ele se afasta e sorri para mim em vez disso, embalando meu rosto em sua grande palma.

— Bom dia, zaychik. Como você está se sentindo?

Como se essa coisa de casamento não fosse tão ruim.

— Estou bem — digo, sorrindo de volta. Faz apenas um dia, mas já é difícil lembrar por que fiquei tão assustada quando ele me pediu em casamento. Como Alina disse, este é basicamente o sonho alimentado por cada conto de fadas: um marido lindo e rico que é louco por você.

Com certeza, Nikolai é mais próximo do Príncipe das Trevas do que do Príncipe Encantado, mas praticamente todas as coisas terríveis que ele fez - ou planejava fazer - eram para me proteger.

Exceto a parte com seu pai.

As palavras perturbadoras sussurram em minha mente, mas eu as afasto. Eu não quero pensar sobre isso esta manhã. Tenho certeza de que há uma explicação razoável para tudo e, em breve, vou saber qual é.

Por enquanto, quero aproveitar a primeira manhã de casada da minha vida com o homem que está me olhando como se eu fosse feita de chocolate e luz das estrelas.

E eu gosto disso. Tomamos banho juntos, uma atividade que resulta em uma sessão de amor prolongada e fumegante – literalmente, porque a cabine está embaçada – durante a qual Nikolai me come como se eu fosse seu café da manhã e me faz gozar três vezes seguidas antes de me prender contra o vidro e me foder com tanta força que grito seu nome.

Acho que ele decidiu que me tomar apenas uma vez na noite passada foi o suficiente para curar minha dor – e ele está certo. Claro que estou um pouco dolorida depois *desta* sessão, mas tão satisfeita que vale a pena.

Depois, Nikolai decide que precisamos de café da manhã de verdade, então, Lyudmila nos traz uma bandeja de frutas e sobras da noite anterior, junto com chá e café, e nos alimentamos na cama. Ou melhor, Nikolai me alimenta e eu tento retribuir – apenas ele pega o garfo de mim e me beija até que eu esqueça tudo sobre o que eu ia fazer. Um pouco de mel também entra em ação, e a próxima coisa que eu sei é que preciso de outro banho e estou decididamente mais dolorida.

Quando finalmente saímos do nosso quarto, é quase hora do almoço, e enquanto nos dirigimos para as escadas, Slava sai correndo de seu quarto, Lyudmila em seus calcanhares.

— Mama Chloe! — Seus olhos de filhote de tigre estão brilhando enquanto ele joga seus braços curtos em volta das minhas pernas e aperta com força antes de voltar sua atenção para Nikolai. Abraçando suas pernas, ele olha para ele. — Papai! Estou com saudades de você e da Chloe!

Ao ver o rosto de Nikolai, eu derreto. Não há outra

palavra para isso. Em vez de um músculo com funções de sustentação da vida, meu coração se transforma em uma poça pegajosa, e o resto de mim segue o exemplo.

Abaixando-se, Nikolai pega seu filho e o empoleira no quadril com uma facilidade que parece natural. — Slavochka... — Sua voz está tensa enquanto ele olha para o rosto da criança. — Sentimos sua falta também.

Os olhos de Lyudmila encontram os meus e vejo meus sentimentos refletidos em seu rosto normalmente impassível. Pigarreando, ela diz com um sotaque mais forte do que o normal: — Vou ajudar Pavel, ok? — e desce correndo.

Nós a seguimos em um ritmo vagaroso, com Nikolai carregando Slava no quadril como se fosse um bebê. O menino parece feliz por estar lá, porém, e não posso culpá-lo.

Ele perdeu isso nos primeiros quatro anos de sua vida.

Quando nos juntamos a Alina na mesa, não consigo parar de sorrir - e ela percebe.

— Noite divertida? — ela sussurra para mim maliciosamente enquanto Nikolai está ocupado enchendo o prato de Slava.

Eu aceno, corando, e ela ri, fazendo com que Slava e Nikolai nos olhem de soslaio.

Meu bom humor deve ser contagiante - isso ou todo mundo ainda está comemorando - porque o almoço prossegue sem a tensão usual entre os irmãos. Em vez disso, Nikolai e Alina se juntaram para me contar histórias divertidas sobre a Rússia, desde como os americanos são vistos lá até a tradição familiar de mergulhos no inverno em lagos congelados.

— Isso é horrível — exclamo quando Alina descreve como ela quase perdeu um dedo do pé por causa do frio ao andar descalça no gelo quando tinha sete anos. — O que seus pais estavam pensando?

Percebo meu erro assim que as palavras saem – a última coisa que quero é lembrá-los sobre seu pai –, mas para meu alívio, Alina nem pisca.

— Oh, isso não foi ideia dos nossos pais. Nossa avó era quem acreditava que a exposição ao frio faz bem ao corpo e à alma. E sabe de uma coisa? A ciência mais recente o confirma. O mesmo vale para saunas, outro elemento básico da Rússia. Eles são aparentemente miméticos do exercício, e as proteínas de choque térmico liberadas durante essas sessões de suor fazem de tudo, desde melhorar a saúde do coração até prevenir o câncer. Portanto, se você deseja ter uma vida longa e saudável, deve tomar banhos de gelo e saunas – e, de preferência, ambos juntos.

— Não, obrigada — digo com um estremecimento, mas Nikolai ri e diz que vai me fazer experimentar o regime extremo neste inverno.

— Vamos deixá-la viciada nisso, eu prometo — ele acrescenta com um sorriso enquanto processo a surpreendente percepção de que estarei com ele neste inverno – e a cada um no futuro previsível.

Porque é isso que casamento significa.

Estaremos juntos pelo resto de nossas vidas.

Um eco do meu pânico anterior retorna, mas eu o

suprimo. Não estou permitindo que meus medos irracionais joguem uma sombra sobre o que promete ser um lindo dia juntos – espero que seja o primeiro de muitos.

Afinal, a felicidade é uma escolha e prefiro ser feliz neste casamento forçado.

37

CHLOE

OS PRÓXIMOS DIAS PASSAM DE MANEIRA IDÍLICA semelhante. Embora não tenhamos ido a lugar nenhum, parece que estamos em nossa lua de mel. Fazemos amor várias vezes por noite (e muitas vezes durante o dia), dormimos até tarde, tomamos o café da manhã na cama e fazemos longas caminhadas e trilhas, tanto sozinhos quanto com Slava. Uma vez, Alina se juntou a nós também, e nós quatro acabamos nadando em um lago próximo, onde os três russos zombam de minha relutância em entrar na água fria de nascente.

Acontece que Slava se sente tão confortável com o frio quanto os adultos, o que me torna a única covarde.

Eu acabo nadando, no entanto, e como estou tremendo depois, Nikolai me aquece esfregando-me toda com suas palmas grandes e ásperas. Se estivéssemos sozinhos, ele sem dúvida teria feito mais, mas, infelizmente, até ele traça o limite de fazer amor na frente de seu filho e irmã.

No entanto, esse é o único ato em que ele traça o limite. Trabalhamos com demonstração pública de carinho o tempo todo. Meu marido não tem vergonha de me beijar, massagear meu pescoço e ombros e me puxar para seu colo sempre que quiser. É como se eu fosse um animal de estimação que ele gosta de acariciar. Eu não posso dizer que odeio; na verdade, não tão secretamente me deleito com a atenção dele.

Seria diferente se alguém na casa zombasse disso ou me deixasse sem graça. Mas ninguém faz. Até mesmo Alina, com suas ocasionais provocações gentis, dá como certo que seu irmão não consegue manter as mãos longe de mim, tanto que eu tenho que me perguntar se é um daqueles lendários traços de "homens Molotov".

Eu perguntaria, mas temo que possa estar muito perto do assunto que estou evitando, as respostas que venho dizendo a mim mesmo que quero, mas não consigo exigir. É tão bom não pensar sobre a escuridão em Nikolai e as coisas terríveis de que ele é capaz. Eu nem mesmo perguntei sobre Masha e o novo plano para derrubar Bransford; cada vez que penso em meu pai biológico, meu pulso dispara e meu estômago se contrai em um nó duro e apertado.

Amanhã de manhã, digo a mim mesma todas as noites. *Vou falar com Nikolai sobre isso logo de manhã.* Mas então, pela manhã, acordo em seu abraço, sentindo-me aquecida e segura, adorada e idolatrada, e não posso arriscar a paz, então, digo a mim mesma que vamos conversar à noite.

Eu sei que algo está prestes a acontecer para perfurar nossa bolha feliz, mas estou relutante que esse algo seja eu.

Continuamos assim por mais três semanas, durante as quais me deleito com a atenção que ele dedica a mim, apreciando tanto com sua ternura quanto com sua aspereza. Ambas as versões de Nikolai – o amante gentil e o selvagem feroz – me emocionam, o que é uma coisa boa, porque quando se trata do meu marido, nunca posso prever o que vou conseguir. Na mesma noite, ele pode adorar meu corpo como se eu fosse feita de cristal e me foder até que eu mal possa andar no dia seguinte. Às vezes, tenho a sensação de que ele quer ainda mais, que um dia, ele pode me empurrar ainda mais, tentar me possuir ainda mais completamente, mas que, como eu, ele está relutante em fazer qualquer coisa para trazer qualquer conflito e tensão de volta para nossa vida, terminando esta nossa lua de mel.

Em vez disso, ele me enche de presentes, de tudo, desde joias caras a acessórios e roupas. Parece que um vestido novo, ou par de sapatos, ou cachecol, ou *algo* novo aparece no meu armário diariamente. É quase demais para mim – muitos dos brincos e pulseiras que tenho agora custam mais do que a casa de algumas pessoas – mas ele insiste que lhe dá prazer comprar coisas para mim, então, acabo parando de reclamar... porque ter essas coisas também me dá prazer.

Nunca conheci a verdadeira pobreza, graças à minha mãe que trabalhou sem parar para nos sustentar, mas também não me lembro de uma época em minha vida em que não tivesse que contar cada centavo e fazer um orçamento cuidadoso para cada despesa. A maioria das minhas roupas de infância foi comprada de segunda mão, e as únicas joias que possuía eram do tipo bijuteria. Agora, meu armário é como a Saks Fifth Avenue com esteróides, e embora possa ser superficial da minha parte, eu adoro isso. Pessoas ricas sabem o que estão fazendo quando compram todos esses luxos - eles realmente podem melhorar a vida de alguém.

Também enriquecem minha vida com as aulas de russo que Nikolai começou a me dar - com a ajuda de Slava, é claro. A criança fica muito contente com minha incapacidade de pronunciar as frases em russo que diz com tanta facilidade, enquanto Nikolai se delicia com uma coisa completamente diferente: me fazer dizer palavras de amor e sexo para ele na cama.

— Diga, *Ya hochu tebya* — ele me instrui enquanto me mantém à beira do orgasmo. E quando eu obedeço, desesperada por alívio, ele ordena impiedosamente: — Agora diga, *Ya lyublyu tebya.*

Então, eu faço. Eu digo o que ele quer, incluindo frases tão sujas que me fazem ficar vermelha quando as procuro mais tarde. Mas sujo ou limpo, meu conhecimento de russo está crescendo a cada dia, o que diverte muito Alina e Lyudmila - esta última acha minhas pronúncias totalmente cômicas.

— Você tão americana — diz a esposa de Pavel,

rindo, enquanto tento pedir-lhe *zavtrak* - café da manhã - em sua língua nativa. — Por que você tenta? Todos aqui falam inglês, até eu.

Eu ficaria ofendida, mas ela está certa. Até o inglês dela, imperfeito como é, é mil vezes melhor do que o meu russo. Eu me ofereci para dar a ela algumas aulas para melhorar ainda mais, mas ela não me aceitou até agora, porque ela espera voltar para a Rússia e não precisar disso, de acordo com Alina.

— Ela realmente sente falta de Moscou — ela me diz. — Ela está entediada aqui, sem nada para fazer e ninguém para ver.

Eu posso me solidarizar com isso. Apesar de todo o luxo moderno e beleza natural que nos rodeia, o complexo é uma espécie de prisão, ou para ser mais positiva, um refúgio do mundo. Eu também sinto falta dos meus amigos e frequentemente procuro nas redes sociais para ter um vislumbre de suas vidas após a graduação. Quero tanto contatá-los, para responder a todas as suas mensagens perguntando onde estou, por que não postei em meus perfis há meses, mas não me atrevo a fazê-lo, caso isso de alguma forma leve Bransford a mim, a este local e minha nova família.

Não posso colocá-los em perigo, nem mesmo para amenizar as preocupações dos meus amigos comigo.

Eu me sentiria especialmente terrível se fizesse algo que colocasse Slava em perigo. A cada dia que passa, meu apego ao filho de Nikolai aumenta e me sinto cada vez mais confortável no papel de sua mãe. Em vez de Alina ou Lyudmila dar banho nele e colocá-lo na cama,

Nikolai e eu frequentemente o fazemos juntos hoje em dia, contando-lhe histórias sobre super-heróis e lendo seus livros favoritos até ele adormecer.

Nós três estamos nos tornando uma verdadeira família, e o conhecimento me enche de um calor gentil, um contentamento que não deveria ser possível com um homem perigoso e instável como Nikolai.

Não que tudo seja perfeito, claro. Por um lado, nós dois discordamos quando se trata do que uma criança de menos de cinco anos deveria ter permissão para fazer. Acontece que Nikolai e seus irmãos - e em menor grau, Alina - eram crianças chave, com permissão e até mesmo encorajados a brincar fora de casa por conta própria e, no geral, ser perigosamente independentes. Então, embora eu entre em pânico cada vez que vejo uma faca de carne na mão de Slava ou o vejo subindo em uma árvore com mais de um metro e oitenta, Nikolai é irritantemente calmo sobre essas coisas.

— Você não se importa que ele possa cair e quebrar todos os ossos do corpo? — pergunto frustrada quando saímos para uma caminhada e ele deixa Slava escalar um velho carvalho até que sua figura minúscula mal seja visível através da folhagem. — Ou pior, cair de cabeça e quebrar o pescoço?

— Claro que sim. — Seus olhos dourados se estreitam perigosamente para mim. — Você acha que eu não me preocupo com todas as coisas terríveis que podem acontecer a ele em um determinado dia? As escadas que ele pode descer, as doenças que pode pegar, as frutas venenosas que pode encontrar e comer? Às vezes, é tudo em que consigo pensar, tanto que estou convencido de que estou ficando louco. Mas assim como não podemos estar lá para segurar sua mão cada vez que ele sobe as escadas, não podemos esperar estar lá para cada árvore que ele encontrar ou para cada faca que vier em seu caminho ao longo de sua vida. Na verdade, não há garantia de que estaremos lá para ajudá-lo amanhã. A vida pode ser imprevisível e brutal, e quanto melhor preparado ele estiver para enfrentá-la, maiores serão as chances de sobreviver.

— Mas ele ainda é uma criança. Você tem que ensiná-lo a *como* sobreviver.

— Eu o estou ensinando, permitindo que ele enfrente o maior número de perigos que puder sozinho. Crianças da idade dele não são estúpidas; elas caem o suficiente para saber que dói. Ele não subiria tão alto se não se sentisse seguro em sua força, e a única maneira de crescer e testar essa força é desafiar a si mesmo quando for importante... quando não há tapete de borracha por baixo. Além disso — acrescenta ele quando estou prestes a começar a discutir —, estou de olho nele. Se ele começar a cair, vou pegá-lo.

Eu calo a boca então, porque se algo der errado, ele estará lá. O homem tem os reflexos de um gato. Outro dia, acidentalmente derrubei um copo d'água da mesa com o cotovelo e Nikolai o pegou no ar sem interromper a conversa. Outra vez, tropecei em uma das peças de LEGO de Slava e teria caído de cara, mas Nikolai estava com os braços em volta de mim antes de eu atingir o chão – embora ele estivesse do outro lado da sala um segundo antes.

Se eu não soubesse melhor, acharia que ele era um dos super-heróis dos quadrinhos de Slava – ou, mais provavelmente, supervilões.

Esse rótulo se encaixa nele tão bem quanto qualquer coisa.

Mais tarde naquela noite, quando entramos em nosso quarto, algo me ocorre a respeito de nossa conversa anterior.

— Se você está tão determinado a nutrir a independência de Slava, por que está tão determinado a me proteger de todo e qualquer perigo? — Eu pergunto, sentando na cama para assistir Nikolai tirar o paletó e a gravata. Ainda estamos usando os trajes formais para o jantar, e devo admitir que aprendi a gostar disso. Não só consigo usar vestidos lindos diariamente, mas meu marido fica surrealmente bonito naqueles ternos bem cortados que ele prefere.

É como se alternássemos entre dois reinos: o diurno, onde caminhamos no deserto e nos sujamos, e o noturno, onde o glamour e o brilho reinam supremos.

— Porque você não é uma criança e não foi criada da maneira que estou criando Slava — Nikolai responde suavemente, desfazendo as abotoaduras. — Sua mãe, por mais maravilhosa que fosse, não a preparou para enfrentar assassinos, zaychik... ou homens como eu.

Eu engulo em seco, meu sangue esquentando enquanto ele passa o olhar pelo meu corpo ainda totalmente vestido. Desde o nosso casamento, eu melhorei em ler o humor sexual de Nikolai e entender que tipo de noite eu vou passar. E esta noite promete ser uma das nossas mais selvagens, aquelas em que nunca tenho certeza de quão longe ele irá.

Quando posso sentir a escuridão nele, sinto que está subindo até a superfície.

Não que eu tenha medo dele. Na verdade, eu sei que ele não vai me machucar, pelo menos não de uma forma prejudicial. Só às vezes tenho a sensação de que o que temos não é o suficiente para ele, que sua fome voraz por mim continua insatisfeita.

Às vezes, parece que ele quer me consumir, tudo de mim, e nada menos que isso será satisfeito.

Ele tira a camisa, revelando músculos lindamente definidos, e vem em minha direção, seus movimentos mais uma vez me lembrando da espreita suave e letalmente graciosa de um grande gato.

Talvez ele *foi* um tigre em outra vida.

Talvez eu fosse sua presa.

Instintivamente, eu escorrego para trás na cama, e seus lábios formam uma curva perversa. Como sempre, ele sabe o que estou pensando e sentindo – e gosta do que estou sentindo agora.

Ele gosta de me deixar um pouco nervosa.

Movendo-se com a mesma deliberação predatória,

ele sobe na cama e em cima de mim, me empurrando para baixo antes de pegar meus pulsos e prendê-los acima da minha cabeça com uma mão.

Minha boca fica seca com seu olhar, com a intensidade sombria dentro deles. Eu umedeço meus lábios e seu olhar segue o caminho da minha língua, seu rosto se contraindo. Quando seus olhos encontram os meus novamente, eles estão cheios de um calor tão abrasador que sinto que poderia queimar no local. Meu coração bate descontroladamente, minha pele corando enquanto ele abaixa a cabeça e inala de forma audível, como se estivesse faminto pelo cheiro do meu cabelo.

— Hum, Nikolai... — Eu me contorço embaixo dele, meu pulso acelerando enquanto sinto a protuberância pressionando contra minhas coxas. Mesmo com as camadas de sua calça e meu vestido nos separando, posso sentir o quão quente e dura é sua ereção, quão maciça. Eu engulo novamente. — Quando você disse 'homens como eu', o que quis dizer exatamente?

Seus lábios roçam minha orelha, o calor de sua respiração me fazendo estremecer enquanto ele sussurra: — Oh, minha doce e curiosa zaychik... você está prestes a descobrir.

38

CHLOE

Um arrepio percorre meu corpo, e ele levanta a cabeça para olhar para mim, um sorriso sombrio aparecendo nos cantos de seus lábios. Eu quase posso senti-lo bebendo em minha ansiedade, sadicamente prolongando a antecipação.

Tento mover minhas mãos para me soltar de seu aperto, mas é inútil. Seus dedos são uma algema de ferro em volta dos meus pulsos, prendendo-os no lugar acima da minha cabeça. Seu sorriso se aprofunda, o brilho dourado em seus olhos se intensifica enquanto eu luto, e eu sei que ele gosta disso também, me vendo indefesa em suas mãos.

Mergulhando a cabeça, ele dá outra inspiração faminta e, finalmente, solta meus pulsos. Antes que eu possa soltar um suspiro de alívio, ele me vira de bruços e, segurando-me com uma grande mão, puxa o zíper do meu vestido para baixo. Quando está aberto até meu cóccix, ele passa a palma da mão quente na minha espinha nua, a aspereza de seus calos arranhando minha pele de forma agradável.

— Eu já te disse o quanto amo suas costas? — O timbre suave e grave de sua voz é calmante, mas enervante. — Tão tonificadas e graciosas, como as de uma bailarina. Minha parte favorita sua, porém, é essa bunda. — Sua palma se curva sobre minha nádega e aperta levemente. — Tão apertada, redonda e perfeita... tão fodível.

Meu coração salta novamente quando ele me puxa para uma posição sentada e apóia minhas costas contra seu peito, colocando um braço poderoso em volta da minha caixa torácica para me segurar no lugar enquanto ele arrasta o vestido pelo meu torso. Ele está me tratando como uma boneca de tamanho humano, e há algo perversamente erótico nisso, algo que atrai uma parte de mim que tento não pensar... aquela que não se incomoda com a escuridão nele, mas é atraída por ela.

Eu não estou usando sutiã, e quando ele puxa o vestido até a minha cintura, meus seios nus se soltam, sobre seu antebraço, meus mamilos já pontudos e doloridos. Um rosnado baixo ressoa em seu peito, e ele me inclina para trás sobre o braço da maneira que gosta de fazer, o que me faz sentir como um sacrifício humano, uma oferenda a um deus primordial feroz.

Sua boca quente e úmida fecha em torno do meu mamilo, e eu suspiro, agarrando sua cabeça enquanto ele morde, enviando fogo direto para o meu clitóris. Minhas terminações nervosas tumultuam em confusão, a dor e o prazer se misturando até que estou desesperada por mais. E ele entrega mais, repetindo o tratamento com o meu outro seio, alternando entre chupar o mamilo e colocar os dentes nele. No momento em que ele levanta a cabeça para encontrar meu olhar, estou ofegante, queimando de excitação.

Eu preciso dele. Eu preciso dele pra caralho.

Esquecendo tudo sobre meus medos, eu puxo sua cabeça para a minha, e nossos lábios se fundem em um beijo duro e profundamente carnal, nossas línguas se enredando enquanto eu respondo à violência de sua necessidade, combinando com ele golpe por golpe, mordida por mordida. Eu não me importo com o que ele faça comigo esta noite, contanto que eu possa ter mais desse prazer sinistro e estonteante, mais do que eu anseio.

Nós dois estamos respirando com dificuldade quando ele interrompe o beijo e me deita para fazer o vestido descer pelos meus quadris. Ele se recusa a sair facilmente, então, ele o rasga pelas costuras, muito impaciente para se importar que está estragando outro vestido caro. E eu também não me importo, não com a tensão crescendo rapidamente dentro de mim, não quando cada parte de mim queima por ele.

Quando estou vestida com nada além de uma tanga, ele me vira de barriga para baixo e coloca dois travesseiros sob meus quadris antes de passar o pedaço de tecido pelas minhas pernas. Então, ele estende a mão para a direita e ouço uma gaveta se abrindo.

Minha apreensão retorna, anulando brevemente

minha excitação. Suspeito fortemente que sei o que ele pretende fazer, e provei que estou certa quando olho por cima do ombro e vejo a garrafa de lubrificante e um pequeno plugue anal em suas mãos. Ainda assim, meu coração bate em minha garganta, minhas costelas apertando em volta dos meus pulmões.

— Nikolai, eu... — Engulo o ar. — Eu nunca... quer dizer...

— Nunca foi fodida no cu?

Meu rosto aquece insuportavelmente, suas palavras sujas me deixando ainda mais desequilibrada. De alguma forma, eu consigo um pequeno aceno de cabeça, e seus lábios se curvam com satisfação masculina primitiva enquanto ele diz suavemente: — Ótimo — e derrama um lubrificante frio entre as nádegas.

Eu suspiro, apertando instintivamente enquanto ele pressiona o plugue na minha abertura, e ele empurra minha cabeça para baixo na cama. — Relaxe, zaychik. — Sua voz é veludo áspero e calor sombrio. — Eu prometo que você vai gostar.

Eu quero protestar - a única vez que meu ex-namorado tentou colocar um dedo, eu odiei cada segundo - mas este é Nikolai, cujo domínio sobre meu corpo é assustadoramente total. Em seu abraço, eu perco todo o senso de identidade, muito menos a pouca sanidade que ainda possuo. Então, fico quieta e faço o meu melhor para respirar pelo nariz enquanto a ponta afilada e elástica do plugue pressiona, passando pelo anel apertado do meu esfíncter.

Lentamente, ele desliza mais fundo, e eu sufoco meu gemido contra o colchão, oprimido pelas estranhas sensações. Como naquela outra vez, há uma plenitude quase nauseante, uma sensação de ser esticada e penetrada, invadida de uma forma não natural e desconfortável. Mas também há algo mais, um tipo peculiar de pressão que faz meu pulso disparar e minhas entranhas apertarem – uma sensação que fica mais forte quando Nikolai se inclina sobre mim, me cobrindo com seu corpo grande e duro, envolvendo-me em seu perfume masculino sensual.

Sua respiração aquece meu ouvido enquanto ele beija a curva sensível do meu pescoço, enviando calafrios de prazer pelo meu braço. Ao mesmo tempo, ele coloca uma mão debaixo da minha barriga e encontra meu clitóris enquanto começa a me foder lentamente com o brinquedo. Imediatamente, a pressão se intensifica, transformando-se em uma tensão erótica, um prazer feral e acalorado que colide com o desconforto e de alguma forma cresce a partir dele. Seus dedos no meu clitóris, o brinquedo no meu cu, seus lábios no meu pescoço – é uma sobrecarga sensorial, uma gangorra de prazer e dor que balança para frente e para trás, cada vez mais alto.

Com um grito abafado, eu me desfaço, estremecendo e tremendo, mas ele não terminou comigo. Puxando o brinquedo de mim com um *pop* molhado, ele me penetra primeiro com um dedo, depois dois juntos, o estiramento dolorido apenas suportável por causa da magia do mal que sua outra mão está realizando no meu clitóris. Dói, queima, mas a dor mais uma vez se alterna com um prazer potente, aumentando-a de uma maneira peculiar. Ofegante, eu tenho um orgasmo novamente, meu cu apertando seus dedos grandes e ásperos, minha visão borrada com manchas pretas e brancas enquanto um grito ofegante escapa da minha garganta.

Antes que eu possa me recuperar, ele puxa seus dedos para fora do meu corpo ainda em espasmos, e eu sinto a cabeça larga e lisa de seu pênis na minha abertura. Eu fico tensa, meu pulso dispara novamente, e ele passa uma mão reconfortante pela minha espinha.

— Respire, zaychik. Você consegue me tomar. — As palavras são um murmúrio suave e profundo, tão reconfortante quanto o carinho gentil nas minhas costas. No entanto, no momento em que ele agarra meus quadris e empurra o anel tenso de músculos, a gangorra leva à dor, e eu sei que ele está errado.

Eu não consigo fazer isso.

Ele é muito grande para mim.

— Nikolai, por favor... — Eu suspiro, o apelo travando na minha garganta enquanto meu esfíncter cede sob a pressão e a enorme cabeça de seu pênis estala. Todo o ar sai dos meus pulmões, minha visão fica totalmente escura por um momento vertiginoso. Ele é tão grande e grosso que parece que estou sendo dividida, e enquanto ele lentamente enfia seu pau mais fundo em mim, tenho certeza de que vou desmaiar.

Mas não. Em vez disso, sinto cada centímetro longo e duro dele, experimento cada pedacinho da invasão dolorosamente cuidadosa. Meu estômago se revira e se agita, minha pele fica úmida de suor frio, mas não consigo formar as palavras para dar um basta nisso, meu cérebro tão sobrecarregado quanto meu corpo.

Não ajuda que ele esteja se inclinando sobre mim de novo, beijando meu pescoço e murmurando palavras carinhosas calmantes em meu ouvido, sua voz suave, grave com a necessidade. Nem que seus dedos habilidosos estejam mais uma vez brincando com meu clitóris, estimulando sensações que não podem – não deveriam – coexistir com este tipo de dor. Não é exatamente prazer, mas algo parecido, uma mistura de agonia e êxtase que me enrola de novo, arrancando um clímax torturado de meu corpo.

Eu desmaio então, pelo menos por um momento, porque a próxima coisa que eu registro é ele deslizando suavemente para dentro e para fora do meu cu, cada estocada gerando uma sensação própria, a gangorra mais uma vez balançando para frente e para trás, construindo a poderosa tensão erótica. Meu corpo se inunda com calor, meu coração dispara dentro da minha caixa torácica, e quando gozo pela quarta vez com um grito áspero, ele geme e estremece sobre mim, jatos quentes de esperma banhando meu interior dolorido.

Abalada e estilhaçada, fico ali deitada, fraca demais para me mover enquanto ele se afasta de mim e sai da cama, voltando um minuto depois com uma toalha morna e úmida. Ele me limpa, me vira e me pega em seu colo. Eu forço a abrir minhas pálpebras pesadas para encontrar seus olhos de tigre no meu rosto, estudando-me com sua intensidade característica.

Gentilmente, com reverência, ele segura minha bochecha, sua voz áspera enquanto ele murmura: — Eu nunca vou deixar você partir, você sabe. Nem mesmo se você implorar.

Eu mantenho seu olhar. — Eu sei.

— Você me odeia por isso?

Eu deveria. Por melhor que tenha sido essa lua de mel, a verdade é que ele me forçou a casar, tirou minha liberdade, minhas escolhas. Em quase todas as maneiras que importam, eu sou sua prisioneira, à mercê de seus caprichos e paixões mais sombrios. No entanto, a mentira se recusa a sair de meus lábios. Em vez disso, digo a verdade a ele.

— Eu te amo.

Porque sim. Por mais errado que seja, eu amo esse homem lindo, assustador e complicado. Eu o amo mesmo temendo sua obsessão implacável por mim.

Eu sei que na luz brilhante de amanhã, vou me arrepender desta confissão, que vou pensar que foi um erro. Agora, porém, neste quarto suavemente iluminado, com seus braços fortes em volta de mim e meu corpo ainda pulsando com os ecos da agonia e êxtase que ele me fez passar, não parece um erro, especialmente porque o sorriso terno que floresce em seu rosto está a coisa mais linda que já vi.

— E eu te amo, zaychik — ele diz suavemente. — Eu sempre amarei.

39

NIKOLAI

Eu acordo com o pequeno corpo de Chloe envolto em meus braços e meu cérebro inundado de felicidade. O tipo brilhante e incandescente que parece tão cintilante e fugaz como o pavio aceso de uma vela.

Como fiz na semana passada desde que admitimos nossos sentimentos, absorvo a sensação dela, a sensação de sua pele quente pressionando contra a minha, de suas curvas delicadas moldando-se contra os planos rígidos do meu corpo, de sua respiração soprando sobre meu antebraço. E como tem sido o caso na semana passada, eu luto contra o desejo de acordá-la e exigir as palavras dela novamente, para que eu possa ouvir sua voz suave e rouca dizendo que ela me ama.

Já é ruim o suficiente que eu a force a dizer isso para mim todas as noites, cada vez que eu a tomo.

Enterrando meu rosto em seu cabelo, eu respiro seu perfume, o doce frescor das flores sombreadas com a pele feminina aquecida pelo sono. E como fiz nos últimos dois meses, luto contra uma onda de medo angustiante.

Medo de que vou perdê-la. Que o pavio vai queimar, não deixando nada além de cinzas.

É irracional, ilógico, mas não posso evitar. Eu pensei que extrair as palavras dela iria controlar esse medo, me deixando passar o dia calmo e seguro por saber que ela é minha, mas se qualquer coisa, a preocupação ficou mais forte, mais difundida. Às vezes, é tudo em que consigo pensar: quão frágil é essa felicidade, quão ilusória.

Afinal, no começo, minha mãe também amava meu pai. Era uma vez, eles também conheceram a felicidade.

Tento não pensar nisso, em como tudo se despedaçou para eles, mas há momentos em que olho para Chloe e vejo o rosto da minha mãe. Não brilhante e saudável como era quando eu era criança, mas abatido e pálido, profundamente infeliz – a aparência que ela tinha em seus últimos anos.

Em parte, é que ainda não contei a Chloe sobre o que aconteceu naquela noite de inverno – e ela não perguntou. Apesar de impor como condição para nosso casamento, ela parece relutante em ouvir toda a história. Acho que é porque ela tem medo da verdade, medo de descobrir o quão horrível é o monstro com que se casou. Então, ela contorna o assunto, e eu também.

Há todas as chances de ela me odiar pelo que fiz, de me olhar com terror e repulsa.

Não ajuda em nada saber que estou mantendo Chloe como uma princesa cativa em uma torre alta, completamente isolada de tudo e de todos. Não saímos do complexo; nós não vamos a lugar nenhum. Existimos em nosso pequeno mundo, onde ela não tem escolha a não ser ser minha. É para a segurança dela, é verdade, mas também para minha paz de espírito.

Se tivesse oportunidade, ela fugiria de novo?

Se o perigo para ela fosse eliminado, ela iria querer ir embora?

Não sei as respostas e as perguntas me atormentam, tanto que me tornei ainda mais obsessivo em mantê-la sob controle. Eu sei que ela não pode ir embora – e com Bransford caçando-a, provavelmente não quer ir embora – mas ainda me sinto compelido a saber seu paradeiro a cada momento que estamos separados. Para isso, instalei câmeras em nosso quarto e em todos os cantos da casa, exceto no quarto da minha irmã e nos aposentos privados de Pavel e Lyudmila, e verifico a transmissão de vídeo no meu telefone com a frequência estúpida de um viciado em mídia social.

— O que você está sempre olhando? — Alina pergunta, entrando na sala de jantar um dia enquanto espero Chloe terminar sua aula com Slava e descer para almoçar. — Está acontecendo alguma coisa?

Eu coloco meu telefone de lado. — Sempre está acontecendo alguma coisa.

Não é mentira. Masha não está apenas trabalhando para chegar perto de Bransford e me enviando atualizações diárias sobre seu progresso, mas também tenho homens vigiando Alexei Leonov. Ele ainda está aqui nos Estados Unidos, nos últimos dias em Chicago. Parece que ele está lá para reuniões de negócios, mas não posso deixar de me sentir desconfortável.

Chicago fica muito mais perto de Idaho, de meu complexo e de meu filho.

Alina me olha pensativa. — É a coisa do Volkov? Konstantin mencionou que está perguntando sobre o investimento em seu empreendimento nuclear.

— Isso também. — Não estou surpreso que ela tenha ouvido falar disso. Um oligarca que se fez sozinho, Alexander Volkov é um dos homens mais ricos - e mais perigosos - da Rússia. Uma aliança com ele seria vantajosa e arriscada, especialmente dada sua propensão para práticas comerciais tão implacáveis quanto as nossas.

Se as coisas derem errado por qualquer motivo, teremos outro inimigo poderoso, mas se tudo correr bem, ele pode ajudar a acelerar o processo de aprovação da nova tecnologia, acelerando sua adoção em todo o mundo.

Alina suspira. — Eu gostaria que ele não fosse lá, mas Konstantin raramente escuta. Talvez você possa falar com ele, a menos que você ache uma boa ideia, envolver-se com Volkov?

Eu encolho os ombros e mudo de assunto. A verdade é que Volkov e a possível joint venture não estão na minha lista de preocupações, então, estou contente em deixar Konstantin cuidar disso. Nosso irmão gênio pode ser intelectual demais para seu próprio bem às vezes, mas ele ainda é um Molotov e, portanto, perfeitamente capaz de avaliar os riscos por si mesmo.

Minhas prioridades hoje em dia são Slava e Chloe, e pretendo fazer o que for preciso para mantê-los e protegê-los.

Naquela noite, um dos meus piores medos se tornou realidade. Pouco depois da meia-noite, a porta do nosso quarto se abre e Lyudmila entra correndo, gritando meu nome.

Estou de pé e armado com a arma que mantenho debaixo do colchão antes que ela possa explicar, e quando ela o faz, coloco a arma no chão e volto para o nosso armário.

— O que aconteceu? — Chloe exige, correndo atrás de mim enquanto Lyudmila sai correndo do quarto. Ao me ver me vestindo, ela começa a vestir as roupas também. — O que ela disse?

Percebendo que Lyudmila havia falado russo, explico rapidamente que Slava adoeceu.

— Ele está vomitando incontrolavelmente e com febre alta — digo enquanto coloco apressadamente uma camisa. — Ele precisa ir para um hospital imediatamente.

Os olhos de Chloe se arregalam. — Ah, não. Eu vou contigo.

— Caralho, não. — Meu tom é muito áspero, mas

não me importo. O medo, agudo e metálico, cobre minha língua. Meu filho está doente. Tão doente que não tenho escolha a não ser arriscar expor seu paradeiro. A última coisa de que preciso é que Chloe também esteja em perigo. — Você vai ficar aqui, onde é seguro.

Ela pisca para mim. — Mas...

— Ligarei para você no caminho. — Pegando seu queixo, eu roubo um beijo breve e forte, e então estou correndo para o quarto de Slava, minha mente apenas no meu filho e a maneira mais rápida de levá-lo a um hospital.

40

CHLOE

— MAIS CAFÉ? — ALINA PERGUNTA, E EU ASSINTO, pulando do banco do balcão para ir até a janela da cozinha. Está escuro como breu lá fora, sem nem mesmo uma lasca de luar visível por trás das nuvens espessas.

Eles estão prometendo tempestades esta noite – o que não é bom, dada a velocidade com que Nikolai, Pavel e quatro dos guardas estão dirigindo por aquelas estradas sinuosas nas montanhas em seus SUVs. Lyudmila foi com eles para ajudar a cuidar de Slava, então, Alina e eu somos as únicas que sobraram na casa.

As únicas que não *podem* sair de casa.

De acordo com Alina, Nikolai colocou todos os guardas restantes em alerta máximo, então, cinco deles estão vigiando a própria casa, enquanto o restante está patrulhando o perímetro do complexo em caso de um ataque.

— Que ataque? — Eu perguntei quando ela me disse isso. — Slava está simplesmente doente.

Ela me deu um olhar sugerindo que eu sou uma idiota ingênua. — Há doentes e há doentes, e não sabemos o que é.

— Você acha que ele pode ter sido *envenenado*?

— Não podemos descartar nada — respondeu ela, me fazendo perceber mais uma vez o quão diferente a educação dela e de seus irmãos tinha sido da minha.

No meu mundo, ninguém machucaria uma criança deliberadamente.

Eu me afasto da janela e caminho de volta para o balcão da cozinha.

— Mais alguma atualização de Pavel ou Lyudmila?

— Não. — Alina me entrega uma caneca de café fresco. Seus olhos estão tão cansados quanto os meus, mas sua maquiagem e vestido são impecáveis - acho que com a chance de sermos convidados para um baile de gala no meio da noite. — Acho que ainda não chegaram ao hospital — ela continua enquanto tomo um grande gole do meu café. — Lyudmila disse que me mandará uma mensagem quando isso acontecer.

O líquido quente queima o céu da minha boca, mas bebo o resto da caneca mesmo assim, saboreando masoquisticamente a dor. Isso me impede de pensar nas possibilidades mais aterrorizantes, como Slava ter sido envenenado para atrair ele e Nikolai para fora da segurança do complexo, ou o carro deles despencando de um penhasco em alguma estrada escura e escorregadia.

Para piorar a situação, não posso nem ligar ou enviar uma mensagem de texto para Nikolai para me tranquilizar, pois ele esqueceu seu telefone aqui.

— Isso não é típico dele — murmuro, olhando novamente para o aparelho que trouxe comigo depois de encontrá-lo em nosso quarto. — Ele nunca se esquece de nada.

Alina acena sombriamente.

— Eu sei. Eu nunca o vi tão preocupado. Bem, exceto por aquela vez com você.

Certo. Quando eu fugi e ele teve que me salvar dos assassinos – um incidente que agora parece uma vida inteira atrás.

Colocando a caneca vazia na mesa, volto para a janela, meu peito aperta e meu estômago em chamas de nervosismo e excesso de cafeína. Nunca me senti tão inútil e desamparada – ou tanto como uma prisioneira. Embora eu soubesse o tempo todo que Nikolai não me deixaria sair do complexo, isso nunca bateu tão fundo até esta noite, quando ele se recusou abertamente a me levar com ele.

Logicamente, eu entendo o porquê – ele não precisa se preocupar comigo assim como com Slava – mas isso não muda o fato de que eu não posso estar com as duas pessoas de quem mais gosto... que estou presa aqui, não importa o quê.

— Eu já volto — diz Alina e sai da cozinha, provavelmente para usar o banheiro. Debato se sirvo outra caneca de café enquanto espero, mas decido que três canecas devem ser o suficiente por agora. Em vez disso, pego o telefone de Nikolai e deslizo pela tela para evitar que esteja desbloqueado.

Claro que não. Meu marido obcecado por segurança nunca seria tão descuidado a ponto de deixar um telefone desbloqueado por aí. O dispositivo exige uma impressão digital ou uma senha, e eu não tenho nenhuma.

Suspirando, coloco o telefone no balcão e começo a andar. Isso é tortura no sentido real da palavra. Estou tão preocupada com Slava e Nikolai que me sinto fisicamente doente, uma sensação agravada por ocasionais lampejos distantes de relâmpagos e trovões.

A tempestade ainda não chegou aqui, mas pode já estar onde eles estão.

Deus, e se eles não chegarem ao hospital a tempo? Uma agulha gelada perfura meu coração. *E se Slava estiver tão doente que morre?* É um pensamento que eu não tinha me permitido antes, mas agora que se infiltrou, não posso bani-lo, e a ansiedade doentia se expande, obstruindo o ar em meus pulmões.

Eu deveria estar lá com eles.

Eu deveria estar naquele carro.

— Onde você deveria estar é seu quarto, tentando descansar um pouco — Alina diz baixinho, e eu giro, assustada ao encontrá-la de volta em seu banquinho.

Quando ela voltou? Além disso, eu estava falando em voz alta?

Devo ter falado, porque ela está me olhando com

uma simpatia cansada enquanto segura outra caneca de café em suas mãos. Mesmo que ela seja normalmente uma bebedora de chá, esta noite ela está injetando coisas de verdade, assim como eu.

— Você realmente acha que seremos atacados? — Eu pergunto, ignorando sua sugestão absurda. — E em caso afirmativo, por quem? Meu pai?

Alina suspira e apoia o queixo na mão.

— Ou um de nossos inimigos. Deus sabe que há muitos – não que Nikolai ou Valery me digam algo.

— Mas Konstantin sabe? — Pelo que descobri nas últimas semanas, ela tem um relacionamento muito mais próximo com seu irmão mais velho, o gênio da tecnologia. Os dois conversam pelo menos algumas vezes por semana.

— Às vezes. Quando ele pensa que não vai me aborrecer. — Sua linda boca se torce. — Ele acha que sou tão frágil que vou desmoronar ao menor sinal de uma má notícia. Especialmente qualquer coisa a ver com... — Ela para. — Deixa pra lá. O que quero dizer é que não estou exatamente por dentro.

Nem eu, e não tenho a desculpa das dores de cabeça de Alina, que Nikolai me disse derivam quase inteiramente de seu estado mental.

— Algumas pessoas têm dores de estômago quando estão estressadas, ela tem dores de cabeça. Fortes — explicou ele quando ela não desceu para jantar por causa de uma enxaqueca um dia. — Às vezes elas duram vários dias e ficam tão fortes que ela tem que se desmaiar com um coquetel inteiro de merda viciante. Felizmente, esta não será uma delas.

Não foi, felizmente, e Alina estava de volta ao seu estado normal no dia seguinte. Mas posso ver por que Konstantin se preocupa - nunca vou esquecer a bagunça drogada que ela estava naquela manhã em meu quarto.

Se Alina ainda não tem um problema com analgésicos, ela não está longe disso.

— Você acha que ela pode se beneficiar de algo como a reabilitação? — Eu perguntei a Nikolai mais tarde naquele dia. — Ou, pelo menos, terapia?

— Ela odeia psiquiatras e se recusa a falar com eles — ele me disse. — Quanto à reabilitação, nós consideramos isso, mas não está claro se ela é realmente viciada. Seu uso de drogas é esporádico, centrado em momentos de estresse extremo. Começa com dores de cabeça mais frequentes e depois se transforma em espiral até que as dores de cabeça não sejam mais o problema principal. Ela sempre foi capaz de parar de tomar os comprimidos depois de um tempo, é por isso que permito que ela continue a usá-los. Eles são a única maneira de ela escapar da dor paralisante quando ela atinge.

— E a maconha? — Eu perguntei com cuidado, não querendo delatar Alina no caso de Nikolai não saber sobre suas ocasionais sessões de fumo com Lyudmila. — Talvez isso possa ajudar também?

Sua boca se curvou. — Certo. É por isso que não

digo nada quando ela chega cheirando a um café de Amsterdã.

Então ele sabia. Eu não fiquei surpresa. Ele vê tudo o que acontece por aqui – incluindo as contradições emaranhadas em minha cabeça.

Eu o amo. Não tenho nenhum problema em admitir isso agora, para mim e para ele. E ele diz que me ama. Deve ser o suficiente, mais do que suficiente, mas não é. Mesmo quando estou em seus braços no calor do sexo alucinante, há uma distância inexplicável entre nós, palavras não ditas e medos não expressos.

É principalmente minha culpa, eu acho. Por um lado, eu ainda não fui capaz de perguntar sobre seu pai. Cada vez que surge uma oportunidade, eu fico com medo. A escuridão em Nikolai é como um ímã de dois lados, atraindo e me repelindo ao mesmo tempo. Quero conhecê-lo completamente, entender seu passado tão bem quanto ele entende o meu, mas tenho medo de me aprofundar na parte dele que vi naquele dia na floresta, quando ele lidou com os assassinos.

Às vezes, quando acordo no meio da noite aninhada contra ele, posso ouvir os gritos do assassino torturado e quero gritar também.

Eu também não posso esquecer a ameaça de Nikolai de me drogar para me casar com ele. Não chegou a esse ponto, mas eu sei que seria. Porque para meu marido, amor e posse são o mesmo.

Ele faria qualquer coisa para me ter.

Claro, bagunça contraditória que sou, nem sempre

me importo com sua crueldade. Há momentos em que fico feliz por ele ter forçado o assunto, ultrapassando os estágios normais de um relacionamento em favor do casamento. E definitivamente há momentos em que gosto de seu lado mais sombrio na cama - quase todas as vezes em que ele o expõe, na verdade. Nossa vida sexual é tão quente quanto variada, e por mais esmagadora que sua fome por mim possa ser, eu nunca fico insatisfeita, a tal ponto que tenho que questionar se talvez haja algo de errado comigo... se é saudável me perder em seu abraço tão completamente.

No abraço de um homem que é, em muitos aspectos, ainda meu captor.

Sentando em um banquinho do balcão ao lado de Alina, pego o telefone de Nikolai e distraidamente deslizo pela tela novamente.

Sim, aí está, exigência de senha.

Qualquer que seja. Eu nem sei por que quero entrar nisso. O que eu realmente preciso é falar com Nikolai, mas tenho certeza de que ele está muito ocupado com Slava e navegando nessas estradas complicadas.

— Por que você continua fazendo isso? — Alina pergunta enquanto eu deslizo pela tela novamente. — Você quer ler as mensagens dele ou algo assim?

Afasto o telefone. — Não. Pode ser. Não sei. — O que eu quero é Nikolai na cama ao meu lado e Slava dormindo profundamente no corredor, mas nenhuma delas é uma possibilidade agora.

— Experimente 785418 — diz Alina. Ao meu olhar

assustado, ela explica: — Tenho uma boa memória para números, e vi Nikolai digitar algumas semanas atrás. Ele pode ter mudado agora, no entanto.

Meus dedos já estão voando sobre a tela sensível ao toque. — Estou dentro! — Eu sorrio para ela triunfantemente. — *Estamos* dentro.

Então as implicações me atingem.

Alina acaba de me ajudar a invadir a privacidade de Nikolai de uma maneira importante.

De repente, não me sinto bem sobre isso.

Ela deve ler no meu rosto.

— Ele esteve colado a essa coisa na semana passada — diz ela, e ouço a frustração em sua voz. — Ele não me disse o porquê, mas pode ter algo a ver com todos os guardas sendo colocados no código vermelho - e eu não sei sobre você, mas se houver uma ameaça específica lá fora, eu quero saber o que é. Estou cansada de ficar no escuro.

Enquanto eu me mantive de boa vontade no escuro por semanas, novamente nem mesmo perguntando sobre o andamento de nossos planos para Bransford.

Meu desconforto se transforma em vergonha por minha covardia. Preparando-me, entrego o telefone para Alina.

— Aqui. Você saberia melhor onde procurar. — Vou me desculpar com Nikolai por invadir sua privacidade assim que a crise passar.

Ela confirma, e eu corro em sua direção enquanto seus dedos de pontas vermelhas voam sobre a tela. O primeiro lugar que ela vai é a caixa de entrada, onde ela rola rapidamente as linhas de assunto, muitas das quais estão em russo. Abrindo uma mensagem, ela passa rápido, uma pequena carranca divide o espaço entre suas sobrancelhas escuras enquanto seus olhos se movem sobre o texto em russo.

— Então? — Eu pergunto quando ela fecha o e-mail e volta a percorrer a caixa de entrada. — Alguma coisa?

Ela levanta os olhos da tela e pisca, como se tivesse esquecido que estou lá.

— Na verdade — Sua voz é estranha, porém, tensa e um pouco sufocada. Assim como o sorriso que ela direciona para mim quando acrescenta: —, apenas a besteira de sempre.

— Posso? — Sem esperar pela resposta dela, pego o telefone de volta e leio as linhas de assunto eu mesma. Minha incapacidade de ler russo é um sério obstáculo, então, saio da caixa de entrada e verifico os textos. Nikolai usa um aplicativo que nunca vi para isso - criptografado, provavelmente - e a maioria dessas mensagens também está em russo.

Tanto esforço na minha grande tentativa de hackear.

Estou prestes a desligar o telefone quando um ícone no canto superior esquerdo da tela chama minha atenção. É um dos poucos aplicativos neste telefone, e sua localização privilegiada me diz que deve ser algo que Nikolai usa muito.

Intrigado, clico no ícone - uma casinha - e uma

série de imagens, ou melhor, vídeos, preenche a tela. Cada um é pequeno demais para ver qualquer coisa em detalhes, então, clico naquele onde vejo algum movimento.

Alina olha para a tela por cima do meu ombro. — É...

— Esta cozinha, sim. — Na verdade, estou olhando para nós duas sentadas ao telefone. Franzindo a testa, eu olho para o teto e para os armários. O ângulo do vídeo sugere que as câmeras estão no alto e à nossa esquerda, mas não importa o quanto eu olhe, não as vejo.

Eu fecho o feed da cozinha e amplio outra imagem, então, todo o resto por sua vez.

Sala de estar.

Sala de jantar.

Terraço com paredes de vidro.

Lavandaria.

Corredor no andar de cima.

Escadaria.

Quarto de Slava.

Meu antigo quarto.

Meu coração bate mais rápido, um aperto desagradável envolvendo meu peito.

Com certeza, aí está, nosso quarto.

— O meu quarto também está aí? — Alina pergunta, seu tom cuidadosamente calmo. Ela também não devia saber sobre as câmeras - e pensar que um momento atrás, eu me senti mal por invadir a privacidade de Nikolai.

Volto para a tela inicial do aplicativo e examino cuidadosamente a coleção de pequenas visualizações de câmeras. — Não estou vendo — digo a Alina. — Aqui, dê uma olhada.

Ela analisa metodicamente cada tela.

— Nada do meu quarto — ela conclui, parecendo aliviada. — Nem de Pavel e Lyudmila. O que faz sentido - provavelmente foi Pavel quem instalou as câmeras. Ele é bom com tecnologia de segurança.

— Instalado quando? — Meu melhor palpite é que esta é uma versão avançada de uma câmera babá, algo que Nikolai implementou quando decidiu colocar o anúncio de um tutor. Nesse caso, as câmeras teriam sido instaladas pouco antes ou logo depois da minha chegada, quando eu ainda era uma estranha e, portanto, não era confiável para o Slava. Embora o porquê de nosso quarto, originalmente o quarto de Nikolai, ser conectado também seja um mis...

— Parece que o aplicativo foi instalado há alguns meses — diz Alina, verificando as configurações. — Mas houve duas atualizações desde então: uma em julho logo após a sua chegada e outra, bem maior, mais recentemente. Na verdade, há uma semana. — Seus olhos encontram os meus. — Bem na época em que comecei a ver Kolya colado nesta tela.

Também na mesma época em que disse a ele que o amava.

Talvez seja tudo uma coincidência. Talvez não tenha nada a ver comigo e tudo a ver com o e-mail a que Alina reagiu de forma tão estranha, mas meus instintos me dizem o contrário.

As câmeras estão lá para mim. Para me vigiar.

A obsessão de meu marido por mim está crescendo, terrivelmente, e porque mantive minha cabeça na areia como um avestruz, ainda não sei do que ele é realmente capaz.

41

NIKOLAI

— Os exames acabaram de voltar — o médico me informa quando eu volto para o quarto de Slava após uma breve pausa para o banheiro. — Envenenamento por Salmonela.

Minha respiração escapa da minha garganta firmemente cerrada quando uma onda de alívio bate em mim. Eles já pararam os vômitos de Slava e deram a ele fluidos intravenosos, mas até este momento, não tínhamos ideia do que o deixou tão doente.

Salmonela.

Não é um veneno exótico do qual não haja cura.

Porra de salmonela.

Viro-me para Lyudmila, que tem a infelicidade de ser a única outra pessoa no quarto.

— Você o deixou tocar em carne crua ou ovos?

Ela empalidece. — Não, eu juro! Ele nem comeu ovos hoje, a menos que... — Seus olhos se arregalam e ela pressiona a mão na boca. — Ah, não.

— O quê? Desembucha.

— Massa de biscoito — ela sussurra, seu rosto redondo pálido. — Acho que ele deve ter provado a massa de biscoito crua. Pavel estava fazendo aqueles biscoitos de chocolate para o jantar, e Slava e eu entramos para pegar algumas frutas para um lanche...

Porra. Que sorte terrível. Deve ter havido um ovo com a bactéria e, claro, Slava teve que comer aquela massa de biscoito. Em retrospecto, tinha que ser algo assim; eu examinei pessoalmente cada um dos guardas, e com nossa segurança sendo tão rígida como é, as chances de algum assassino ser capaz de infiltrar veneno no complexo eram quase zero. Ainda assim, eu não poderia descartar isso completamente - não até que esses testes chegassem.

— Esses envenenamentos são muito mais comuns do que você imagina, especialmente entre os idosos e os jovens — o médico interrompe, discernindo a essência da minha conversa com Lyudmila, apesar de ser em russo. — Salmonela é notoriamente resistente se estiver dentro da gema. Você teria que ferver o ovo por mais de oito minutos para garantir que mataria tudo, e quase ninguém faz isso. — Ele suspira. — Você não acreditaria no número de pessoas que aterrissam no pronto-socorro depois de sua omelete ou ovos mexidos - e eu nem estou falando sobre ovo frito com gema mole ou molho holandês e sei lá o quê. Essas são basicamente uma roleta russa... sem ofensa.

Estou muito aliviado para ficar irritado.

— Quais são os próximos passos? — Lancei um

olhar preocupado para a cama de tamanho adulto onde Slava está dormindo, seu pequeno rosto pálido e cansado de todo o vômito e diarréia. Ele já está parecendo melhor com todos os fluidos, mas ainda estremeço com a lembrança de nossa viagem frenética aqui, durante a qual tudo que eu conseguia pensar era se ele conseguiria ou não.

— Normalmente, nós apenas deixaríamos a doença seguir seu curso, mas ele está com febre, então, estamos dando a ele alguns antibióticos para o caso. Entre isso e os fluidos, ele deve estar se sentindo significativamente melhor em breve. Eu gostaria de mantê-lo para observação por mais um dia ou mais, no entanto.

— Claro. — e eu soubesse que era salmonela, teria arranjado uma equipe médica para cuidar de Slava em casa, como fiz com Chloe, mas estava com tanto medo de que meu filho tivesse sido envenenado ou exposto a alguma neurotoxina exótica que não podia correr o risco de não ter os especialistas ou equipamentos certos à mão. E agora que estamos no hospital, não faz sentido tirar o Slava de todas as máquinas e dirigir de volta na tempestade. Para uma cura mais rápida, ele precisa descansar e deixar os antibióticos fazerem seu trabalho.

Eu só tenho que esperar que os Leonovs não percebam nossa presença aqui - ou que, quando isso acontecer, já estejamos muito longe.

O médico vai embora e Lyudmila, de aparência contrita, também pede licença para ir ao banheiro. Nós dois estávamos esperando ao lado da cama de Slava enquanto Pavel e os guardas patrulhavam o corredor. Não que eu esteja esperando um ataque em um hospital americano – pelo menos não estou agora que sei que meu filho não foi deliberadamente envenenado. O complexo provavelmente não corre maior perigo, embora eu não esteja dizendo aos guardas para mudar do código vermelho até que estejamos de volta.

Eu esqueci a porra do meu telefone e, embora Lyudmila esteja trocando mensagens de texto com Alina e eu saiba que está tudo bem em casa, não ser capaz de assistir Chloe pelas câmeras me deixa profundamente inquieto.

É como se alguém tivesse me vendado ou cortado meus olhos.

— Deixe-me usar seu telefone um pouco — digo a Lyudmila quando ela retorna, e ela o entrega para mim antes de desaparecer discretamente do quarto.

Assim que ela sai, ligo para minha irmã e peço que chame Chloe se ela ainda estiver acordada.

Se eu não consigo ver minha zaychik, pelo menos vou ouvir a voz dela.

— Primeiro me diga como está Slava — diz Alina.

Rapidamente, informo sua condição – Lyudmila já a informou sobre o diagnóstico de salmonela – e peço novamente para falar com Chloe.

— Me dê um minuto. — A voz de Alina possui uma nota peculiar. Espero que ela não esteja tendo outra enxaqueca, embora eu não ficaria surpreso se ela tivesse, dados os acontecimentos da noite.

Não tenho tendência a ter dores de cabeça, mas

sinto como se minhas têmporas estivessem sendo golpeadas por martelos.

Espero impacientemente que Chloe pegue o telefone. Eu provavelmente deveria ter ligado antes, em vez de deixar Lyudmila mantê-las informadas da situação, mas eu precisava saber o que estava acontecendo com Slava primeiro. O medo era como uma pedra no meu peito, mas agora posso finalmente respirar – e falar como um ser humano racional.

Uma hora atrás, eu estava prestes a arrancar a garganta da equipe médica com os dentes por causa de suas tentativas de nos fazer esperar a nossa vez de internação.

Felizmente, o dinheiro fala alto até mesmo nos cafundós da floresta, então, assim que eu disse à recepcionista do pronto-socorro que faria uma doação de um milhão de dólares para o departamento de crianças se meu filho fosse tratado imediatamente, as coisas ficaram muito mais tranquilas, e eu não precisei recorrer a medidas mais extremas – como, digamos, plantar balas em algumas das cabeças mais duras.

— Nikolai, oi. — A voz suave de Chloe é como um cobertor quente me envolvendo, diminuindo a dor na minha cabeça e liberando a tensão no meu pescoço e ombros. Eu não tinha percebido até este momento como eles estavam tensos.

Afastando-me da cama de Slava, vou até a janela para me certificar de que não o acordei. — Oi, zaychik. Como você está?

— Melhor agora que sei que você e Slava estão

seguros — ela diz baixinho, e ouço um pequeno puxão em sua respiração. — Eu estava tão preocupada, com a tempestade e tudo.

Meu peito aperta com ternura.

— Estamos bem. Conseguimos. — Mantendo minha voz baixa, conto a ela tudo sobre a viagem horrível - como Slava passou mal durante todo o tempo, e como tivemos que parar uma dúzia de vezes para que ele vomitasse e fosse ao banheiro na chuva torrencial. Como eu sempre desejava ser aquele cujas vísceras estavam sendo torcidas do avesso, e como fiquei apavorado de que chegássemos ao hospital tarde demais.

— Eu sabia que crianças adoeciam — eu digo asperamente. — E eu sabia que Slava poderia pegar algo um dia, embora ele seja forte e saudável. O que eu não sabia era que seria assim... como se alguém estivesse serrando meu coração com uma faca cega, cortando-o uma célula de cada vez.

— Claro. — O tom de Chloe é suave, gentilmente simpático. — Os pais sempre se sentem assim quando algo não está certo com seus filhos. Uma vez, mamãe me disse que não sabia o que significava preocupação até que ela me teve, e, então, ela não soube mais como era existir *sem* preocupação.

Eu aperto a ponta do meu nariz. — Excelente. Simplesmente ótimo.

— Ela também me disse que não trocaria ser minha mãe por nada neste mundo. — Ela faz uma pausa e pergunta baixinho: — Você faria isso? Trocar ser o pai de Slava por paz de espírito?

— Caralho, não. — Eu olho para a pequena figura na cama, e a sensação de aperto e desconforto que tentei evitar no início invade meu peito novamente. Desta vez, porém, reconheço isso como preocupação. Preocupação e amor profundo, que tudo consome. Um tipo de amor diferente da paixão obsessiva que Chloe desperta em mim, mas não menos potente.

Eu mataria por ambos.

Eu morreria pelos dois.

Se eu perdesse qualquer um, não sei como continuaria.

— Então, quando você acha que vai voltar para casa? — Chloe pergunta, e assim como Alina, eu percebo uma inflexão estranha em sua voz. Não um aperto, precisamente, mas algo ligeiramente estranho.

— Devemos estar de volta antes da noite — eu digo, olhando para o relógio. São cinco da manhã, quase de manhã, embora ainda esteja escuro lá fora. — Zaychik... está tudo bem?

O tom de Chloe agora está visivelmente tenso. — Claro. Por que não estaria?

— Me diga você. Algo está errado?

— Não, nada. Apenas... volte para casa e nós conversaremos.

— Conversar? A respeito? Aconteceu alguma coisa enquanto estive fora?

— Não, claro que não. — Ela respira fundo. — Está

bem. Tudo está bem. Cansada de ficar acordada a noite toda, só isso.

Ela está mentindo. Tenho certeza de que ela está mentindo e estou prestes a pressioná-la por respostas quando Pavel entra na sala.

— Masha está no telefone — diz ele secamente, entregando-me seu aparelho. — A operação finalmente começou. Ele está vindo para a casa dela em quinze minutos.

Porra. — Zaychik, eu tenho que ir. Durma um pouco e eu ligo para você mais tarde hoje, ok?

Sem esperar pela resposta de Chloe, desligo e levo o telefone de Pavel ao ouvido.

— Você tem as câmeras todas configuradas? E o feed ao vivo?

A voz de Masha está brilhante como sempre. — Claro.

— Envie a gravação para Konstantin para edição e para a transmissão ao vivo, direcione-a para este telefone. Eu não tenho o meu comigo.

— Sem problemas. Agora, sobre o Plano B…

— Concentre-se apenas no Plano A. — Eu preciso de Bransford comprometido, não morto, de acordo com meu acordo com Chloe.

Masha solta um suspiro exasperado.

— Eu irei, obviamente. Mas se algo der errado e eu não conseguir contê-lo, você ainda quer que eu o elimine hoje, certo? Não vou conseguir chegar tão perto de novo.

Eu esfrego minha sobrancelha esquerda, atrás da

qual os martelos de crânio estão de volta ao trabalho. O trunfo de Valery foi cristalino sobre o que ela fará e o que não fará neste trabalho, e embora ela não seja avessa a ter Bransford rude um pouco por causa de um vídeo convincente, ela não o deixará trepar com ela.

— Basta fazer o seu melhor para garantir que não chegue a esse ponto — digo finalmente. — E se você tiver que ir para o Plano B, use a droga.

Embora seja difícil explicar a morte de Bransford para Chloe, farei o que for preciso para protegê-la.

Até mesmo voltar atrás na minha palavra a ela.

42

CHLOE

Eu acordo com minha boca seca e meus olhos tão ásperos como se estivessem cheios de areia. Piscando contra a luz brilhante que preenche o quarto, eu olho para um relógio – e pulo na cama.

Cinco da tarde.

Que porra é essa?

Antes que eu possa organizar meus pensamentos, há uma batida silenciosa na porta do quarto, e Alina enfia a cabeça para dentro. — Ah, bom. Você finalmente acordou.

Pego uma garrafa d'água da mesa de cabeceira e bebo para aliviar a sensação de ressecamento na garganta. — O que aconteceu? — Falo rouca quando cada gota preciosa de líquido acaba. Sinto-me atordoada e tonta, como se tivesse sido drogada.

Alina entra, parecendo renovada e glamorosa, como se tivesse acabado de sair de um spa de salão de serviço completo. Eu, por outro lado, sinto – e provavelmente pareço - como algo que os guaxinins não pescariam em uma lata de lixo.

— Você não conseguiu dormir o resto da noite, então, foi tirar uma soneca no meio da manhã, lembra? — diz ela, empoleirando-se graciosamente na beira da cama.

Eu olho para o relógio novamente, como se isso mudasse a hora exibida nele.

— Mas já são cinco. Como podem ser cinco se eu desci para tirar uma soneca pela manhã?

Ela sorri. — O que posso dizer? Quando você dorme, você dorme pesado. — Ela cruza suas longas pernas. — Meu irmão ligou cerca de dez vezes até agora, exigindo falar com você. Eu disse a ele que estava deixando você dormir.

Minha frequência cardíaca aumenta. — Algo está errado? Slava...

— Não, não, está tudo bem. Eles já estão voltando para casa, devem chegar aqui em menos de uma hora.

— Oh, Slava...

— Está muito melhor — ela me garante. — O médico iria mantê-lo em observação até esta noite, mas ele não vomitou nenhuma vez desde a manhã e foi capaz de comer canja de galinha e gelatina no almoço, então, o dispensaram mais cedo.

— Oh! Graças a Deus. — Mal posso esperar para abraçar Slava e beijá-lo muito. Eu só tive um vislumbre dele ontem à noite quando Nikolai correu para fora de casa com a criança em seus braços, mas sua aparência pálida e fraca me assombrou, fazendo-me sentir exatamente como Nikolai descreveu: como se uma lâmina cega estivesse cortando meu coração.

Acho que meu marido não é o único que consegue se sentir pai hoje em dia. A cada semana que passa, o filho de Nikolai penetra mais fundo em meu coração, e agora estou no ponto em que não poderia amá-lo mais se ele saísse do meu próprio corpo – e ficaria arrasada se algo acontecesse com ele.

— Você está com seu telefone? — pergunto a Alina. — Eu quero ligar de volta para Nikolai.

Quero falar pessoalmente com Slava e ter certeza de que ele está realmente se sentindo melhor, e também estou morrendo de vontade de ouvir a voz de Nikolai.

Não importa o quão assustadoras eu ache essas câmeras, não posso deixar de sentir falta dele, ansiando por ele da maneira mais visceral possível – é por isso que o pensamento de nossa próxima conversa me impediu de adormecer na noite passada, mesmo depois que eles chegaram com segurança ao hospital e sabíamos que Slava ficaria bem.

— Não tenho comigo, mas posso pegar — diz Alina, levantando-se. — Não sei se você deveria ligar para ele agora. Eles estarão aqui em breve, então, vocês podem conversar.

Hesito, então aceno. — Ok.

Ela está certa. Agora que eles estão quase aqui, é melhor esperar. Por mais breve que tenha sido nossa conversa na noite passada, Nikolai de alguma forma sentiu que eu estava chateada, e se não fosse pelo que o distraiu, tenho certeza de que ele teria me pressionado por respostas. Deve ser por isso que ele continuou ligando durante o dia, e por isso é melhor se eu apenas falar com ele pessoalmente.

É hora de eu deixar de ser um avestruz e aprender a verdade – e ambos colocarmos nossas cartas na mesa.

Quarenta minutos depois e quase na hora do jantar, o SUV para na frente de casa. Passei esses quarenta minutos me preparando, tanto mental quanto fisicamente. Meu cabelo está penteado e enrolado em um coque, minha maquiagem é quase tão perfeita quanto a de Alina e estou usando um vestido branco cintilante com duas fendas laterais que mostram minhas pernas e meus saltos dourados de tiras. Em minhas orelhas está um par de brincos de diamantes que Nikolai me deu de presente, e em volta do meu pescoço está o colar em forma de coração que Alina me emprestou uma vez, para meu primeiro jantar arrumada aqui. Eu usaria uma das minhas próprias peças, mas ela insistiu que seu colar era o que a roupa exigia.

— Confie em mim nisso — disse ela misteriosamente. — Isso é precisamente o que Nikolai precisa ver esta noite.

Decidi fazer exatamente isso e confiar nela por enquanto, embora não esteja curiosa para saber o que ela quis dizer. Se eu não obtiver todas as respostas de Nikolai esta noite, vou tirá-las dela.

Chega de enterrar minha cabeça na areia.

Cansei de ser uma covarde.

Apesar da minha determinação, meu coração bate de forma irregular enquanto desço as escadas correndo para cumprimentar meu marido e nosso filho.

Slava chega primeiro – ou melhor, invade como a pequena bola de energia que um garoto de sua idade pode ser.

— Mama Chloe! — Ele corre direto para mim, e eu o pego no meio de um salto, cambaleando para trás sob o peso de seu corpo pequeno, mas robusto, enquanto meu tornozelo previamente machucado balança em seu salto de tiras. Ele cheira a remédio e xampu de bebê, e estou tão feliz de sentir seus braços curtos apertando meu pescoço que não me importo com o potencial de nova lesão – ou minha maquiagem borrando quando ele aplica beijos úmidos e fortes em minhas bochechas.

— Eu vomito muito — ele anuncia triunfantemente depois que eu finalmente o coloco no chão, e não posso deixar de rir quando ele começa a contar uma história sobre suas aventuras no hospital em uma mistura emaranhada de inglês e russo, com a essência da história se resumindo a como todo o vômito foi nojento.

— O que é isso? Você não deveria estar todo fraco e doente? — Alina pergunta com diversão, e eu percebo que ela desce para ficar ao meu lado. Sorrindo enormemente, ela fica de joelhos e agarra Slava em um grande abraço enquanto sussurra para ele conspiratoriamente em russo.

— Sim, eu sou o *Super-Homem* — declara ele quando ela termina, e eu rio de novo, feliz por vê-lo tão bem.

— Ele dormiu a maior parte do caminho até aqui e acordou com toda essa energia — diz Nikolai, sua voz profunda me assustando tanto que giro bruscamente - e quase caio quando o tornozelo estúpido se dobra embaixo de mim, enviando um pico de dor subindo pela minha perna.

Eu digo "quase" porque, como sempre, Nikolai me pega, seus braços poderosos fechando ao meu redor antes que eu bata no chão.

— Calma aí, zaychik — ele murmura, seus olhos um tom mais verde de ouro enquanto ele me firma contra seu corpo grande e quente e me olha, me segurando pelos braços. — Uma viagem ao hospital é suficiente.

Meu coração se teletransporta para a minha garganta quando o impacto total de sua proximidade me atinge como uma bola de demolição. Meus joelhos se juntam ao meu tornozelo em flexão, e minha pele se inflama com sensações, cada célula bebendo o calor que emana de seus dedos, a deliciosa força e aspereza de suas palmas calejadas. Como Slava, ele cheira a hospital, mas por baixo há uma sugestão sedutora de bergamota e um traço ainda mais fraco de cedro, misturado com aquele aroma quente e masculino que é todo seu.

— Você está aqui. — É um comentário idiota, mas

todos os meus neurônios parecem ter saído para fazer uma caminhada. Tudo o que posso fazer é olhar para seu rosto com maçãs do rosto salientes e largas e queixo feroz, paralisado pela justaposição de selvageria e elegância que o torna uma contradição tão perigosamente atraente.

Meu marido.

Meu protetor.

Meu observador secreto.

Seu amor é algo para desejar ou temer?

Ele segura minha bochecha, seus olhos escurecendo enquanto seu olhar desce para os meus lábios. — Estou aqui, zaychik. — Ignorando nosso público, ele inclina a cabeça e pousa sua boca contra a minha, reivindicando-a em um beijo profundo e ardente.

Meu coração está acelerado no meu peito, minha pele, excessivamente quente no momento em que ele se afasta. Como de costume, todos estão ignorando nossa ultrajante demonstração de carinho. Pavel e Lyudmila também chegaram e estão conversando com Alina em russo, enquanto Slava interrompe com suas próprias histórias.

Eu olho para trás para Nikolai - apenas para congelar ao ver o olhar arrepiante em seu rosto. Seu olhar está colado na minha garganta, um músculo pulsando violentamente em sua mandíbula. O que...?

E então eu percebo o que ele está olhando.

Não minha garganta.

O colar que Alina me deu, aquele que ela disse que ele precisava ver esta noite.

Com repentina clareza, lembro-me de seus resmungos drogados naquela manhã horrível em que fugi. Como tantas outras coisas relacionadas à minha situação, não me permiti pensar sobre as palavras reais dela nas últimas semanas, ficar pensando nelas por muito tempo. Mas agora elas vêm a mim, junto com tudo o mais que ouvi sobre esta família, sobre como Nikolai é tão parecido com seu pai.

Se eu ainda tivesse dúvidas de que meu marido e eu precisamos ter essa conversa, elas evaporam neste exato momento – porque se a suspeita que se forma em minha mente estiver certa, Alina não é a única que está lidando com um grande trauma.

Fingindo que tudo está normal, me afasto de Nikolai e me aproximo para pegar a mão de Slava. — Venha, querido, vamos levá-lo para a cama. Vamos alimentá-lo com o jantar lá.

— Eu faço isso — Lyudmila oferece, mas eu balanço minha cabeça com um sorriso.

— Pode deixar. Eu senti falta dele.

— Vou me juntar a você — diz Nikolai, seu olhar encoberto, e meu pulso acelera ainda mais quando ele pega Slava e o carrega escada acima na minha frente.

Nós dois damos banho em Slava e o colocamos na cama, onde ele toma um pouco de sopa e imediatamente adormece, sua explosão de energia expirando rapidamente.

— É sempre assim com crianças? — Nikolai pergunta em um tom abafado, passando a palma da mão larga sobre a testa de Slava. Seu olhar perplexo muda para mim. — Quando eles ficam doentes, quero dizer? De zero a sessenta e depois de volta?

Eu sorrio apesar da turbulência em meu peito. — Não, nem sempre. Slava é apenas o *Super-Homem*. Você não ouviu?

Seu sorriso de resposta desencadeia uma explosão de endorfinas em meu cérebro.

— Oh, sim, *há* um boato circulando.

E por alguns segundos, isso é o suficiente - este momento descomplicado de alegria compartilhada, de alívio porque a criança que amamos ficará bem. Mas, então, o sorriso de Nikolai desaparece, e meu pulso muda em alta velocidade enquanto o espaço entre nós se enche de consciência fervente, com aquela química abrasadora que parece um fio elétrico dançando na minha pele. Estamos sentados a apenas trinta centímetros de distância, mas mesmo essa pequena distância de repente parece demais... demais e não o suficiente, ao mesmo tempo.

Eu engulo quando ele levanta a mão e alcança minha bochecha, seu polegar áspero acariciando meu lábio inferior, fazendo-o formigar.

— Zaychik... — Sua voz é um veludo escuro. — Senti sua falta.

E eu também senti sua falta. Tanto. As palavras fazem uma pirueta na ponta da minha língua, prontas para voar. Seria tão fácil cair de volta em seus braços, esquecer o que vi em seu telefone e não me incomodar. Para mergulhar de volta em nossa rotina de lua de mel falsa e fingir que não há nada de assustador sobre um marido que me observa obsessivamente quando estamos separados... um assassino cujo passado complicado ainda é um mistério assustador.

— Nikolai, eu... — Respiro fundo e forço um conjunto diferente de palavras, aquelas que venho evitando. — Nós precisamos conversar. É hora de você me contar exatamente o que aconteceu com seu pai.

43

CHLOE

É COMO SE UMA VENEZIANA ESCURA CAÍSSE SOBRE O rosto de Nikolai, transformando-o no de um estranho. Todo o calor deixa sua voz quando ele puxa a mão e se levanta.

— Vamos então. Vamos conversar no meu escritório.

Meu coração bate forte enquanto o sigo para fora do quarto de Slava e pelo corredor. Enquanto caminhamos, um sino soa em seu bolso, ele pega o telefone e olha para a tela. Ele deve ter recuperado o aparelho imediatamente após a chegada.

Tudo o que ele vê lá deixa sua mandíbula tensa, e quando seu olhar volta para mim, seus olhos estão cheios de uma luz peculiar.

Uma terrível premonição aperta meu estômago.

— O que aconteceu? O que há de errado?

— Há algo que você deveria ver — diz ele, e assim que entramos em seu escritório, ele vai direto para seu laptop e o abre, curvando-se sobre a mesa. Seus dedos voam sobre o teclado por um segundo, e então ele vira a tela na minha direção.

Meu coração salta e meus joelhos se transformam em borracha.

Exibido na tela está um site de notícias popular, onde a manchete principal está em maiúsculas: "LÍDER A CANDIDATO PRESIDENCIAL ATACA MULHER EM VÍDEO CHOCANTE".

Agulhas geladas dançam sobre minha pele enquanto pego o laptop e o levo para a pequena mesa redonda, onde afundo em uma cadeira e leio o artigo na íntegra.

A história ainda está se desenvolvendo, mas parece que há pouco menos de uma hora, um vídeo de Bransford atacando uma jovem apareceu no Twitter e se tornou viral instantaneamente. De acordo com o site de notícias, a filmagem "gráfica e perturbadora" mostra ele batendo no rosto dela e rasgando sua camisa enquanto ela luta desesperadamente de volta. Depois de alguns minutos de luta violenta, ela escapa dando uma joelhada na virilha dele e correndo porta afora enquanto ele grita obscenidades para ela.

— Você pode assistir ao vídeo se quiser — diz Nikolai baixinho, e eu percebo que ele veio para ficar ao meu lado, seu olhar grudado na tela acima de mim. — A equipe de Konstantin fez maravilhas com o que Masha lhe enviou.

Minha voz está fraca. — Isso foi filmado hoje?

Ele assente com a cabeça, sua expressão ilegível.

— Esta manhã, cerca de vinte minutos depois de

você e eu conversarmos. Ela o fez passar em seu 'dormitório' antes do trabalho para assinar seus papéis de estágio para que ela pudesse se voluntariar em sua campanha e obter crédito por sua aula de PA do Governo Americano.

— PA? — Sinto uma onda de náusea. — Tipo, um curso de colocação avançada no Ensino Médio?

— Exatamente. Ele acha que ela tem dezessete anos, é uma estudante do terceiro ano em um internato na área de DC. — Nikolai faz uma pausa e acrescenta baixinho: — Uma órfã cujos pais morreram em um acidente de carro, deixando-a aos cuidados de um tio indiferente que não quer nada com ela.

— A isca perfeita para um predador — sussurro, meus olhos queimando. — O tipo de vítima mais vulnerável... como minha mãe.

— Sim. Esse parece ser o seu MO. Localizamos mais duas mulheres com quem ele fez isso ao longo dos anos. — A mandíbula de Nikolai flexiona. — Ele gosta delas inteligentes, bonitas e muito jovens, e sem ninguém a quem recorrer.

Eu respiro fundo, as agulhas de gelo perfurando mais profundamente.

— Você as encontrou? Elas se apresentarão?

— Agora vão.

Eu engulo para manter o conteúdo do meu estômago enquanto volto minha atenção para a tela. Por mais repugnante que seja, eu preciso ver este vídeo com meus próprios olhos, para saber exatamente que tipo de monstro machucou minha mãe quando *ela* era uma adolescente vulnerável.

Eu cansei de me esconder da realidade.

Ao encontrar o vídeo, clico em "reproduzir" – e minha náusea se intensifica, meu estômago aperta com o conhecimento de que compartilho os genes desse homem.

A gravação começa com uma perseguição curta, mas violenta, com um homem mais velho, alto, em forma e bonito – inconfundivelmente Tom Bransford – investindo contra uma pequena loira vestida com um short minúsculo e um top curto. A câmera está em um ângulo que mostra apenas uma parte do rosto de Masha, mas não há como confundir a linha jovem de sua mandíbula – nem o terror em seus movimentos frenéticos.

Ela faz a maior parte do caminho através da sala estreita e desordenada antes que ele a atinja por trás, jogando-a contra a parede ao lado de um pôster do BTS, então a girando para encará-lo. Soluçando de pânico, ela ataca, arranhando-o com dedos pequenos e delgados, mas ele dá um tapa brutalmente no rosto e bate o punho em seu estômago.

Eu fico tensa, sentindo o golpe como se tivesse acertado em mim, mas o pior está apenas começando. Enquanto Masha está curvada, ofegando por ar, ele rasga sua camisa, no ombro.

Um ombro delicado e suavemente arredondado, que poderia pertencer a um jovem adolescente ou a uma criança.

Eu sei que não é o caso – eu sei que com sua experiência no governo, Masha deve ter pelo menos vinte e poucos anos – mas é fácil esquecer que não estou testemunhando um ataque real a uma vítima adolescente inocente.

Ou melhor, que a agressão provavelmente é real, mas não a vítima.

De qualquer forma, não posso deixar de exalar de alívio quando, depois de mais alguns momentos de luta agonizante, Masha faz um movimento de torção que parece acidentalmente colocar o joelho em contato com a virilha do agressor. Ele cambaleia para trás com um grito agudo, as mãos em concha sobre a virilha, e ela tenta escapar novamente, desta vez alcançando a porta e desaparecendo enquanto Bransford grita: — Sua vagabunda de merda! Volte aqui, sua merda provocadora, ou eu vou te matar!

O vídeo é interrompido então, mas não antes que a câmera dê um zoom no rosto de Bransford, no belo, até mesmo nos traços torcidos em uma máscara vermelha de fúria frustrada, um rosto de olhos esbugalhados tão monstruoso quanto o próprio homem.

Tremendo, eu desligo o laptop e engulo em pequenas respirações em um esforço para trazer oxigênio para minhas costelas firmemente amarradas – e me impedir de vomitar.

Parafraseando Nikolai, uma pessoa vomitando por aqui esta semana é o bastante.

Quando tenho certeza de que meu estômago não

vai expelir seu conteúdo, me viro para olhar para Nikolai.

— Como você fez isso? — Minha voz está apenas ligeiramente instável. — Como Masha o levou a... você sabe?

— Para atacá-la? — Ao meu aceno, ele diz: — Não sei todos os detalhes, mas suspeito que foi por fazer exatamente o que ele a acusou, no final.

— Sendo uma provocadora?

— O que quer que você chame de encorajar fortemente suas atenções, então, deliberadamente retirando-se - o que homens assim pensam que todas as mulheres fazem. Apenas neste caso, Masha *estava* realmente fazendo isso, apenas com um objetivo diferente do que ele pensava. — O lábio superior de Nikolai se curva. — Ele, sem dúvida, imaginou que ela estaria tão ansiosa para obter crédito escolar por ser voluntária em sua campanha, ela o deixaria trepar com ela, e quando ela não o fez, as coisas pioraram rapidamente... como imaginamos que poderia, dada a sua história.

Eu engulo outra onda de náusea. — Então, tudo que aconteceu no vídeo aconteceu pra valer? Nenhuma das filmagens foi fabricada?

— Foi muito editado, mas não fabricado, não.

— Editado para quê?

Nikolai se senta à minha frente. — Para esconder o rosto dela e destacar o dele, para começar. Seu anonimato é importante para ela.

Eu repasso o vídeo mentalmente e percebo que ele

está certo: o rosto de Masha nunca aparece nele. O ângulo está sempre errado. Mesmo quando Bransford a mantém presa contra a parede e a câmera está olhando diretamente para o rosto dela, seu ombro ou algo o bloqueia, permitindo que o espectador tenha apenas um vislumbre de sua bochecha, orelha ou mandíbula – o suficiente para ter uma impressão de juventude e beleza, mas não para capturar uma fotografia para impressão.

— Então, ela não vai se apresentar para testemunhar? — Eu pergunto, e Nikolai balança a cabeça.

— Muito arriscado. Nós criamos uma identidade falsa para ela, mas não é uma que resista a qualquer escrutínio real. O vídeo foi enviado para a internet anonimamente, de um servidor não rastreável, mas é claro, eles vão culpar os hackers russos, como tantas coisas hoje em dia.

— Só que nesse caso, eles estarão certos.

Seus lábios se curvam sarcasticamente. — Eles estão certos na maioria dos casos, zaychik. Konstantin e sua turma são uma ameaça, especialmente para seus desafortunados políticos. Em qualquer caso, não importa o que digam sobre a fonte do vídeo – ou se o chamam de falso. O dano à carreira de Bransford está feito, suas duas verdadeiras vítimas, encorajadas. Assim que elas se apresentarem... Bem, vamos apenas dizer que papaizinho querido está praticamente terminado.

Papaizinho querido. Meu estômago revira tão violentamente que quase vomito, afinal.

— Ele não é meu papai. — Eu fico de pé, de repente com uma raiva cegante. — Ele é apenas...

— O estuprador e assassino da sua mãe, eu sei — disse Nikolai baixinho, levantando-se também. — Isso é tudo que ele é, zaychik. Nada mais, nada a ver com você.

A raiva se esvai tão rápido quanto veio, e eu afundo na cadeira, deixando cair minha cabeça em minhas mãos. Meu crânio parece inexplicavelmente tenso e pesado, como se meu cérebro tivesse se transformado em chumbo.

Mãos grandes e quentes pousam em minha nuca e ombros, dedos fortes cavando em meus músculos tensos com a quantidade certa de pressão. — Sinto muito, zaychik. — A voz de Nikolai é mais uma vez suave e quente. — Eu sei que é muito para processar, mas achei que você precisava ver este vídeo... saber que sua mãe foi vingada.

Eu quero derreter no conforto sedutor daqueles dedos massageadores, me perder em seu toque habilidoso e calmante. Para mais uma vez adiar o que temo saber e, em vez disso, me permitir aproveitar da desgraça de Bransford, desfrutando do infortúnio de tudo isso. O dano que infligimos à carreira dele não chega perto do que ele fez à minha mãe ou àquelas outras mulheres, mas é um começo - e, felizmente, agora que o brilho está fora de sua imagem de ouro, as rodas da justiça legal irão se virar para ele, seus raios bons e afiados.

Reunindo cada grama de minha força, eu levanto

minha cabeça de chumbo e cubro as mãos de Nikolai com as minhas enquanto me viro para encontrar seu olhar.

— E quanto à sua mãe? — Eu pergunto suavemente. — *Ela* já foi vingada?

44

NIKOLAI

Minhas mãos apertam os ombros de Chloe, sua pergunta me atingindo como um soco abaixo da cintura. O colar brilhando em sua garganta deveria ter me dado uma dica sobre a direção de seu próximo interrogatório, mas eu ainda não esperava que ela tomasse essa direção exata... para saber tanto sobre o que aconteceu.

— Acho que Alina falou com você de novo. — Minha voz fica áspera quando eu dou um passo para trás. Meu olhar cai para o pingente dela, o diamante em forma de coração me provocando, me lembrando de coisas que tenho tentado esquecer. Com esforço, eu tiro meus olhos dele e me concentro no rosto de Chloe. — O que exatamente ela disse a você?

Mordendo o lábio, ela se levanta. — Não muito. Ela não falou comigo de novo - foi naquela manhã, um pouco antes de eu sair. Ela disse algo como, 'Ele a matou. E, então, Kolya o matou'. Eu não tinha certeza de quem ela se referia na época, mas estive pensando sobre isso recentemente e acho... acho que deve ser sua mãe. — Ela levanta a mão para tocar o pingente, seus olhos castanhos suaves e escuros. — Isso pertencia a ela? É por isso que Alina queria que eu o usasse esta noite e naquela outra noite? Como algum tipo de lembrete para você sobre tudo isso?

Minha garganta se aperta e eu me afasto, abruptamente inundado de memórias – e a raiva e a dor ardentes que vêm com elas. E por trás de tudo se esconde a culpa mais horrível, o conhecimento de que o que eu fiz é, em última análise, imperdoável. O coquetel tóxico está tão perto de ferver que não tenho certeza se serei capaz de manter minha palavra e contar a Chloe toda a história, mas sua pequena mão roça a minha e seus dedos se enrolam na minha palma, me dando um suporte silencioso.

— Diga-me — ela murmura, dando um passo ao redor para ficar na minha frente. Olhando para mim, ela levanta nossas mãos unidas para pressioná-las contra o peito. — Por favor, Nikolai. Eu preciso saber.

E ela faz isso. Eu devo a verdade a ela, não importa o quão feia seja.

Olhando em seu rosto voltado para cima, eu respiro e começo.

45

NIKOLAI

— Quando eu tinha mais ou menos a idade de Slava, achava que minha mãe era uma princesa — digo, meu tom frio e firme, apesar da poção da bruxa fervendo em minhas veias. — Alta, magra, sempre perfumada e maquiada, ela usava vestidos bonitos, joias cintilantes e saltos altos, mesmo em casa, e ela insistia que tudo ao seu redor fosse o mais bonito que pudéssemos, especialmente nós mesmos. — As memórias me pressionam, fazendo-me sentir como se o ar estivesse desaparecendo da sala, mas eu continuo. — Valery era apenas um bebê na época e Alina ainda não tinha nascido, então, Konstantin e eu somos os únicos que nos lembramos daqueles anos... aqueles em que nossa mãe ainda era um pouco feliz.

— Um pouco? — O rosto virado de Chloe reflete simpatia e curiosidade cautelosa enquanto ela mantém minha palma pressionada contra seu peito. — Ela nunca foi totalmente feliz?

— Não está na minha memória. — Eu liberto minha mão de seu aperto e sigo para me sentar atrás da minha mesa. Eu me sinto um pouco mais no controle dessa forma, menos propenso a ceder ao desejo de agarrar Chloe e transar com ela até que nenhum de nós possa pensar direito, muito menos desenterrar a lama nociva que é o meu passado.

Ela me segue, empoleirada no canto da mesa, uma visão de branco e dourado em seu vestido de noite, um raio de sol capturado que é todo meu. — Por quê? Eles nunca se apaixonaram? Ou aconteceu alguma coisa?

Eu faço o meu melhor para manter meu olhar em seu rosto e não em seu decote, onde o pingente está piscando provocadoramente para mim.

— Não sei ao certo, mas suspeito que começou com Konstantin. Meu pai queria um filho como ele, alguém que eventualmente assumisse o controle do império recém-capitalista que estava construindo, mas, mesmo quando era pequeno, meu irmão mais velho era diferente. Muito inteligente, mas diferente. Acho que ele nem falou até os três ou quatro anos.

Os olhos de Chloe se arregalam. — Oh. Então ele é...

— Espectro? Pode ser. Ele nunca foi oficialmente diagnosticado. Em qualquer caso, pode ter sido o início da rixa entre eles... ou talvez tenha sido apenas minha mãe descobrindo que tipo de homem meu pai era. Seja qual for o motivo, lembro-me de seu casamento se deteriorando ano após ano. Cada vez que eu voltava do colégio interno, a atmosfera entre eles ficava vários graus mais gélida, suas brigas, mais frequentes... o humor do meu pai, cada vez mais sombrio.

Uma carranca se forma entre as sobrancelhas de Chloe.

— Por que eles simplesmente não se divorciaram?

— Ele não permitiria. Ele a queria, não importando o quê. — Lembro-me de minha mãe gritando com ele sobre isso durante uma daquelas brigas, implorando e exigindo para deixá-la ir. Cerrando os dentes, empurro a lembrança para longe - ela chega perto de mim. — Em qualquer caso — eu continuo em um tom controlado — quanto mais o tempo passava, pior ficava. Quando eu tinha doze anos, ele tomou vários amantes e desfilou na frente dela. Um ano depois, ele matou um homem que dizia ser amante dela. E algumas semanas depois do meu aniversário de dezessete anos, vi um hematoma em seu rosto. — Diante da expressão de Chloe, eu digo: — Ela negou, é claro, disse que caiu ou algo assim. Eu não acreditei nela por um segundo. Eu fui até meu pai e disse a ele que se eu a visse machucada novamente, ele responderia ao meu punho - e eu a levaria para onde ele nunca a encontraria.

Chloe respira fundo. — Ele acreditou em você?

— Sim. — Minha boca se torce. — Eu era seu filho favorito, o filho que mais se parecia com ele. Ele sabia que, mesmo naquela idade, eu encontraria uma maneira de manter minha promessa.

— Então, o que aconteceu? Como você...?

— Acabei matando ele? — As palavras têm gosto de veneno na minha língua.

Ela acena com a cabeça com cautela, seu olhar colado no meu rosto. — Quando isso aconteceu?

— Seis... não, seis anos e meio atrás. Eu tinha acabado de retornar a Moscou depois de ter ficado fora por vários anos - primeiro para servir no exército, depois, meu diploma em Princeton. Durante tudo isso, mantive o controle sobre minha mãe, sobre sua saúde e estado mental. — Minha mandíbula está cerrada com tanta força que parece que meus dentes estão presos, cada palavra mais difícil de sair do que a seguinte. — Não havia mais hematomas, pelo que eu poderia dizer, mas ela estava miserável, totalmente destruída por sua discórdia. No entanto, não importava quantas vezes eu me oferecesse para ajudá-la a deixá-lo, ela não ia. Ela disse que estava com medo.

Chloe engole. — Dele?

— Dele. De estar sem ele. De tudo isso. Até então, eles passaram quase trinta anos juntos. Eles criaram quatro filhos, como nós. — Eu pego minha mão fechando em um punho sob a mesa e forço meus dedos a relaxarem. — Konstantin e Valery tentaram fazê-la partir também, mas ela se recusou a ouvir. As desculpas eram infinitas: ela não queria enfrentar o julgamento de seus amigos em comum, não queria perder a vida que construíram juntos, não queria separar a família. Mas, na realidade, tudo se resumia ao medo. Medo de meu pai e de como seria sua vida sem ele... sem sua obsessão tóxica por ela.

— Obsessão? — A voz de Chloe treme ligeiramente.

Eu assinto, severamente ciente dos paralelos.

— Para o bem ou para o mal, ela foi o centro do mundo dele por quase três décadas, muito depois de qualquer amor que eles compartilharam se transformar nesse ódio amargo. Acho que uma parte dela gostava também, o conhecimento de que ela tinha esse tipo de poder sobre ele, que, em última análise, ele *não poderia* deixá-la ir. — Eu respiro fundo. — Em qualquer caso, eu mantive o controle sobre ela, mas o que eu deveria estar fazendo era manter o controle sobre *ele*. Porque conforme a infelicidade dela crescia, também crescia a dele - eles se alimentavam um do outro. Ele começou a beber muito e, como descobri mais tarde, a usar cocaína. Isso o ajudou a ficar longe dela. De certa forma, ele substituiu seu vício por ela por um potencialmente menos prejudicial - e minha mãe odiava esse desenvolvimento. Amor ou ódio, ela *queria* sua atenção.

— Então, ela o quê? Fez algo para recuperá-lo?

— Fez. Ela arranjou outro amante - um proeminente funcionário do governo, alguém que não poderia ser despachado sem consequências graves - e disse a meu pai que estava indo embora. Eu não acho que ela quis dizer isso - era para ser o equivalente a uma bandeira vermelha acenada para um touro. Mas isso é o que acontece com os touros enfurecidos: eles podem sangrar você. — Minha voz fica áspera. — E foi exatamente isso que meu pai fez.

As mãos de Chloe travam juntas em seu colo, os nós dos dedos ficando brancos enquanto eu continuo.

— Valery estava fora para servir no exército e Konstantin estava em Dubai a negócios, mas Alina estava em casa nas férias de inverno, tendo acabado de terminar seu primeiro semestre em Columbia. Foi ela quem me ligou naquela noite, quando a última briga de nossos pais começou. — Minha garganta aperta, as memórias são tão sufocantes que não tenho certeza se vou ser capaz de dizer a próxima parte. Mesmo assim, continuo de alguma forma, minha voz refletindo apenas uma fração da dor que está me dilacerando por dentro. — Quando cheguei lá, a sala de estar parecia uma cena de filme de terror, com sangue espalhado por todo o piso de madeira reluzente e móveis brancos. Alina deve ter tentado intervir, para proteger nossa mãe, porque ela foi nocauteada pela parede, um de seus antebraços se abriu onde ela tentou parar a faca dele. E nossa mãe... — Eu paro, então, continuo guturalmente. — Ela mal era reconhecível como humana. Ele a tinha espancado até virar uma polpa antes de cortá-la em pedaços. Até hoje, é uma das mortes mais violentas que já vi.

O rosto de Chloe está pálido, tremores visíveis percorrendo seu corpo esguio, e eu quero parar, para terminar esta história antes que o horror em seus olhos se transforme em terror e repulsa, mas eu prometi a ela a verdade, então, me separo das palavras que estou dizendo e a agonia sufocante que elas trazem.

— Ele estava agachado sobre o corpo dela, a faca

ainda na mão quando me aproximei dele. Ele perdeu o controle, ele me disse. Foi um acidente, disse ele. Eu sabia melhor, no entanto. Pavel e Lyudmila estavam programados para estar lá naquela noite, mas eles não estavam. Ele os mandou embora durante a noite. Eles e Alina, exceto que minha irmã tinha esquecido algo e inesperadamente voltou.

— Então ele... — a voz de Chloe falha. — Ele planejou isso? Não foi a cocaína?

— Foi. Ele estava muito chapado, suas pupilas dilatadas. Mas ele sabia muito bem o que faria enquanto estivesse naquele estado - uma equipe de limpeza havia sido notificada no início da noite para ficar de prontidão. Eu sei disso porque... — Eu respiro fundo, minha garganta queimando com o ácido subindo para o meu esôfago. — Porque eu liguei para eles depois. Depois que ele veio para cima de mim com a faca.

A forte entrada de ar de Chloe é audível. — Ele ia te matar?

— Pode ser. Não sei. Ele sabia que eu não acreditava nele, sabia que eu não deixaria seu assassinato escapar. Então, quando ele veio até mim, com as pupilas do tamanho de uma moeda, agi por instinto. — Olhando para o rosto abatido de minha esposa, digo com a voz rouca: — Nós brigamos e, quando peguei a faca, fiz o que ele mandou Pavel me treinar para fazer. Eu o estripei da virilha até a goela.

46

CHLOE

Ele se levanta e caminha até a janela, onde fica de costas para mim, seus ombros poderosos tensos, seu grande corpo imóvel e rígido como se fosse uma das montanhas lá fora.

Eu fico olhando para ele por alguns instantes, absorvendo o que ele me disse, e então forço meus membros congelados a se moverem. — Alina...

— Ela recuperou a consciência nos últimos momentos de nossa luta — diz ele, olhando para a frente enquanto eu paro ao lado dele. Sua mandíbula parece ter sido transformada em granito, seus lábios sensuais achatados em uma linha dura. — Eu não percebi, não a ouvi gritar para que eu parasse - não antes de terminar.

— Então ela...?

— Me viu matá-lo, sim. Ela me viu cortá-lo.

Eu respiro fundo, revivendo aqueles momentos terríveis quando *eu* o vi empunhar a faca. Era contra o meu agressor, o assassino da minha mãe que estava prestes a me estuprar e tirar minha vida, mas ainda me sinto mal com a memória. Como deve ter sido para Alina, que mal tinha dezoito anos na noite em que viu seus pais morrerem tão brutalmente, um nas mãos de seu pai e outro nas mãos de seu irmão?

Mais importante, como deve ter sido para Nikolai?

Que tipo de dano aquela noite infligiu na psique *dele*?

Minha mão treme quando toco sua manga, atraindo seu olhar para mim. Seu rosto lindamente esculpido está cuidadosamente em branco, não mostrando nada de seus sentimentos. Mas posso sentir a angústia por trás de sua máscara opaca, posso sentir o tormento paralisante de sua culpa e vergonha.

— Alina sabe? — pergunto vacilante. — Que foi legítima defesa? Que você não fez isso apenas para vingar sua mãe?

Seus cílios negros baixam, velando seus olhos de tigre. — Não sei. Nós nunca realmente conversamos sobre aquela noite. O que isso mudaria? Eu tinha vinte e cinco contra os cinquenta e sete dele, mais rápido e mais forte. Eu poderia ter lutado para afastar a faca e prendê-lo, eu não precisava matá-lo.

— Não? — Posso ver a cena tão claramente como se tivesse acontecido na frente dos meus olhos, posso imaginar a versão mais velha de Nikolai que vi nas fotos de jornal, em forma e forte apesar da idade... perigoso mesmo sem estar cheio de sangue e cocaína. E eu posso ver um Nikolai de 25 anos, lançado naquele pesadelo de uma cena, atordoado pela morte horrível de sua mãe e apavorado por sua irmã inconsciente e ensanguentada.

O que teria acontecido se ele não tivesse pego a faca letal de seu pai?

Seu sangue também teria manchado aquela lâmina, seu corpo se juntando ao de sua mãe e irmã em um túmulo não marcado em alguma floresta russa?

— O que você está dizendo? — A voz de Nikolai aperta, seus olhos brilham ferozmente enquanto sua máscara desliza, revelando a ferida crua e purulenta por baixo. — Eu o matei. Meu próprio pai. Quem se importa se foi em legítima defesa ou não? Eu o queria morto pelo que ele fez a ela. Eu queria seu sangue - *meu* sangue - em minhas mãos, e não sinto muito por ter feito. Porque você vê, zaychik, Alina está certa: eu *sou* como ele. De todas as maneiras que importa, eu sou meu pai.

Meu coração parece que está sendo feito em pedaços, sua angústia me cortando tão brutalmente quanto uma faca. Como ele foi capaz de conter toda essa dor dentro de si? Como isso não o destruiu?

— Não — digo, minha voz mais estável a cada palavra. — Você não é seu pai. E eu não sou sua mãe. O destino deles não será nosso, não se não permitirmos.

Não sei quando foi durante sua história que entendi o que o move, em que ponto eu percebi que Nikolai *se considera* um monstro há seis anos e meio - e desde então tem feito o seu melhor para viver de acordo com o que ele pensa ser sua natureza, para o sangue

Molotov, ele vê como sua maldição. Não que não haja alguma verdade em sua crença. Minha nova família é sombria e implacável, um retrocesso aos tempos em que a violência e o poder falavam mais alto. Seus relacionamentos merecem seu próprio capítulo em um livro sobre a dinâmica familiar quebrada, e meu marido é um produto dessa educação, seu caráter moldado tanto pela tragédia do relacionamento de seus pais que está se desfazendo lentamente quanto pelo seu final explosivo e horripilante.

Ainda assim, ele não é seu pai. Longe disso. E eu não sou sua mãe. Ela não conhecia a natureza de seu marido quando se casou com ele, não estava preparada para uma vida com um homem tão violento e cruel. Considerando que eu, graças ao meu pai biológico, passei por um inferno, e embora não possa dizer que não fiquei perturbada ao ver Nikolai matar os dois assassinos, descobrir do que ele é capaz não mudou meus sentimentos - muito para minha consternação inicial.

Matador impiedoso ou não, ele é e sempre será meu amante e protetor.

— Não? — Ele agarra meus braços, seus dedos como faixas de aço. — Como vamos escapar do destino deles? Você já me odeia em algum nível, não? Por matar aqueles homens na sua frente e trazê-la de volta quando você me implorou para deixá-la ir? Por forçar você a se casar comigo?

Eu mantenho seu olhar ferozmente dourado, me recusando a recuar na turbulência vulcânica que vejo lá, em todas as emoções reprimidas há muito tempo que ameaçam transbordar em um tsunami, destruindo tudo em seu caminho.

— Não, Nikolai. — Minha voz é suave e firme, apesar da batida irregular do meu pulso. — Eu te disse, eu te amo. Eu não te odeio. Eu nunca consegui, então, nunca o fiz – e nunca irei.

Seus dedos se apertam, perfurando mais profundamente minha carne. — Como você pode ter tanta certeza? Você viu do que sou capaz, como sou... como sou com você. Exatamente como sou diferente dele?

Eu luto contra o desejo de me encolher para longe da dor e da raiva sangrando em suas palavras. Em vez disso, pergunto baixinho: — Seu pai amava você e seus irmãos como você ama Slava? Ele realmente amava alguém exceto a si mesmo? E não me refiro à sua fixação violenta por sua mãe.

Sua expressão não muda, mas posso sentir a resposta no afrouxamento sutil de seu controle sobre mim, então prossigo.

— Talvez você seja como ele em alguns aspectos, mas não em todos. Não os que contam. Por exemplo, você já me machucou? Me machucou realmente? Estou falando de punhos e facas, não sendo rude na cama.

Ele recua, puxando as mãos. — Eu preferia me destruir.

— E quanto a Slava? Você iria até ele com uma faca... digamos, enquanto estivesse chapado ou bêbado?

A fúria passa por seu rosto. — Caralho, não.

— Exatamente. — Eu me aproximo ainda mais dele, meu coração batendo forte como uma tempestade. — Porque você não é como seu pai. Não importa o que sua irmã pensa... não importa o que eu temia depois que você me salvou.

Suas narinas dilatam enquanto ele olha para mim.

— Temia? — Sua voz é áspera como uma lixa, as palavras tingidas pela primeira vez com um toque de sotaque russo. — Tipo, no passado? — Ele agarra meus braços novamente, seus olhos são de um verde-dourado selvagem. — Você acha que está segura comigo? Porque... o quê? Você agora sabe toda a verdade feia? Porque você acha que me entende?

— Eu sempre estive segura com você. — E, no fundo, eu sempre soube disso. É por isso que fui capaz de enterrar minha cabeça na areia todas essas semanas, porque vê-lo matar e torturar não me fez recuar ao seu toque - e porque ser forçada a casar com ele não mudou meus sentimentos.

Mesmo quando me sinto como uma presa sob aquele olhar intenso de tigre, eu sei que ele nunca me machucaria.

Sua mandíbula flexiona violentamente.

— Como diabos você pode ter tanta certeza? Como você pode confiar em mim, muito menos me amar, dado o veneno correndo em minhas veias?

— Você *me* ama? Confia em *mim,* dado o veneno fluindo em *minhas* veias? — Minha voz se eleva conforme as palavras saem, cheias de toda a raiva que não tive a chance de processar, toda a auto-aversão que venho reprimindo. É como se uma barragem tivesse rompido, e eu não consigo parar a torrente amarga, não consigo reconstruir o bloqueio mental que me manteve sã todas essas semanas. — Eu sou a filha de um estupro, resultado de um imbecil sociopata de duas caras que agrediu minha mãe adolescente. Pelo menos seus pais se quiseram em algum ponto - pelo menos você foi concebido em algo que lembra o amor.

Ele me solta, seu olhar ficando opaco novamente. — Não é a mesma coisa.

— Não é? — Eu aperto meus punhos em sua camisa, não o deixando se virar. — Pense nisso. Meu sangue está contaminado, assim como o seu. Meu pai também matou minha mãe - não por paixão distorcida, mas por cálculo frio. E ele definitivamente teria me matado também. Ainda pode tentar, na verdade. Então, como exatamente nossas histórias são diferentes? Como sou melhor do que você? No mínimo, somos a combinação perfeita - ou, como você gosta de dizer, destinados a ficar juntos.

Ele me encara, seu peito largo se movendo em um ritmo irregular, e posso ver que estou conseguindo entendê-lo, que ele está absorvendo essa verdade básica. Uma verdade que não compreendi totalmente até este momento.

Posso não acreditar no destino como tal, mas *algo* me trouxe aqui, a esta família com toda a sua feiura e beleza. Para este homem maravilhoso, letal e danificado, que nunca hesitará em fazer o que for preciso para me manter segura e matar meus demônios... contanto que eu também mate os dele.

Eu solto sua camisa e coloco minhas mãos em cada lado de seu rosto, sentindo a força dura de seus ossos sob a pele áspera e quente. — Eu te amo, Nikolai... Eu te amo e quero estar com você, passado sombrio, obsessão e tudo. O que quer que nossos pais tenham feito, por mais fodidos que sejam os relacionamentos de nossos pais, não somos eles e não temos que seguir seus passos. Eu nunca vou estuprar uma adolescente - e você nunca vai me machucar, não importa o quão fortes seus sentimentos por mim se tornem... não importa as provações que passaremos no futuro.

Seu peito arfa mais rápido enquanto eu falo, seus olhos escurecendo até ficarem da cor de bronze embaçado. — Chloe... — Sua voz está rouca enquanto ele coloca suas mãos sobre as minhas. — Zaychik, você não tem ideia de como meus sentimentos por você já são fortes, de como consumidora é minha obsessão por você.

Eu umedeço meus lábios. — Eu acho que sim. — As câmeras são uma boa indicação. Precisamos falar sobre elas em algum momento, mas, por agora, tenho coisas mais importantes em que me concentrar... como a forma como seu olhar cai na minha boca e se inflama com o calor vulcânico familiar, a fome negra que me excita e, em algum nível, me assusta - mas apenas porque evoca uma resposta igualmente potente em mim.

Ele não é o único cujo amor agora beira à obsessão.

Ele encara minha boca por mais um segundo, suas mãos apertando as minhas. Então, com uma inspiração profunda, ele esmaga seus lábios nos meus, uma mão agarrando meu cabelo enquanto a outra agarra minha bunda, puxando minha parte inferior do corpo contra o dele.

Ele já está duro, a protuberância de sua ereção empurrando em mim enquanto ele me arrasta até sua mesa e me devora com um beijo brutal, um beijo ao qual eu respondo com igual fervor. Caímos na superfície dura em um emaranhado de membros e mãos tateando avidamente, unindo-nos em uma fúria de luxúria e amor, na terna violência da paixão.

Da maneira mais perfeita para duas pessoas imperfeitas.

47

NIKOLAI

Conforme os últimos ecos do êxtase desaparecem, torno-me ciente da superfície dura da mesa sob minhas costas nuas e o leve peso do corpo de Chloe envolto em meu peito úmido de suor. Meu cérebro está transbordando de endorfinas e meu coração está batendo em um novo ritmo esperançoso em meu peito.

Contei tudo a ela e, em vez de recuar de repulsa, ela me abraçou.

Eu revelei as piores partes de mim mesmo e, em vez de fugir aterrorizada, ela me disse que estamos destinados.

O que nós estamos. Eu sabia desde o início, mas em algum momento nas últimas semanas, eu perdi isso de vista, comecei a duvidar se nosso relacionamento poderia sobreviver ao veneno que apodrece dentro de mim... se estamos destinados a afundar o caminho agonizante de meus pais.

— Não estamos — Chloe murmura, levantando a

cabeça do meu ombro, e eu percebo que disse a última parte em voz alta. Sorrindo ternamente, ela traça as bordas dos meus lábios com um dedo fino, seus olhos tão suaves e quentes que seu olhar é como uma carícia física no meu rosto. — Nós decidimos nossa vida, nosso futuro.

Sentando-me, eu a puxo para o meu colo, um excesso de emoções enchendo meu peito enquanto inalo seu perfume de flores silvestres e sinto seus braços delgados envolverem confiantemente em volta do meu pescoço. Ternura e possessividade, amor e luxúria, medo e alegria – eles lutam dentro de mim até sentir como se minhas costelas não pudessem conter tudo.

É possível?

O amor de Chloe por mim poderia ser mais do que uma doce miragem?

Esse tipo de felicidade poderia ser real e duradoura?

Há tantas coisas que quero falar com ela, tantas coisas que quero dizer a ela... outra confissão que quero fazer sobre o destino de seu pai. Mas, por enquanto, isso é o suficiente. Eu não quero estragar este momento perfeito trazendo qualquer tipo de assunto controverso. Então, eu apenas beijo o topo de sua cabeça e a seguro forte, contente – verdadeiramente contente – pela primeira vez na minha vida.

48

CHLOE

Eu quero ficar assim, aninhada no colo de Nikolai, para sempre, mas eu sei que eventualmente temos que nos mover. Com o canto do olho, vejo meu vestido no chão ao lado de sua camisa - junto com o laptop que derrubamos da mesa em nossa paixão. Devemos recuperar o computador, verificar se está tudo bem... talvez falar sobre as câmeras também. Ou melhor ainda, sobre nosso futuro em geral. Mas antes de chegarmos lá, há algo que preciso dizer a ele.

Levantando minha cabeça de seu ombro largo, eu me afasto para encontrar seu olhar âmbar quente.

— Obrigada — digo suavemente. — Obrigada por fazer o que você fez para Bransford. Eu sei que não é uma solução perfeita - eu sei que mesmo destronado, ele pode ser perigoso - mas eu acho...

Uma batida forte na porta nos faz pular. — Nikolai! — A voz profunda de Pavel está tensa, o fluxo de russo que se segue é urgente.

— Porra! — Nikolai me tira de seu colo e fica de pé, agarrando suas roupas e puxando-as em uma série de movimentos explosivos.

É uma transição tão repentina da paz que estávamos desfrutando que estou chocada demais para processar no início. Mas, então, a adrenalina limpa minha mente e eu pulo em movimento também.

— O que há de errado? Slava está doente de novo? — Eu luto para pegar meu vestido, meu coração na garganta enquanto o coloco.

Nikolai já está na parede do fundo, pressionando a palma da mão contra a superfície lisa e branca. — Slava está bem — ele diz severamente enquanto uma seção da parede desliza para longe, revelando uma sala cheia de armas para o meu olhar assustado. — São os nossos guardas. Arkash mandou uma mensagem para Pavel sobre encontrar algo estranho, e agora Pavel não pode entrar em contato com ele – ou qualquer um de nossos outros homens.

Eu suspiro, meu punho voando para pressionar contra meus lábios. — Você pensa...

— Estamos sendo atacados? Sim. — Ele pega um M16 de aparência aterrorizante. — E se eu tivesse que apostar, meu dinheiro estaria nos Leonovs.

49

NIKOLAI

Os olhos castanhos de Chloe estão arregalados de medo e choque quando coloco minha arma na mesa e a conduzo para o corredor, onde Pavel está esperando. Meu coração bate furiosamente no meu peito, adrenalina bombeando em minhas veias enquanto eu ordeno asperamente: — Leve ela, Slava e Alina para o quarto seguro.

Ele acena com a cabeça, agarrando Chloe em um abraço de urso. — Lyudmila e os dois já estão lá dentro.

— Espere! — Chloe grita quando ele a pega e a carrega escada abaixo. — Deixe-me ajudar. Eu posso...

Não ouço o resto do que ela diz porque já estou de volta ao meu escritório. Não posso perder tempo para acalmar minha zaychik, não quando cada segundo traz Alexei Leonov para mais perto de nossa porta. E tem que ser ele. Ele tem que ser o responsável por isso. Nossos rostos devem ter aparecido em alguma câmera de segurança do hospital, e seus hackers nos rastrearam aqui. É a única explicação que faz algum sentido, a única maneira que eles poderiam ter triangulado nossa localização.

Se fosse apenas Pavel e eu, eu não me preocuparia. Fomos treinados para isso, preparados para ir para a batalha a qualquer momento. Mas Chloe e Slava também estão aqui, assim como minha irmã e Lyudmila. É o pensamento deles em perigo que gela meus ossos e enche minhas entranhas de ácido.

Vou rasgar Alexei Leonov com meus dentes antes de deixá-lo tirar meu filho de mim. E se ele machucar um único fio de cabelo da cabeça de Chloe ou Alina, vou estripar cada membro de sua família.

Com esforço, controlo minha raiva e abro meu laptop para obter as imagens do drone e as imagens das câmeras de perímetro. O que importa agora é avaliar a situação. De onde estão vindo nossos atacantes? Quais são seus números? Meu peito aperta quando penso em Arkash e nossos outros guardas, muitos deles meus amigos, bons homens com famílias em casa. Quantos deles já foram mortos? Quantos feridos?

Não importa o que aconteça, eu tenho que saber.

Pego meu laptop do chão e o abro.

A tela está escura e silenciosa, sem responder quando tento ligá-la manualmente.

Porra. A queda deve tê-lo danificado.

Em vez disso, pego meu telefone – e sinto meu sangue congelar.

É a mesma história. O dispositivo está morto, a tela preta, não importa o que eu faça com ela.

Eu me viro e aperto o interruptor de luz na parede.

Funciona.

Minha mente trabalha furiosamente, saltando de uma possibilidade para outra. Eles poderiam ter enviado algum tipo de EMP, fritando nossos eletrônicos? É por isso que Pavel não conseguiu entrar em contato com os guardas? Porque seus dispositivos também foram desativados? Mas, e quanto ao telefone de Pavel? Ele não teria notado que está morto?

A menos que não naquele instante.

Se o EMP fosse hiper-direcionado, pode ter atingido nossos guardas no perímetro do complexo primeiro e, em seguida, atingido a casa.

Não tenho ideia de como Alexei conseguiu colocar as patas em uma arma tão avançada, mas sei de uma coisa: Konstantin, o técnico paranóico que é, achou que um ataque de EMP não estava completamente fora de questão. É por isso que nosso gerador de backup é analógico e reside dentro de uma gaiola de Faraday no subsolo, e por que nossas principais linhas de energia também são subterrâneas, endurecidas com invólucros de metal.

Os filhos da puta adorariam cortar nossa energia, tenho certeza, mas eles tiveram que se contentar em tirar nossos drones e câmeras.

Um distante barulho de tiros chega aos meus ouvidos.

Obrigado, caralho.

Os guardas ainda devem estar vivos e fazendo seu trabalho.

Eu jogo meu telefone morto de lado e coloco um colete à prova de balas, em seguida, coloco várias armas e uma dúzia de cartuchos de munição no meu ombro. Também pego dois rádios em funcionamento do arsenal - como a caixa forrada de metal com o gerador, a sala oculta é uma gaiola de Faraday.

Quando termino, Pavel invade meu escritório, armado até os dentes também.

— Os telefones e rádios, eles estão...

— Mortos, eu sei. Aqui. — Eu coloco o segundo dispositivo de rádio em suas mãos. — Vamos. É hora de os Leonovs aprenderem com quem estão fodendo.

50

CHLOE

— Pare com isso, Chloe — Alina diz, e eu percebo que voltei a bater o pé – uma manifestação física da minha ansiedade que inexplicavelmente a irrita. Em geral, ela está mais nervosa do que eu jamais a vi, seus próprios movimentos bruscos e sua coluna tão tensa que é uma maravilha que ela consiga virar o pescoço.

— Me desculpe por isso. — Eu movo Slava para que ele se sente mais confortável no meu colo. — Estou apenas preocupada com eles.

Estou segurando a criança tanto para me acalmar quanto para confortá-la. Na verdade, de nós quatro, Slava é o menos ansioso – provavelmente porque ele não entende a magnitude da ameaça que enfrentamos. Lyudmila disse a ele que estamos aqui como parte de um exercício de segurança e, embora eu tenha certeza de que ele está percebendo a tensão dos adultos, ele não questionou a explicação.

Eu gostaria de poder ficar calma também, mas não

estou. Meu peito está dolorosamente apertado, minhas entranhas se agitando como se estivessem em um ciclo de alta velocidade em uma máquina de lavar. Estou aguda e terrivelmente ciente do fato de que Nikolai está lá fora, enfrentando um número desconhecido de inimigos – que podem ou não ser os Leonov.

Pelo que sabemos, Bransford enviou todo um exército de assassinos atrás de mim. Pode muito bem ser minha culpa estarmos em perigo.

Eu pego minha respiração acelerando novamente e me forço a inspirar mais fundo para evitar hiperventilar. O quarto seguro – um lugar que eu não tinha ideia que existia até que Pavel me jogou aqui – está escavado na montanha sob a garagem e é grande o suficiente para ser considerado um estúdio, completo com uma cama king-size, dois futons, um minicozinha totalmente abastecida, um pequeno banheiro e suprimentos suficientes na despensa para sobreviver a um inverno nuclear. Teoricamente, há bastante oxigênio aqui, mas continuo sentindo que estamos ficando sem ar, como se as paredes estivessem se aproximando de mim a cada segundo que passa.

Nikolai está lá fora e eu estou presa aqui, incapaz de fazer qualquer coisa para ajudá-lo.

— Você pode simplesmente parar? — Alina se levanta de um salto. Seu rosto está pálido como um vampiro na luz branca da faixa de LED no teto, seu peito arfando enquanto ela olha para mim, e eu percebo que inadvertidamente retomei o meu pé batendo.

Antes que eu possa responder - ela não é a única cujos nervos estão em frangalhos - Lyudmila diz algo em russo. Embora seu rosto redondo também esteja pálido, o tom de sua voz é calmo, e Alina afunda de volta no futon, puxando o cabelo para trás com a mão trêmula antes de alisá-lo sobre o vestido de noite vermelho.

Eu fico olhando para ela, impressionada com o quão angustiada ela está, muito mais do que quando tivemos o incidente com Slava. Ela sabe algo que eu não sei?

Corremos um perigo ainda maior do que imagino?

Eu coloco Slava na cama e caminho até ela, o piso de cimento frio em meus pés descalços - na pressa para me trazer aqui, meus saltos de tiras foram deixados para trás no escritório de Nikolai. Sentada ao lado dela no futon, pergunto baixinho: — Você está bem?

Ela olha para mim, seus olhos de jade brilhando muito.

— Tem mais alguma coisa acontecendo? — Eu pressiono. — Você parece incomumente agitada - não que você não tenha um bom motivo para estar.

Ela abre a boca para dizer algo, então, balança a cabeça. — Não é nada. — Sua voz está tensa. — Estou ficando com uma forte dor de cabeça, só isso.

Claro. Isso é o que acontece quando ela está estressada. Coitadinha. Eu cubro sua mão gelada com a minha, feliz por me concentrar em algo diferente do meu próprio medo debilitante. — Você tem seu remédio?

— Não.

Eu olho para a escada dobrável que leva até a garagem. Quais são as chances de eu correr escada acima e pegar para ela rapidamente?

— Nem pense nisso — Alina rebate, lendo minha mente com a habilidade misteriosa de seu irmão. — Se eu quiser, eu mesmo terei. Mas nenhum de nós deveria...

A luz do teto pisca quando um grande estrondo sacode a sala, fazendo meu estômago embrulhar e fazendo chover gesso em nossas cabeças.

Como um, ficamos de pé de um salto e corro para Slava, cujos olhos agora estão arregalados de medo. — Mama Chloe. — Sua voz é fina quando eu o pego e coloco seu peso robusto no meu quadril. — Onde está o papai? Eu não gosto disso. Eu quero ele comigo.

Eu aperto meus braços ao redor dele. — Eu também, querido. Eu também. Mas não se preocupe. Ficará tudo bem. Seu pai estará aqui em breve. Só precisamos esperar. — Espero que Slava não me sinta tremendo – ou veja a expressão no rosto de Alina.

Parece que ela foi colocada no corredor da morte, com a execução marcada para hoje.

Lyudmila deve notar porque ela se aproxima de Alina e passa um braço em volta de seus ombros esguios, murmurando algo em russo. Percebo as palavras "Alexei" e "braht" – a palavra russa para "irmão" – e desejo pela centésima vez saber mais russo.

Eu também queria desesperadamente saber o que está acontecendo lá, se Nikolai e Pavel estão bem. Além de todos os suprimentos, há um painel de monitores do outro lado da sala - provavelmente uma janela para o mundo exterior - mas a única coisa que pudemos ver nos monitores quando os ligamos era estática.

— O que você acha que causou isso? — pergunto, incapaz de ficar em silêncio por mais tempo. Apesar de meus melhores esforços, minha voz trai minha agitação, o terrível terror roendo minhas entranhas com a ideia de Nikolai se machucar. Abraçando Slava com mais força, eu firmo meu tom. — A explosão, quero dizer. Você acha que...

— Pode ser RPG. — A voz de Alina está monótona agora, estranhamente sem emoção enquanto ela se livra do abraço de apoio de Lyudmila e, embora seus olhos ainda estejam brilhando com aquele brilho doloroso, suas feições estão compostas mais uma vez. — Eles poderiam ter lançado na garagem para retirar nossos veículos e eliminar a opção de fuga. Ou isso, ou eles plantaram manualmente alguns explosivos na entrada da garagem - o que significaria que eles já estão aqui, na casa.

E Nikolai está gravemente ferido ou morto.

A náusea que revira meu estômago é tão forte que preciso engolir para conter o vômito. Preciso de tudo para manter minha voz firme, pelo bem de Slava.

— Há alguma arma aqui? Já estive em um campo de tiro algumas vezes, então, posso...

Alina já está caminhando para o painel com os

monitores, onde ela pressiona a palma da mão contra a parede do jeito que Nikolai fez em seu escritório. E como em seu escritório, a parede desliza, revelando uma coleção de armas que deixariam um traficante de armas orgulhoso.

— Meu irmão previu tudo — diz ela, pegando uma Glock. — É improvável que eles encontrem esta sala tão cedo, mas se a encontrarem, estaremos prontas. — Ela carrega a arma com movimentos rápidos e seguros que me fazem perceber que ela esteve ao alcance de uma arma mais do que algumas vezes.

Na verdade, ela pode ser tão perigosa com aquela arma quanto seu irmão - e ele é letal. Eu o vi em ação. Ele pode cuidar de si mesmo.

Pelo menos é o que digo a mim mesmo para não ter um surto total enquanto coloco Slava no chão para que possa me armar. Ele imediatamente agarra minhas pernas e me encara, umidade acumulando em seus olhos enormes. — Eu quero o papai. — Seu lábio inferior estremece. — Onde ele está?

Eu acaricio seu cabelo sedoso, meu peito se contraindo agonizantemente.

— Não sei, querido, mas tenho certeza de que o veremos em breve. Por enquanto, só precisamos estar preparados, ok? Então, seu pai sabe que não falhamos neste exercício e que podemos cuidar de nós mesmos - que somos todos fortes, como o *Super-Homem.*

Slava funga, mas solta minhas pernas e dá um passo para trás para me deixar passar.

— Bom menino. — Eu olho para Lyudmila para ver

se ela pode pegá-lo agora, mas ela está se armando também, manuseando as armas com a mesma habilidade impressionante de Alina. O que levanta a questão...

— O que diabos estamos fazendo aqui? — Eu explodo, esquecendo-me por um momento. — Devíamos estar lá, ajudando-os! — Percebendo que estou assustando Slava, baixo minha voz enquanto pego uma arma e começo a carregá-la. — Talvez uma de nós possa ficar aqui embaixo para cuidar...

Outro estrondo sacode os pratos na cozinha e faz chover mais gesso do teto. As luzes piscam várias vezes e depois se apagam, mergulhando na escuridão total.

No silêncio que se segue, há apenas minha respiração irregular – e o som abafado de tiros acima.

51

NIKOLAI

MEU RÁDIO GANHA VIDA QUANDO SAIO DE CASA. — Kirilov aqui. Pode me ouvir?

Meu estômago se desfaz ligeiramente. — É Nikolai. Na escuta. — Os guardas devem ter percebido o que está acontecendo e pegaram o estoque de rádios de emergência de seu próprio arsenal da gaiola de Faraday. — Relatório de status, agora.

— Doze atacantes fortemente armados no lado norte do muro, quinze no portão. Nós eliminamos metade deles e estamos resistindo o resto. Nenhum drone ou câmera operacional, e perdemos contato com Arkash e Ivanko pela parede leste.

Caralho. Isso significa que provavelmente houve uma invasão.

— Pegue todos os homens que você puder dispensar e vá para lá. Também envie reforços para a casa - Pavel e eu podemos precisar deles.

— Certo.

O rádio fica mudo e eu sigo meu ritmo. Se nossos inimigos já estão aqui, dentro do perímetro, sobra muito pouco tempo para preparar uma importante linha de defesa – as bombas que enterrei ao redor da casa.

A primeira fica na garagem, a exatamente três metros e meio da porta da frente. Pisando no pedaço de cascalho sutilmente marcado, pego um controle remoto de ativação e digito o pino necessário para sincronizá-lo com os explosivos embaixo. Isso só pode ser feito a uma distância curta, para que ninguém possa acidentalmente detonar a bomba agarrando o dispositivo do cofre do meu escritório. Não que seja provável, com Pavel sendo a única outra pessoa que conhece o código do meu cofre, mas com meu filho sempre brincando por aqui, eu não poderia arriscar.

A segunda bomba está no canto sudeste da casa, a terceira perto da garagem. Sincronizo os ativadores remotos com os dois e passo um rádio para Pavel verificando seu progresso dentro da casa, parte da qual – as venezianas de metal pesadas que cobrem as janelas – já posso ver.

— Tudo pronto — ele relata. — Estou indo para o telhado.

— Vou acompanhá-lo lá em um minuto.

Com nós dois posicionados em dois cantos, ninguém será capaz de se aproximar da casa sem ser visto, e os rifles de precisão e metralhadoras que colocamos lá impedirão qualquer coisa menor que um exército.

Estou prestes a instruir Pavel a pegar munição extra quando um movimento rápido à minha direita chama minha atenção. Rapidamente, eu passo atrás de uma árvore grossa – e assisto com raiva e descrença enquanto figuras em roupas pretas do tipo SWAT saem da floresta às dúzias.

52

NIKOLAI

Conto trinta e três invasores antes de abrir fogo, visando o que suspeito serem as lacunas em suas armaduras de corpo inteiro. Tenho que dar crédito a Alexei – esta é uma operação de nível militar, completa com um exército completo e bem equipado.

Eles vieram preparados para a guerra, e guerra é o que pretendo oferecer a eles.

Eu não penso em Chloe, Alina e meu filho escondido no forte debaixo da casa, não foco no que acontecerá com eles se eu falhar. Eu não posso, não se eu quiser ter sucesso. Na minha frente está uma força muito maior do que o previsto; tão preparados como estávamos para um ataque, não para um desta ferocidade ou escala.

Eu subestimei o quanto os Leonovs querem Slava de volta, o que Alexei está disposto a fazer para tirar meu filho – seu sobrinho – de mim. A menos que...

Slava não seja o único membro da minha família que ele está atrás.

Mas não. Isso é loucura. Esse contrato de noivado sempre foi uma piada de homem doente, um pedaço de papel inútil e sem qualquer validade.

De jeito nenhum Alexei trouxe este exército para pegar Alina.

Minhas balas derrubam cinco dos invasores antes que percebam onde estou e abram fogo em minha direção. Eu espero dez segundos, deixando suas balas rasgarem pedaços de casca de minha árvore, então, atiro de volta, sem me preocupar em mirar. O objetivo agora é ganhar tempo para Pavel chegar ao telhado e para os nossos reforços chegarem – supondo que eles cheguem.

Dados os números que enfrentamos, é possível que Kirilov e seus homens já tenham sido eliminados.

Uma chuva de balas ricocheteia nas árvores próximas, errando meu ombro por centímetros. Os homens de Alexei estão se aproximando e se espalhando, eu percebo sombriamente. Se eu ficar aqui, estarei cercado logo, mas se eu sair correndo, suas balas vão me derrubar ainda mais rápido.

Tomando uma decisão, caio de bruços e espalho a sujeira no rosto para esconder a tonalidade clara da minha pele. Em seguida, espio cuidadosamente por trás da árvore, usando o mato alto ao meu redor como cobertura.

Como suspeitei, os invasores se dividiram em dois grupos – um para me cercar, o outro para continuar em direção à casa. Oito das figuras vestidas de preto estão na entrada da garagem, se aproximando da porta da frente, enquanto outras cinco estão rastejando ao redor da casa para a garagem, provavelmente para tentar entrar na casa por lá.

Meu batimento cardíaco troveja em meus ouvidos, o suor encharca minhas costas enquanto uma nova chuva de balas levanta pedaços de sujeira ao meu redor, mas eu espero, quieta e silenciosa, toda minha atenção na ameaça à minha família, à mulher e criança que são minha vida inteira.

Se eu puder salvá-los, morrerei feliz.

Se eu puder garantir a segurança deles, nada mais importa.

Espero e, quando chega o momento certo, detono a bomba da garagem e, um segundo depois, a da entrada da garagem. Elas explodem com a força de minas terrestres, destruindo todos em um raio de três metros e pintando de vermelho a paisagem noturna.

Elas também distraem os homens que me caçam, que se viram para ver seus companheiros sendo destruídos. Dois segundos é tudo o que me dá, mas isso é tudo que preciso para me levantar e correr para o aglomerado de árvores ao lado da garagem, contornando a fila de homens fortemente armados à minha frente. Meu objetivo é simples: proteger a todo custo a entrada da garagem, mantendo-os afastados do forte subterrâneo.

Uma bala passa zunindo pelo meu ouvido enquanto corro. Outra, beija meu bíceps com um fogo pungente.

Eles estão atrás de mim.

Acabou.

Uma calma peculiar desce sobre mim, a certeza de que a morte está chegando. Meu batimento cardíaco diminui fatalisticamente, mas meu corpo continua se movendo, os músculos das minhas pernas bombeando com maior esforço. Algum sexto sentido me faz inclinar fortemente para a direita, depois para a esquerda, mas uma bala ainda atinge meu ombro direito, deixando outra rajada de fogo em seu rastro.

O aglomerado de árvores está mais perto agora, alguns longos saltos de distância, mas até mesmo um metro é muito longe quando você está ao ar livre com sabe lá quantas porras de armas cuspindo pedaços letais de chumbo.

Por instinto, eu abaixo e rolo, e várias balas zunem acima de mim, exatamente onde meu torso e minha cabeça estariam. O próximo conjunto de balas não vai errar, eu sei, mas assim que me preparo para senti-las rasgar minha carne, uma violenta explosão de som irrompe acima – e meu pulso acelera de volta à vida quando eu reconheço o barulho de uma metralhadora.

Pavel chegou ao telhado.

Finalmente tenho cobertura.

Com certeza, ele corta as figuras vestidas de preto enquanto elas se espalham de volta pela floresta, e eu chego ao aglomerado de árvores e adiciono meus tiros aos esforços de Pavel. Em pouco tempo, todos os nossos atacantes – aqueles que ainda conseguem se mover, quero dizer - recuaram, o tiroteio em resposta morrendo enquanto eles se protegem.

A metralhadora para de disparar também.

Limpo o suor e a sujeira do rosto e ligo o rádio. — Kirilov? Na escuta?

Um estalo, seguido de estática.

Caralho.

Eu mudo de canal. — Pavel?

— Ainda aqui. Mas eu acho que eles pegaram a maioria dos nossos homens.

Eu ignoro o aperto forte em meu peito. — Eu sei. Vai ser uma noite longa pra caralho.

Enquanto eu falo, examino a floresta, em busca de qualquer sinal de movimento. Pelas minhas contas, apenas vinte e quatro de nossos atacantes estão no solo, deixando nove desaparecidos - além de quantos de seus camaradas sobreviveram à batalha com nossos guardas.

Estou tão focado em minha tarefa que quase perco a figura escura surgindo das sombras bem na entrada da garagem - e quando eu giro minha arma em direção a ela, é tarde demais.

Enquanto o inimigo mergulha de lado para evitar minhas balas, a porta da garagem explode, a onda de choque quase rompendo meus tímpanos.

53

NIKOLAI

Eu entro em ação antes que o som da explosão desapareça.

— Me cubra — eu sibilo no rádio e corro para o buraco em chamas na garagem, ignorando o zumbido agudo em meus ouvidos.

Tenho que chegar à garagem antes que o atacante se recupere da explosão.

Tenho que interceptá-lo antes que ele entre e encontre o quarto seguro.

Enquanto eu corro, as balas atingem o chão ao meu redor, espalhando pedaços de grama e terra, mas a metralhadora de Pavel mantém os atiradores longe o suficiente para interferir em sua mira.

Quanto mais perto eu chego da garagem, mais a extensão do dano se torna aparente. O filho da puta deve ter colado explosivos diretamente na parte inferior da porta, já que a força da explosão não apenas rasgou o metal pesado, mas também deixou um buraco enegrecido no chão ao redor dele. E – *caralho* – esses são realmente fios expostos.

A explosão deve ter desligado a energia da sala segura também.

Não vai ficar apagada; em alguns minutos, o segundo gerador de backup será ativado, mas eu só posso imaginar o quão assustados Chloe e Slava devem estar agora. Por mais grossos que sejam o teto e as paredes da sala segura, não há como eles não terem ouvido essa explosão – ou, pensando bem, a bomba que eu detonei nas proximidades.

Não importa. Vou confortá-los assim que estivermos todos seguros.

Falando nisso, onde está o filho da puta que colocou a bomba? É demais esperar que o bastardo não tenha sobrevivido à sua própria explosão?

Meu coração bombeia adrenalina pura, meus nervos vibrando com consciência intensificada enquanto eu passo pela abertura em chamas para a garagem escura, prendendo a respiração para evitar inalar a fumaça. É fútil; conforme avanço mais fundo, percebo que a fumaça preencheu todas as fendas do espaço, tão espessa em alguns lugares que escurece o brilho vermelho das chamas.

Amaldiçoando silenciosamente, eu rasgo um pedaço de tecido da parte inferior da minha camisa e pressiono o lenço improvisado no meu rosto para evitar tossir enquanto eu passo ao redor de um de nossos SUVs, examinando a escuridão nebulosa em busca de sinais de movimento... ouvindo a tosse de outra pessoa.

E então eu ouço.

Uma única tosse, seguida por um ataque de tosse generalizado – só que não é um ataque de garganta de um homem, mas um ataque pequeno e agudo.

A tosse de uma criança.

54

CHLOE

— Slava? Slava, onde você está? — Eu tateio em volta de mim na escuridão, meu coração batendo assustadoramente rápido enquanto coloco a arma em meu corpete. — Alina, Lyudmila, vocês estão aí? Onde ele está? Não consigo encontrar Slava.

— Ele estava bem ao seu lado. — O tom de Alina é tão tenso quanto o meu. — Slava! Slavochka, *ti gdye?*

Sem resposta.

Eu me viro com os braços estendidos. — Slava! Isto não é um jogo. Não estamos brincando de esconde-esconde. Lyudmila, você o vê?

— Não. — Ela parece igualmente preocupada. — Talvez ele esteja machucado. Eu procuro agora por luz.

Certo. Deve haver algumas lanternas por aqui. Eu aperto meus olhos, então os abro, tentando fazer minha visão se ajustar à escuridão - e para minha surpresa, funciona.

Não está escuro como breu ao meu redor agora. Na verdade, há uma luz fraca vinda do outro lado da sala.

O lado onde fica a escada.

Meu batimento cardíaco acelera ainda mais enquanto vou em direção a ela, fazendo o meu melhor para não tropeçar.

— Slava? Slava, venha aqui! — Meu pânico está crescendo a cada segundo. Não apenas a criança está desaparecida, mas estou começando a sentir o cheiro de algo forte e acre.

Fumaça.

— Slava! — Minha voz aumenta de tom e volume conforme mais luz atinge meus olhos, enchendo meu estômago de terror frio.

Não há mais dúvidas de para onde Slava foi.

A porta do teto no topo da escada está aberta.

55

NIKOLAI

O TERROR QUE SE APODERA DE MIM É TÃO ABSOLUTO que, por um momento, tenho certeza de ter entendido mal, que a tosse da criança nada mais era do que uma alucinação provocada por toda a fumaça.

Não pode ser meu filho. Ele está na sala segura, onde é seguro, porra. Onde ele deveria estar com Chloe e minha irmã.

Mas não. Há aquela tosse de novo, seguida por um dolorosamente familiar: — Papai? Papai?

Meu estômago é uma bola de gelo, mas mantenho presença de espírito suficiente para não gritar que estou aqui, caso o inimigo também esteja lá dentro. Em vez disso, eu me abaixo e me agacho até onde ouvi a voz de Slava – um movimento que tem o benefício de me ajudar a respirar um ar mais limpo, já que há mais fumaça lá em cima.

Ainda assim, a vontade de tossir está crescendo, as partículas tóxicas enchendo meus pulmões. Meu peito arfa convulsivamente, meus olhos lacrimejam com o esforço de suprimir o reflexo, e sei que logo vou me trair.

Tenho que localizar Slava o mais rápido possível.

— Papai? Onde você está?

Caralho. Sua voz soa mais distante.

Ele está indo para a porta da garagem, tentando escapar da fumaça.

Como diabos ele está sozinho? Aconteceu alguma coisa com Chloe e Alina?

Ficando abaixado no chão, corro atrás dele, meu coração batendo forte enquanto meus pulmões continuam gritando que preciso tossir, para expelir o ar contaminado.

— Papai?

A pequena figura de Slava é brevemente delineada pelo brilho das chamas e, em seguida, ele passa pelo buraco em chamas, desaparecendo do lado de fora.

Caralho. Tossindo forte, eu me levanto e começo a correr.

Se eu for atingido, que seja.

Eu corro lá para fora, arma em punho, e eu o vejo.

Meu filho, parado a poucos metros de distância, seu rostinho iluminando-se ao me ver.

— Papai! — Ele acena uma faca no ar. — Vim ajudar... como o *Super-Homem*.

Meu coração troveja com uma mistura de medo e alívio quando eu começo a ir em direção a ele – apenas para congelar no lugar quando uma figura escura sai das sombras atrás dele, arma apontada para mim.

— Venha aqui, Slavchik — diz Alexei Leonov, tirando a máscara facial com uma das mãos para revelar olhos negros brilhando com a luz das chamas crepitantes atrás de mim. — Você está seguro agora, garoto. Seu tio veio para te levar para casa.

56

CHLOE

Esquecendo tudo, eu levanto a saia longa do meu vestido e subo a escada, meu terror crescendo enquanto sigo pela porta do teto aberta e uma fumaça mais densa me envolve, o cheiro acre serpenteando em minhas narinas e fazendo meus olhos queimarem.

— Slava! — Eu tusso, olhando através da escuridão nebulosa tingida de vermelho. — Slava, volte!

Nada. Sem resposta.

— Chloe, espere!

Ignorando o grito de Alina, eu saio completamente e examino o inferno fumegante que é o interior da garagem. É como uma cena de um filme de desastre, completo com carros cobertos de gesso com janelas quebradas e chamas tremeluzentes pela grande porta de metal – uma porta que exibe um buraco gigante em chamas.

Minha pulsação dispara e eu começo a correr, ignorando os cacos de vidro e pedaços de concreto quebrado que mordem meus pés descalços. A dor não é nada comparada com o medo que pesa em meu estômago.

Esse buraco é onde Slava deve ter ido.

Ele deve ter vindo aqui logo após a explosão e corrido para fora, direto para Deus sabe que perigo.

Pelo menos não há som de tiros agora – mas isso pode mudar a qualquer momento. Tossindo, tiro a arma pesada do corpete e agarro-a com força com as duas mãos, para que não escorregue dos meus dedos suados.

— Slava! — Eu corro pelo buraco, ignorando as chamas comendo em suas bordas – apenas para derrapar e parar, tomada pelo horror.

Na minha frente está uma cena saída de um faroeste: Nikolai e um homem desconhecido, armas apontadas um para o outro em um impasse letal, com Slava de olhos arregalados no meio.

57

CHLOE

HIPERVENTILANDO, PEGO MINHA ARMA, APONTANDO O cano para o estranho.

— Largue a arma e recue!

Eu quero soar autoritária, mas em vez disso, minhas palavras saem em um coaxar rouco e trêmulo, minha garganta áspera de fumaça.

O olhar escuro do homem se volta para mim por um milissegundo, mas ele não se move um centímetro.

— *Idi syuda, Slavchik.* — Sua voz profunda é estranhamente calma. — *Bystro*.

Para minha surpresa, reconheço a primeira parte da frase em russo.

Venha aqui, disse o estranho, usando outro diminutivo do nome da criança.

O olhar de Nikolai não deixa o rosto de seu oponente, embora eu saiba que ele está ciente da minha presença. Posso sentir a tensão letal que emana dele, ver sua dura mandíbula flexionada.

— Meu filho não vai a lugar nenhum com você — ele rosna em inglês para o estranho. — Slavochka, fique atrás de mim. Vá agora.

Slava parece confuso, seu olhar indo e voltando entre os dois homens.

— *Dyadya Lyosha? Papa?*

Dyadya. Eu forço meu cérebro para uma tradução, e então me ocorre.

Tio, o significado da palavra. E *Lyosha* provavelmente é diminutivo para Alexei.

Nikolai estava certo. *São* os Leonovs - ou, pelo menos, um deles.

Tio de Slava.

A arma pesa em minhas mãos estendidas, muito mais pesada do que mostram nos filmes. Meus ombros e músculos do pescoço estão começando a doer, meus antebraços estão cansados de segurar a arma com tanta força. Ignorando o desconforto, mantenho-a apontada para o homem, minha mente girando freneticamente, tentando pensar em uma maneira de sair desta situação fodida.

Depois de tudo que Nikolai me contou sobre os Leonovs, eu meio que esperava chifres e uma cauda, e há algo demoníaco nas feições duras de Alexei - especialmente em seus olhos. Eles são tão escuros que parecem pretos, me fazendo pensar em poças de alcatrão nas profundezas de um vulcão, completas com um tom avermelhado das chamas bruxuleantes refletindo neles. No entanto, o homem não é feio, longe disso.

Se Nikolai não tivesse estabelecido um padrão impossivelmente alto para beleza masculina, eu poderia ter achado o tio de Slava perigosamente atraente.

Não que sua aparência importe quando ele está segurando a arma apontada para Nikolai – e *seus* braços musculosos não mostram nenhum sinal de cansaço. Nem o de Nikolai. Ambos os homens podem muito bem ser feitos de aço, seus rostos tensos com ódio mútuo.

Slava, por outro lado, não parece compartilhar desse sentimento. Na verdade, ele parece dividido entre seu pai e seu tio, sua cabeça girando para frente e para trás, sua postura falando de perplexidade com a tensão entre os dois adultos, em vez de medo do invasor.

Se a criança sofreu algum abuso enquanto vivia com a família de sua mãe, não foi nas mãos deste homem.

Chegando a uma decisão, eu cautelosamente avanço. Por mais apavorada que esteja por Nikolai, preciso tirar Slava da linha de fogo direta.

— Slavochka... — faço minha voz o mais calma e gentil que posso. — Por favor, venha até mim. Mama Chloe precisa de você aqui.

O menino não se move. De alguma forma, ele deve sentir que sua presença é a única coisa que impede a escalada da violência.

Eu arrisco outro meio passo à frente, e Slava finalmente se move, correndo em minha direção.

Assim que ele está perto o suficiente, eu o agarro pelo braço e o empurro atrás de mim, bloqueando-o com meu corpo enquanto começo a recuar.

O estranho solta uma risada áspera, seus olhos escuros piscando brevemente para o anel em meu dedo.

— Mama Chloe, não é? — Como o de Nikolai, seu inglês é o mais americano possível. — Querida... se você mover outro músculo, vou estourar seus miolos e depois o do seu querido marido. A propósito, parabéns por suas núpcias — ele continua enquanto eu congelo no lugar. — Acho que o casamento foi muito recente?

Os olhos de Nikolai estão semicerrados, sua voz mortalmente suave.

— Não é da porra da sua conta. Agora saia antes que eu pinte o chão com *seu* cérebro. Já que parecemos ser uma família e tudo, vou deixar você ir embora antes que os guardas cheguem aqui.

— Que guardas? — O sorriso afiado de Alexei é todo dentes brancos e crueldade. — Somos apenas eu e meus homens aqui agora. E você está chapado se acha que vou embora sem o que vim buscar. Entregue o filho da minha irmã e Alina - e talvez, apenas talvez, eu deixe você e sua linda noiva viverem. Vendo que estamos prestes a ser uma família ainda mais unida e tudo.

Eu pisco. Alina? O que ela tem a ver com alguma coisa? E o que ele quis dizer com família mais próxima?

A voz de Nikolai suaviza ainda mais, uma ameaça letal em cada sílaba falada suavemente.

— Você tem exatamente trinta segundos para se calar e se afastar antes de eu abrir fogo.

— Com ela e a criança aqui? Acho que não. — Seus olhos se voltaram para mim por mais um milissegundo. — Além disso, meus atiradores têm vocês dois na mira.

Meu estômago embrulha, mas Nikolai apenas mostra os dentes.

— Besteira. Eles não têm boa visibilidade.

— Não? Quer apostar? — Alexei sorri ferozmente. — De qualquer forma, tudo que preciso fazer é esperar, e meus homens vão derrubar o atirador em seu telhado - nesse ponto você estará completamente cercado e eu pegarei o que vim buscar.

— Não se você já estiver morto. — A expressão de Nikolai é gelo escuro. — Você tem vinte segundos restantes. Dezenove. Dezoito...

Meu batimento cardíaco aumenta, meu terror dobrando a cada segundo contado. Ele fala sério, eu posso ver - e Alexei também, cujos olhos negros também se estreitam. O ar com cheiro de fumaça é tão denso com violência incipiente que posso praticamente sentir o gosto do jato de sangue quente e acobreado quando as balas rasgam carne e osso.

Um ou ambos os homens morrerão aqui esta noite.

Nikolai não vai deixar seu filho ser levado, e Alexei não vai desistir.

Eu tenho de fazer alguma coisa.

Se Nikolai estiver certo sobre os atiradores não terem um tiro certeiro, somos dois de nós contra Alexei. Se eu atirar, talvez...

— Pare! — Como um fantasma, Alina emerge da escuridão esfumaçada da garagem, o vermelho-sangue de seu vestido contrastando com a palidez fantasmagórica de sua pele e a cortina preta de seu cabelo.

Como eu, ela está armada, mas ao contrário de mim, ela está segurando a arma frouxamente ao lado do corpo, o cano apontado para o chão.

— Pare, Alexei, por favor. — Ela passa pela abertura irregular, o brilho das chamas morrendo transformando seus olhos de jade em um tom esverdeado de avelã. — Slava não vai a lugar nenhum, você sabe disso. Meu irmão não vai desistir de seu filho. E ele não é... — Sua voz falha. — Ele não é quem você quer, de qualquer maneira.

Eu respiro fundo, finalmente compreendendo o que está acontecendo. Este homem e Alina - eles se conhecem.

Mais do que isso, ele acha que tem algum tipo de direito sobre ela.

— Alina, volte. — O tom de Nikolai fica mais agudo quando toda a postura de Alexei se altera, uma espécie de fome aterrorizante acendendo em seu olhar demoníaco enquanto se fecha no rosto de Alina.

Ela levanta a arma, apontando para o rosto dele. — Você tem uma escolha — ela diz uniformemente. — Eu sei que você é um excelente atirador, mas meu irmão também é - e eu também. E Lyudmila também está lá. — Ela inclina a cabeça em direção à garagem escura. — Talvez você possa derrubar um ou dois de nós antes que nossas balas o encontrem – e talvez seus atiradores possam ajudar – mas ninguém vai sair ileso. Você pode ter a vantagem das forças que nos cercam, mas aqui, estamos em maior número que você. Além disso... — Sua voz assume uma inflexão sardônica. — De que adiantaria eu morta para você, certo?

— Alina, cale a boca e volte para dentro — Nikolai rosna. — Você não precisa...

— Eu irei com você — ela continua, ignorando o irmão. — Vou honrar o contrato de noivado. E, em troca, você recuará seus homens e esquecerá tudo sobre meu sobrinho. Ele pertence aqui, com seu pai e Chloe – você pode ver por si mesmo.

Os olhos de Alexei piscam em minha direção por outra fração de segundo, observando a criança que estou protegendo com meu corpo, absorvendo a maneira como ele se agarra às minhas pernas enquanto observa o processo com olhos enormes e incompreensíveis.

É por isso que todos estão falando inglês, eu percebo com um canto distante da minha mente. Eles estão esperando que Slava não entenda tudo com seu conhecimento ainda limitado do idioma – e está pelo menos parcialmente funcionando. Ele pode ver os adultos apontando armas uns para os outros, mas não entende bem o porquê.

O olhar de Alexei retorna para Alina, as orbes negras queimando com uma fome ainda mais sombria.

— Tudo bem. Nós temos um acordo. Largue a arma e caminhe em minha direção.

— Não faça isso, porra. — A voz de Nikolai é cortante. — Eu posso abatê-lo.

— Pode ser. — Ela põe sua arma no chão. — Ou talvez vocês dois morram. Talvez Chloe e Slava também. Pense sobre isso.

A mandíbula de Nikolai aperta.

— Eu não vou deixar você fazer isso.

Um sorriso amargo toca seus lábios.

— Não é sua decisão, irmão. Nem é minha. Todo esse negócio de destino em que você acredita? Bem, o meu foi decidido quando eu tinha quinze anos e é hora de eu parar de fugir dele. Você e Konstantin me protegeram por tempo suficiente.

Nikolai está prestes a discutir mais, eu posso ver, mas ela evita qualquer discussão adicional caminhando rapidamente até Alexei - que agarra seu cotovelo e a puxa para seu lado assim que ela está ao seu alcance.

A maneira possessiva como ele a mantém presa contra ele não deixa dúvidas de sua intenção, sua figura escura pairando sobre ela, me fazendo pensar em Hades arrastando Perséfone para o submundo.

Nikolai deve ver a mesma coisa porque seu rosto se contorce de fúria e ele dá meio passo à frente - apenas para parar quando o dedo de Alexei aperta o gatilho em advertência.

— Não faça isso, Kolya. — Os olhos de Alina brilham intensamente quando Alexei começa a recuar em direção à linha das árvores, arrastando-a enquanto mantém sua arma apontada para Nikolai. — Eu vou ficar bem. Basta cuidar de Chloe e Slava, e eu te vejo de volta em Moscou algum dia, ok? E diga a Konstantin para não me procurar. Eu não quero sangue derramado em meu nome!

As últimas palavras chegam até nós como um grito à distância, e o olhar de Nikolai arde de ódio enquanto ele observa seu inimigo desaparecer na escuridão com seu prêmio, as sombras se fechando em torno deles como o abraço de um amante.

58

CHLOE

EU ACORDO COM UMA CACOFONIA DE BROCAS E martelos à distância – uma trilha sonora familiar nos últimos dias. Desde o ataque da semana passada, tanto a casa quanto o terreno do complexo passaram por grandes reformas e melhorias de segurança, incluindo uma quintuplicação de nossa força de guarda.

Nikolai está determinado a garantir que ninguém, sejam os Leonovs ou algum outro inimigo nosso, possa quebrar nossas paredes novamente, não importa quantos mercenários ou armas avançadas tenham à sua disposição.

Abrindo os olhos, observo o colchão vazio ao meu lado e a luz fraca da manhã entrando pelas cortinas. Mal amanhece, então meu marido deve ter se levantado cedo para a videoconferência com seus irmãos sobre a busca contínua por Alina – se ele dormiu na noite passada, é claro. Para minha preocupação, suas corridas no meio da noite aumentaram em frequência e duração desde o ataque, tanto que não sei quando ele está descansando.

A porta se abre e o objeto de minhas reflexões entra no quarto.

Eu me sento, meu coração apertando com a expressão sombria em seu rosto.

— Nada? — Eu pergunto baixinho enquanto ele atravessa o quarto em minha direção.

Ele balança a cabeça.

— É como se eles tivessem desaparecido da porra do planeta. Konstantin acha que a está mantendo em algum lugar completamente não rastreável, onde ninguém conhece.

— Eu sinto muito. — Estendo a mão para apertar a sua enquanto ele se senta na beira da cama, mas ele me puxa para seu colo. Envolvendo seus braços poderosos firmemente em volta de mim, ele enterra o rosto no meu cabelo e inala profundamente.

Quando ele se afasta para encontrar meu olhar, um pouco da tensão em seu rosto diminuiu. Pegando minha bochecha, ele pergunta suavemente:

— Como você está se sentindo, zaychik? Dormiu bem?

Eu viro meu rosto para dar um beijo em sua palma antes de levar sua mão ao meu peito.

— Sim. — sorrio para dissipar a preocupação persistente em seus olhos. — Estou bem, juro.

Dizer que Nikolai tem me mimado nos últimos dias seria um eufemismo. Embora alguns cortes superficiais e hematomas em meus pés descalços fossem a extensão dos meus ferimentos, ele está me tratando como se eu tivesse sofrido outro ferimento de arma de fogo - ou, pelo menos, estivesse gravemente traumatizada. E embora seja verdade que tenho tido pesadelos de novo, estou longe de desmoronar.

Não que eu não esteja preocupada com Alina - estou. Nikolai me contou sobre o acordo de noivado que seu pai fez com Boris Leonov quando Alina tinha apenas quinze anos, e se eu ainda tinha alguma dúvida de que o homem merecia seu destino nas mãos de Nikolai, ela desapareceu naquele momento.

Não era de se admirar que Alexei tivesse agido como se tivesse direitos sobre ela. Por esse contrato bárbaro - e sem dúvida ilegal - ele o tem. Só posso esperar que seus sentimentos por ela se estendam além da luxúria sombria que vi em seu rosto naquela noite, e que ele não seja um homem tão terrível quanto sua reputação sugere.

Os lábios de Nikolai se curvam em um sorriso de resposta enquanto ele se move para me tirar de seu colo, mas eu envolvo meus braços em volta de seu pescoço, me recusando a deixá-lo ir.

— Deite-se comigo, por favor — murmuro em seu ouvido. — Ainda não estou pronta para me levantar.

Tão preocupada quanto estou com Alina, estou quase tão preocupada com o quão duro Nikolai está aguentando o que aconteceu. Ele não teve uma única noite decente de sono na semana passada, e isso se mostra nas marcas mais escuras ao redor de seus olhos marcantes, os sulcos mais profundos envolvendo sua boca sensual... sua obsessão implacável com a segurança de Slava e minha.

Nikolai não apenas se recusou a remover as câmeras de dentro de casa quando eu pedi, mas ele fez com que eu e Slava usássemos pulseiras rastreadoras que lhe dizem nossa localização exata e medem nossos sinais vitais o tempo todo.

Eu optei por não brigar com ele por agora, já que tínhamos questões muito maiores para nos concentrar, incluindo os funerais dos guardas abatidos – mais uma razão para o humor sombrio de Nikolai. Mais de uma dúzia de nossos homens foi morta no ataque e vários outros ficaram gravemente feridos – embora, felizmente, a maioria dos amigos do exército de Nikolai não estivesse entre os primeiros.

Os homens de Alexei os prenderam em uma ravina, impedindo-os de vir em nosso auxílio ou pedir ajuda pelo rádio, mas todos, exceto Ivanko, sobreviveram. Até Arkash, que recebeu uma bala perigosamente perto de sua espinha, deve se recuperar totalmente.

O outro ponto brilhante em tudo isso é Slava. Assim que explicamos que o que ele viu fazia parte do treinamento de segurança e que Alina saiu de férias com o "tio Lyosha", o menino voltou ao normal, importunando a mim, a Pavel e a Lyudmila com um milhão de perguntas sobre os novos guardas e a construção em andamento no complexo.

— Zaychik... — A voz de Nikolai assume uma nota mais rouca enquanto eu, oh-tão-inocentemente, deixo meus lábios roçarem em sua orelha. — Eu gostaria de poder me juntar a você, mas tenho muito trabalho esta manhã.

Claro que sim, mas que pode esperar até que ele durma um pouco. Deixando cair toda a pretensão de inocência, eu contorço minha bunda contra a protuberância crescente em sua calça e beijo a parte inferior dura de sua mandíbula. — Por favor... por favorzinho.

Se há uma coisa que os eventos da semana passada não afetaram, é o desejo sexual de Nikolai - e, com certeza, aquele beijo é tudo o que preciso para ele me virar de costas e me foder até que estejamos ambos suados, doloridos e para além de satisfeitos. E, como eu esperava, exausto o suficiente para dormir... pelo menos aquele de nós que ainda não conseguiu fechar os olhos.

Eu espero até ter certeza de que Nikolai está mergulhado no sono antes de eu cuidadosamente me contorcer debaixo de seu braço e ir para o banheiro tomar banho e me preparar para o dia.

Quando eu saio, ele ainda está dormindo, a marca de exaustão pesando em suas belas feições. Sorrindo ternamente, eu o observo por um tempo. Então, eu me jogo em uma espreguiçadeira perto da janela e abro meu laptop para verificar as notícias, como tem sido meu costume todas as manhãs nos últimos dias.

Como esperávamos, mais vítimas de Bransford surgiram desde que a história sobre seu ataque a Masha estourou - e não apenas as duas mulheres que Nikolai encontrou. Cada dia traz novas revelações cada vez mais horríveis... é por isso que estou tão viciada em notícias.

Cada manchete maldita vinga minha mãe ainda mais.

Abrindo um navegador, eu navego para meu site de notícias favorito – apenas para congelar com as palavras espalhadas com ousadia na tela:

BRANSFORD COMETE SUICÍDIO EM QUARTO DE HOTEL

Com o estômago agitado, clico no artigo.

Aparentemente, cerca de trinta e nove minutos atrás, Tom Bransford foi encontrado em uma cobertura do Four Seasons com os pulsos cortados, o bilhete de suicídio ao lado da cama deixando poucas dúvidas sobre o que aconteceu.

Ou seja, pouca dúvida para quem não conhece meu marido e do que ele é capaz.

Colocando o laptop de lado, eu me levanto e vou até a cama, meu coração batendo irregularmente enquanto olho para o homem dormindo lá – o marido que aprendi a amar mais do que a própria vida.

Ele fez isso?

Ele decidiu que, mesmo sem sua influência política e prestes a ser processado criminalmente, Bransford representa uma ameaça muito grande para mim?

Masha, ou alguém como ela, entrou na cobertura do Four Seasons e armou tudo para parecer que Bransford se matou – assim como seus assassinos fizeram com minha mãe?

Eu deveria acordar Nikolai e exigir a resposta a

essas perguntas, fazê-lo admitir a verdade, mas sei que não vou. Não porque ainda tenha medo de enfrentar a escuridão dentro dele, mas porque estou percebendo que essa verdade em particular não importa para mim.

Suicídio ou assassinato, Bransford se foi, e aquela parte vingativa em mim – a parte que eu queria fingir que não estava lá – está feliz. Não, mais do que feliz. Está absolutamente extática.

Seja pelas mãos de Nikolai ou pelas próprias, Tom Bransford teve exatamente o que mereceu.

Eu fico ao lado da cama por mais um minuto, absorvendo o puro alívio desse conhecimento, o alívio do peso que eu não tinha percebido ainda estar sobre meus ombros. Eu deixo essa sensação fluir enquanto penso sobre a beleza letal do rosto do meu marido e a terrível escuridão em sua alma – uma escuridão que agora percebo, existe em mim também.

Então, com cuidado, para não interromper seu descanso tão necessário, deito ao lado dele e coloco meu braço em seu peito. Seus olhos não abrem e sua respiração não se altera, mas ele se vira e me puxa contra ele, seu corpo poderoso se curvando ao meu redor, me aquecendo, me protegendo do mundo.

Meu peito se expande, meu coração está tão cheio que parece à beira de explodir. Há apenas alguns meses, eu era uma órfã fugindo dos assassinos de sua mãe, uma mulher sozinha no mundo com uma expectativa de vida medida em dias. Agora, tenho meu marido e meu filho, e um futuro cheio de possibilidades.

Talvez fiquemos aqui nos próximos anos e eu

consiga um emprego de professora em uma escola local – uma escola que Slava também frequentará. Ou, talvez iremos para Moscou, e Nikolai assumirá as rédeas de sua organização familiar novamente, com tudo o que isso acarreta. Ou talvez seja algo totalmente diferente, um caminho que nem consigo imaginar no momento.

Qualquer que seja esse caminho, para onde quer que vamos a partir daqui, não importa.

Enquanto eu tiver meu protetor sombrio, não temo nada.

Juntos, Nikolai e eu podemos enfrentar o mundo inteiro.

AGRADECIMENTOS

A história de Nikolai e Chloe termina aqui. Se você curtiu *Gaiola Do Anjo*, por favor, considere deixar uma resenha/comentário.

Para ser notificado(a) sobre os próximos lançamentos, incluindo novas histórias com a família Molotov, se inscreva em minha newsletter em www.annazaires.com/book-series/portugues/.

Você quer mais romances dark cheios de suspense? Dê uma olhada em *Mais Sombrio que o Amor*, em parceria com Charmaine Pauls, um romance sedutor sobre um assassino russo, de sangue frio, e uma assassina igualmente perigosa cujos caminhos se entrelaçam para sempre após uma noite em Budapeste.

Você prefere comédias extremamente engraçadas? Meu marido e eu co-escrevemos comédias românticas sedutoras, com uma pitada geek sob o pseudônimo Misha Bell. Adquira uma cópia de *Seu Acessório Perfeito*, uma história sobre uma designer sarcástica de brinquedos eróticos, um misterioso potencial investidor e seus cachorros enamorados.

Agora, por favor, vire a página e leia trechos de *Mais Sombrio que o Amor* e *Seu Acessório Perfeito*.

TRECHO DE MAIS SOMBRIO QUE O AMOR, DE ANNA ZAIRES E CHARMAINE PAULS

Certa noite, fria e escura, um assassino russo me tomou em um beco.
Eu sou perigosa, mas ele é positivamente mais letal.
Eu escapei uma vez.
Mas ele não deixará que isso se repita.

A vingança é dele.
A traição é minha.
Assim como são as mentiras para proteger aqueles que amo.

Nós somos feitos do mesmo material danificado.
Ambos impiedosos. E corrompidos.
Em seus braços, encontro o inferno e o céu; seu toque cruel e terno me destruindo e me elevando ao mesmo tempo.

Dizem que um gato tem nove vidas, mas um assassino tem apenas uma.
E Yan Ivanov, agora, é dono do que restou da minha.

Uma onda de tontura toma conta de mim e a bandeja que estou carregando balança em minhas mãos, fazendo com que as garrafas de cerveja tombem, derramando o líquido espumante.

Droga. Quando isso vai acabar?

Cerrando os dentes, me agacho atrás da coluna e coloco a bandeja no chão pegajoso, fingindo amarrar os cadarços do meu Doc Martens enquanto espero a tontura passar e minhas mãos pararem de tremer.

Trinta segundos se passam. Depois, um minuto. E minhas mãos estúpidas ainda estão tremendo.

Amaldiçoando baixinho, eu seco a cerveja derramada com um pano. Isso consigo fazer. Levantar a bandeja, porém, está além de mim. Ela pesa apenas alguns quilos, mas estou tão fraca que parece uma centena. E este é apenas o começo do meu turno. Não tenho ideia de como vou durar até o bar fechar hoje à noite. Talvez Hanna esteja certa. Talvez seja muito cedo, e eu deveria...

— ... acertar esse filho da puta bem na cabeça. — As palavras, ditas em russo com uma voz masculina rouca, me sacodem como um tiro. Instintivamente, congelo, meu treinamento militar entra em ação enquanto olho em volta, procurando a ameaça.

Está lá. À posição de duas horas, uma mesa redonda atrás da coluna, na seção de Ella. A coluna está escondendo a maior parte da mesa da minha vista, mas posso dizer que há dois homens sentados.

— Uma chance, é tudo o que provavelmente teremos pelo que Sokolov disse — E continua: — E como o alvo provavelmente vai estar de colete...

— Eu sei — o outro homem interrompe, sua voz profunda e suave, apesar da ponta de irritação em seu tom. — Mirar na cabeça.

Um calafrio corre pelas minhas veias. Eu não entendi mal. De fato, são profissionais discutindo um próximo ataque - e eu estou agachada, a menos de dois metros deles.

A mesma coluna que os bloqueia da minha visão está me escondendo já há alguns minutos, motivo pelo qual eles estão conversando tão tranquilamente. Embora o bar esteja bastante lotado, eles estão em um canto, protegidos pela coluna e com o nível de ruído na sala, ninguém nas outras mesas pode ouvi-los.

Eu posso, no entanto.

E se eu me levantar de onde estou agachada, eles perceberão, e talvez eu não saia daqui viva.

Há um ano, eu não piscaria duas vezes, confiante na minha capacidade de lidar com o que aparecer no meu caminho. Mas no meu estado atual, não sou páreo para um rato agressivo, muito menos para dois homens especializados em matar.

Homens que são tão perigosos quanto eu.

Rapidamente, avalio minhas opções. Posso ficar

aqui e torcer para que ninguém me veja até os russos partirem, mas as chances são de que Ella venha a mim a qualquer momento.

A outra alternativa – e a que eu estou mais propensa a executar – é me levantar e fingir total ignorância. Afinal, é perfeitamente possível que eu não fale russo bem o suficiente para entender o que eles disseram. Na verdade, é muito provável, visto que a maioria dos húngaros da minha geração aprende inglês na escola.

Sim, é isso. Eu só vou fingir que não ouvi nada. E para fazer isso, tenho que me expor ao invés de esperar ser exposta.

A onda de adrenalina firma minhas mãos. Pegando a bandeja, levanto-me, murmurando audivemente palavrões em húngaro. Porque é isso que uma garçonete inocente e ignorante faria se derramasse cerveja por toda a bandeja e não fizesse ideia de que estava a uma distância de dois assassinos.

— Mina, você está bem? — Ella pergunta, passando com sua própria bandeja de bebidas, e eu lhe dou um sorriso tranquilizador.

— Sim, apenas desajeitada hoje. — Eu propositalmente não estou olhando na direção da mesa, mas posso sentir os olhos dos homens em mim quando passo atrás da coluna e volto para o bar para trocar as garrafas de cerveja.

Enquanto caminho, meu coração martela no peito, e um fio de suor frio escorre pela minha espinha. Consigo sentir os olhares deles me seguindo, mas mantenho o sorriso no rosto enquanto me movo para trás do bar, jogo as garrafas na lixeira e começo a limpar a bandeja.

Estão vendo? Estou apenas fazendo meu trabalho. É isso que espero que minhas ações casuais digam. *Sou uma garçonete inocente, só isso.*

Quando minha bandeja está limpa, eu a carrego com mais garrafas e vou determinada e rebolando até a minha seção, ainda evitando olhar na direção da coluna. Meu pulso está muito rápido, mas a expressão no meu rosto é brilhante e alegre, como convém a alguém trabalhando em busca de gorjetas.

Quinze minutos se passam. Vinte. Depois de meia hora, arrisco um olhar por trás da coluna enquanto entrego coquetéis a um grupo de universitárias.

Merda.

Os dois homens ainda estão lá e ainda estão olhando para mim.

Eu rapidamente desvio o olhar, mas não antes de registrar a aparência deles. Um é enorme, alto e largo, como um jogador de futebol americano. A cabeça está raspada e o crânio decorado com tatuagens, enfatizando seus traços fortes, quase brutais. Ele está vestido casualmente, com jeans e um capuz preto sobre uma camiseta escura. O outro tem a mesma altura, mas é mais magro e usa uma calça elegante com uma camisa branca de botão, como se tivesse acabado de sair de uma reunião de negócios ou de uma entrevista. Seu cabelo é castanho escuro, mas seus olhos são claros e impressionantes, embora eu não possa dizer a cor exata a essa distância.

Em geral, tudo sobre o homem mais magro é impressionante, desde as linhas fortes e bem acabadas de seu rosto sombrio e belo até o poder e a autoconfiança evidentes em sua pose enganosamente indolente.

Instintivamente, sei que ele é o único que eu preciso temer.

Ele é quem decide se eu chego em casa viva.

Para minha surpresa, meu coração dispara, e um frisson de calor brota entre minhas pernas enquanto me imagino lutando contra ele. Meu corpo claramente não recebeu a mensagem de que o perigo – algo pelo qual sempre fui atraída – seria ruim para mim agora. Pior ainda, meu cérebro parece interpretar os efeitos da adrenalina como excitação sexual... como atração pelo homem que provavelmente está considerando se precisa cortar minha garganta ou não.

Isto não é bom.

Nada bom.

Posso sentir seu olhar me seguindo enquanto faço meu serviço. O outro homem também está olhando para mim, mas é o olhar do estranho perigoso que sinto mais visceralmente, como se ele já estivesse me tocando. A eletricidade patina sobre minha pele e mais calor inunda meu âmago quando o imagino *realmente* me tocando, e não com a ponta afiada de sua lâmina.

Porra. Não tenho ideia de por que minha libido

escolheu este momento para sair de sua hibernação prolongada, mas não gosto disso.

Sexo, especialmente com um assassino russo, é a última coisa que preciso.

Outra onda de tontura me atinge, e quase a aceito desta vez. Minha excitação diminui, substituída pela náusea fraca que geralmente acompanha esses episódios de extrema fraqueza. Respirando fundo, concentro-me em ficar de pé e não deixar a bandeja que estou carregando cair. Não posso ceder ao desejo de descansar, de agir de qualquer maneira que aumente as suspeitas dos russos. Tenho que parecer uma garçonete comum fazendo seu trabalho, nada mais.

A tontura passa depois de alguns momentos, e continuo com meu turno, resistindo à tentação de olhar para a mesa dos homens e ver se o estranho perigoso ainda está me observando.

Uma hora depois, finalmente me permito outro olhar.

Os dois homens se foram, e um grupo de garotas está sentado no local, rindo e jogando os cabelos compridos sobre os ombros magros. Elas são tão inofensivas quanto possível, e a tensão dentro de mim diminui um pouco.

Talvez os russos tenham acreditado no meu ato inocente e nunca mais vou vê-los.

Deveria ser um alívio – e é – mas também há uma decepção ilógica. Por mais inapropriada que fosse minha atração pelo estranho perigoso, foi a primeira vez em anos que senti *algo*, e sentir algo é melhor do que não sentir nada.

Ah, bem. Ele e seu companheiro se foram, e foi melhor assim.

Agora, posso me concentrar no meu trabalho sem a tentação de encará-lo.

À medida que a noite passa, continuo com meu turno, lutando contra ondas de tontura e crescente exaustão e, quando os últimos clientes saem, estou à beira do colapso.

— Ei, eu pego. — Ella pega os copos sujos das minhas mãos instáveis, e eu deixo que ela os pegue.

Se eu largá-los, é mais trabalho para todos.

Finalmente, está tudo pronto, e ainda estou de alguma forma em pé. Com o restante da minha força, vou até a sala dos fundos, visto minha jaqueta de inverno fofa e saio cambaleando para o beco gelado do lado de fora, com a mente enevoada de exaustão.

Estou tão cansada que quase esqueço os dois russos e, quando ouço os passos, é tarde demais.

Eles estão em cima de mim.

Por favor, visite www.annazaires.com/book-series/portugues/ para obter sua cópia.

TRECHO DE SEU ACESSÓRIO PERFEITO, DE MISHA BELL

Então, meu Chihuahua transou com um urso. Quero dizer, um cachorro gigante parecido com um urso.

Agora, o dono – muito sexy – do urso está no meu pé, exigindo um teste de DST... do meu animal de estimação.

Você acha isso pouco? O outro problema é que o misterioso proprietário do urso pode ser o principal investidor do meu novo empreendimento e levar minha empresa de brinquedos para o próximo nível. E por "brinquedos", quero dizer o do tipo divertido, do tipo de que toda mulher (e homem) precisa.

Mas o que eu preciso é descobrir o que ele está escondendo, e fazer minha libido se comportar. Porque misturar negócios e prazer é uma má ideia, e Dragomir Lamian pode não ser quem parece.

Aquilo é um *urso*?

As bolas Kegel parecem que estão prestes a escapar da minha vagina. Eu aperto meus músculos bem tonificados para manter o brinquedo dentro. O par de bolas foi desenhado por mim, então, eu sei que se eu apertar mais uma vez, o recurso de vibração será ativado, e este não é um bom momento para isso.

A guia dá um solavanco na minha mão.

— Bonaparte, comporte-se. — A severidade em minha voz é fútil. Meu Chihuahua continua puxando, seu olhar grudado no urso, e seu rabo balançando tão rapidamente que quase espero que ele voe como uma hélice de drone.

Para meu alívio, o urso meramente cheira o hidrante, alheio ao delicioso aperitivo de dois quilos a um mero salto de distância.

Cavando em meus calcanhares, eu puxo a coleira. — Sério, Boner. Você *quer* virar comida?

O puxão para e meu cachorro olha para mim, uma mistura de tristeza e indignação em seus olhos verdes. Como de costume, posso imaginar o que ele diria se eu fosse um encantador de cachorros:

"*Ma chérie,* aquele cachorro está me ignorando. *Moi!* Impensável."

Eu jogo um biscoito para ele. — Aquele urso claramente não tem boas maneiras. Em sua defesa, porém, *você* seria capaz de resistir a cheirar aquele hidrante? Estamos próximos ao Central Park.

Milhões de cães urinaram lá. O cheiro deve ser celestial.

Com um salto, Boner pega a guloseima, engole sem mastigar e volta sua atenção para sua presa gigantesca.

Meu próprio olhar muda para o homem segurando a coleira da besta, e meu queixo cai enquanto meus músculos internos involuntariamente apertam as bolas Kegel.

A vibração é ativada, mas eu a ignoro, meus olhos vagando avidamente sobre o espécime masculino alto e atlético na minha frente.

O dono do urso é gostoso.

Do tipo derreter calcinha, explodir útero.

O tipo de beleza que vai me fazer me masturbar.

Espere. Estritamente falando, eu *estou* me masturbando por ele – a vibração dentro da minha vagina está atingindo meu clímax a cada segundo que passa. Felizmente, ele não está olhando para mim, então, posso engoli-lo sem vergonha.

O homem preenche todos os itens de minha lista, mesmo aqueles que eu não sabia que tinha.

Cabelo espesso e sedoso da cor de pele de vison. Barba escura curta e bem aparada que enfatiza seu nariz afilado e feições esculpidas. Ombros largos acolchoados com a quantidade certa de músculos e um peito de matar, seguindo para baixo numa cintura fina e quadris estreitos. Ele está até usando uma blusa de gola alta, pelo amor de Deus – e todo mundo sabe que isso é o equivalente a um vestido preto sexy.

Ah, e seus lábios. Eu quero fazer um molde desses

lábios e transformar esse molde em um brinquedo sexual.

Falando em brinquedos sexuais, as bolas estão me deixando cada vez mais perto do clímax. Embora eu tenha sido acusada de ser blasé sobre essas coisas, até eu reconheço que gozar aqui e agora, na frente de um estranho, não é a atitude mais socialmente aceitável de minha parte.

Tenho que desativar as bolas, o que pode ser feito se eu apertar mais três vezes. O problema é que cada aperto também muda a velocidade de vibração, então, minha situação vai piorar antes de melhorar.

Não vou conseguir me conter, eu suponho.

Eu aperto.

A vibração se intensifica.

Mais duas vezes e...

Boner late.

O enorme focinho do urso se desprende do hidrante, e os olhos castanhos gigantes se concentram no hors d'oeuvre em forma de cachorro aos meus pés.

Finalmente conseguindo a atenção que anseia, Boner rapidamente abana o rabo e tenta correr para sua ruína.

Aperto as bolas novamente, involuntariamente. Mais uma vez e elas estarão desligadas. Exceto que a vibração está agora em alta velocidade e é incrível. Tão incrível...

Porcaria. O que eu estou fazendo?

Tenho que apertar uma última vez.

Exceto que os músculos relacionados se

transformaram em geleia e estou tendo problemas para apertar.

É isso?

Vou ter um orgasmo assim que meu cachorro for comido – tudo na frente do estranho incrivelmente gostoso?

Por favor, visite www.mishabell.com/pt/ para saber mais.

SOBRE A AUTORA

Anna Zaires é autora bestseller do *New York Times, USA Today,* e #1 como autora internacional de romance sci-fi e contemporâneo dark. Ela se apaixonou por livros aos cinco anos, quando sua avó a ensinou a ler. Desde então, sempre vive parcialmente no mundo da fantasia onde os únicos limites são aqueles da imaginação. Atualmente, morando na Flórida, Anna é feliz casada com Dima Zales (autor de ficção científica e Fantasia) e colabora de perto com ele em todos os seus trabalhos.

Para saber mais, por favor, visite www.annazaires.com/book-series/portugues/.

www.ingramcontent.com/pod-product-compliance
Lightning Source LLC
Chambersburg PA
CBHW011142100726
47899CB00010B/3135
9781631427084